†
Sammon.Kss.Shuyu
Presents

EUTHANASIA
安樂死

2

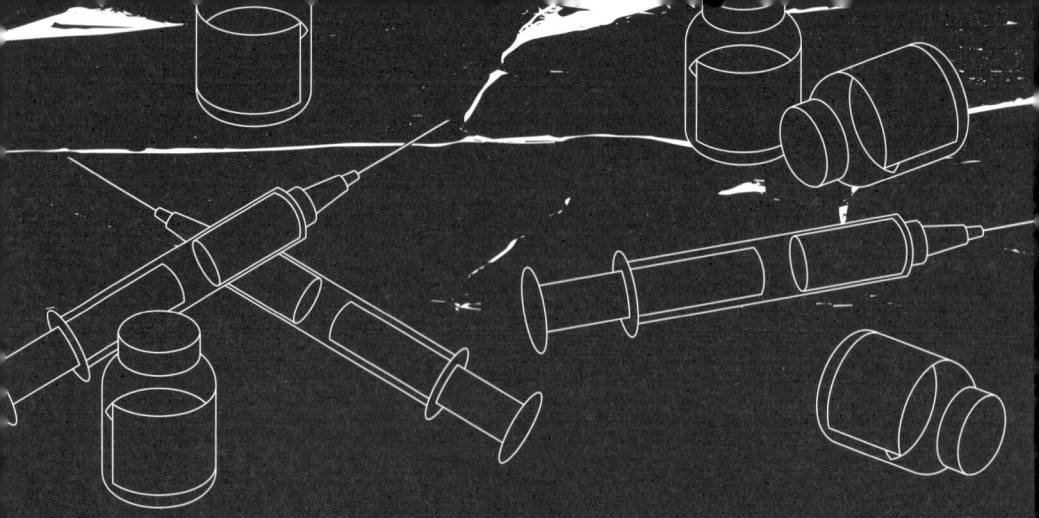

CONTENTS

信任 ｜ 第01章　[004]

女法醫 ｜ 第02章　[013]

思覺失調的 Som 先生 ｜ 第03章　[022]

報應 ｜ 第04章　[030]

怪事 ｜ 第05章　[037]

Kantapat 意料之外的治療結果 ｜ 第06章　[048]

殺手的訊息 ｜ 第07章　[059]

[075]　第08章 ｜ 走火入魔

[089]　第09章 ｜ 千眼警探

[100]　第10章 ｜ Archa 的戰鬥

[110]　第11章 ｜ 火場裡的記事

[121]　第12章 ｜ 護理師的命令

[131]　第13章 ｜ 不曾消失的高牆

[143]　第14章 ｜ Ornanong

✝

Euthanasia

✝

Euthanasia

暗影殺手｜第15章　［152］

不想找尋的答案｜第16章　［162］

不想找尋的答案｜第17章　［172］

Wirat 的密室｜第18章　［181］

嫌疑人｜第19章　［192］

初見時的照片｜第20章　［203］

報應｜第21章　［214］

［226］　第22章｜Wasan 的判決

［237］　第23章｜不曾輸過的律師

［249］　第24章｜不能選擇出生，
　　　　　　　　但可以選擇死亡

［259］　第25章｜Wasan 的新任務

［267］　第26章｜解開枷鎖

［277］　尾　　聲

［285］　後　　記

第 一 章　信　任

　　就在Mayuree整理文件，準備將患者從外科加護病房轉入普通病房時，電話響了。她將文件敲攏整齊後，起身接電話。
　　「外科加護病房，我是Mayuree。」
　　『小Mayuree，我是Ornanong姊啦。』Mayuree非常熟悉電話那頭語氣爽朗的聲音，因為Ornanong去和安寧療護處的Kantapat醫師一起工作之前，這位護理師前輩曾在這個外科加護病房工作。
　　Ornanong是個技術嫻熟、冷靜又能幹的護理師，她能精準地評估病人的病情，拯救過許多命危患者的生命，但後來Ornanong總是對Mayuree抱怨說她很同情那些患者，許多人身上都插著管線，孤孤單單地在這個病房裡死去，無法返家，沒有家人陪伴，沒有準備，也沒有機會和任何人道別。在Mayuree看來，Ornanong調去和Kantapat醫師一起工作是再適合不過了。
　　「是，Nong姊，有什麼事情需要我幫忙嗎？」
　　『Kantapat醫師託我來問Somsak醫師今天會不會從ICU轉出？他明天想去看看Somsak醫師的情況，怕走錯大樓。』
　　「Nong姊，妳的電話來得正好，我正準備打電話交接給普通病房，也讓小Oui打電話通知警方了。」
　　『喔，那就是要請人傳送了吧。』
　　「沒錯，Nong姊可以跟帥醫師說他不用走這麼遠了。」Mayuree有些不解，「是說為什麼Nong姊家的Kan醫師會想來探

望Somsak醫師呢？他們之前明明差點就殺了彼此。」

『大概是想了解一下病情吧，他們醫師總是很好奇。』Nong輕輕笑了，『謝謝妳，小Mayuree。』

「不客氣，Nong姊。」女護理師掛掉電話後繼續整理文件，沒有多想。

在協助傳送人員搬動病人、轉往普通病房之後，Mayuree轉頭對Oui說：「這個傳送員沒見過耶。」

「最近有好幾個新員工進來。是說剛才那個人的身材滿不錯的，高高壯壯，抬起病人感覺很輕鬆。」

「真是的，看到身材好的男生就興奮成那樣。」兩個護理師輕快地笑了起來，接著各自去忙自己的工作。

＊

Tao睜開眼，發現自己仰躺在馬路上，被大樓的影子壟罩著。青年眨了眨眼睛，望著照射在臉上的柔和月光──他在哪裡？怎麼會躺在這裡？醫院的傳送員艱難地撐起身體，暈眩想吐的感覺瞬間襲來。男子在地上爬行，努力尋找眼鏡並發出呼救：

「救命……有人在嗎？」

剎那間，他感覺自己的眼睛快瞎掉了，因為停在他面前的一輛汽車打開大燈，直照亮他的臉龐。青年抬手遮住光線，不解和恐懼讓他大叫出聲。車門開啟，高跟鞋有節奏地敲響地面，太刺眼的光線讓Tao無法看清走過來的人。而那個人走近他，接著蹲下身來。

「年輕男性的話，藥量可能得多一點。」那溫柔的說話聲是

女人的嗓音。Tao努力瞇起眼，試圖看清她的模樣。

「救……救救我，我……我不知道為什麼會躺在這裡。」青年試圖抓著面前的女子站起身，「我是個傳送員……必須去值班，您幫幫忙……帶我回去吧。」

「你待在這裡就好。」

接下來，他感受到大腿一陣刺痛，注射針頭刺穿了他的褲子，藥物被推進肌肉裡。

年輕男子痛苦地大叫，試圖舉起越發無力的手掙扎，但是無濟於事。那名女子抽出針頭後站起身，Tao感覺到力氣逐漸消失，他的頭倒到地上，視線開始模糊，最後看見的是走遠的純白高跟鞋，以及被塞進手中的酒瓶。流出的琥珀色酒液弄髒了地面、袖子及衣服，刺鼻的酒味蔓延，他的意識也逐漸消失。

*

年輕男子醒來時，看見一張宛如天神下凡的英俊臉龐。儘管會被認為是偏心他的愛人，但這名男子確實是Wasan交往過的對象裡最帥氣的人。

柔和的晨曦灑在那人白皙的皮膚上，引誘著Wasan伸手碰觸。在他的手碰到對方的臉時，那人也睜開眼睛，帶著笑溫柔地看他。Wasan連忙抽回手，蹙眉看著醫師：「又裝睡。」

Kantapat笑著張開雙臂摟過對方，直到兩人在棉被底下的赤裸身軀緊貼在一起。醫師低頭親吻警察理短的平頭。

「我喜歡你意圖不軌，然後被我抓到的時候。」

「我哪有對你意圖不軌。」Wasan努力想掙脫收緊的懷抱，

「放開我，我得快點洗個澡，準備去上班了。」

「我也喜歡你被我抓到之後總是不承認，想要躲卻又躲不掉的時候。」Kantapat翻身壓在Wasan身上，掀開被子，露出一絲不掛的結實身軀。醫師用手撫摸著Wasan的胸口，上頭布滿了昨晚留下的紅痕，不管做幾次都無法饜足。Kantapat感受到欲望，忍不住低頭吸吮Wasan胸口的敏感部位。警察嚇得抓住Kantapat的肩膀。

「喂，你……一早就要……」

「不能嗎？」Kan抬頭望著自家戀人，伸出舌頭舔舔嘴唇，惹得Wasan不由自主地屈服。因此當Kantapat再次低頭舔舐同一處時，年輕督察只得閉起眼睛，從喉嚨裡發出低吟。他的雙腳被抬起並分開，迎接醫師。交往得越久，他和Kantapat之間的關係也越深刻、直接，彼此都知道該如何讓對方如置天堂，契合得彷若天造地設，再加上醫師身上危險神祕的氣息帶來刺激感，讓Wasan越來越沉迷於其中。醫師潤滑過的手指熟練而溫柔，不曾讓Wasan感到一絲疼痛，就連接下來的插入也是。

「Kan……」

Wasan喊著在身上動作的人的名字，手滑過Kantapat右肩胛骨上的傷疤。它每天都提醒著警察，自己是因為誰才能活到現在。

清晨的運動讓兩人來不及一起吃早餐，必須趕緊盥洗、穿上衣服出門。Wasan開著Kantapat送的生日禮物黑色SUV離開家裡，抵達警察局後，年輕督察在下車前努力調整制服領口，藉此掩蓋住脖子上的痕跡。Wasan臉上仍帶著笑。這就是所謂幸福快

樂又無憂無慮的生活吧，他每天辛苦工作，回家後隨時有人可以訴苦，他再也不用過著艱苦的生活了，Wasan 希望這樣的生活能持續下去，直到永遠。

Wasan 坐下處理案子一陣子後，Kantapat 傳來的訊息跳了出來。

『親愛的，我今晚會晚點回去喔。』

『醫事人員工會要去餐廳聚餐。』

Wasan 拿起手機，簡短回覆：『好。』

警察現在十分信任 Kantapat 了，因為過去這六個月來，醫師沒有再做出任何讓警察起疑的事，Wasan 已經兩個月沒有看過 Kantapat 的追蹤定位了，只有連絡不到醫師的時候會開啟，但很少有這種狀況。

「最近氣色很好呢，督察。」警少尉 Archa 走過來，坐在桌子對面，「是因為最近工作不多，感情又順利吧？」

「少廢話了，巡官，你就直說吧，來找我幹嘛？」Wasan 故作不在意，繼續打著報告。

「Em 督察剛離婚。」

Kong 巡官的話讓 Wasan 愣了一下，因為 Em 督察是 Wasan 很要好的同事，就他所知，Em 才結婚兩年而已。

「你也知道太多別人的私事了吧。」

「不知道就不是千眼警探了嘛，督察。」穿著警察制服的 Kong 巡官挑眉，「我一直盯著所有人喔！要是 Kantapat 醫師拈花惹草，我絕對會比督察還早知道。」

「要是 Kantapat 醫師劈腿，不用等我知道，我允許你立刻直

接動手。」

年輕的巡官爽朗地哈哈大笑,「真是冷血,不過我喜歡。」

Wasan輕笑著,「但他不會那樣做的。這幾個月來,他向我證明了他很值得相信,我對醫師的信任程度就跟對自己一樣。」

Kong巡官撇了一下嘴,「我說一句話,不是針對醫師,而是針對所有人,那就是不要全心全意地相信什麼,因為如果失望了,抱有期待的人會傷得很重。」警察站起身,朝Wasan點點頭當作告別,「我得先跟手下去出外勤了,之後見。」

Wasan目送年輕巡官離開。他的話耐人尋味,但Wasan立刻將這番話拋到腦後,因為他已經累了,不想再懷疑愛人了。

Somsak醫師的案子早已結束,而且在那之後,也沒有出現任何與癌末病患有關的異常情況,因此Wasan沒將Kong巡官的那些話放在心上,Wasan堅韌的心智絲毫沒有受到影響。

*

Kantapat和病人約定的時間是晚上九點十分。

一身黑衣的年輕男子佇立著,看向前方大門敞開、迎接自己的地方。漂亮的庭院裡,冷風吹得樹葉沙沙作響,葉子輕輕落在泳池水面上,池底的燈光映照出美麗的光影。Kantapat很了解這棟房子的格局,因為他已經來家訪三次了,但這次將會是他最後一次照顧這名患者。

Wirat Saisamut先生,八十三歲,是一名經營水果加工生意而成功致富的富豪,兩年前被診斷出肺癌。他經歷了許多次治療,包括一般手術、化學治療及放射線治療,但是最後,癌細

胞還是擴散到了肝臟、腦部和脊椎，造成 Wirat 莫大的痛苦。因此，當 Kantapat 接手照顧 Wirat 先生時，醫師依據以下標準做了評估：

一，患者的疾病必須是末期，病情預後不超過六個月。

二，疾病帶來巨大的疼痛，經藥物治療後，狀況仍無法改善。

三，患者明確表明結束生命的意願，心中沒有任何掛念，覺得此生已經足夠。

四，患者沒有任何憂鬱症或精神疾病之病史。

五，患者具有清楚的意識。

六，Kantapat 醫師的家訪次數不少於三次，了解其住家環境及家庭成員。

而 Wirat 完全符合 Kantapat 的每一個照護條件。

老先生已經坐在一樓主臥室的搖椅上等他了，儘管房內的燈光昏暗，Kantapat 依然看得見長者眼神裡的欣喜。老歌從留聲機裡傳出來，迴盪在整個空間，時光彷彿回到了 Wirat 先生年輕時。

「這首歌叫〈天鵝[1]〉。」長者用顫抖的聲音說著，舉起無力的手調整掛在鼻子上的氧氣管，「這是⋯⋯我和妻子⋯⋯第一次跳舞的歌⋯⋯華爾滋⋯⋯她好漂亮，漂亮極了。」

Kantapat 走近 Wirat，伸手輕輕觸碰他的手臂，「我看過夫人的照片，她的確很漂亮。」

「今天⋯⋯她離開我⋯⋯滿十年了。」老先生閉起眼睛，「十

---

[1] หงส์เหิร，由 Pensri Poomchoosri 所演唱。

年前的今天,晚上的⋯⋯九點二十二分。」

Kantapat抬手看了一下錶,「還剩五分鐘,Wirat先生,您還有什麼願望需要我幫忙嗎?」

「請拿一件、我妻子的⋯⋯洋裝給我⋯⋯」老先生發顫的手指向床頭附近的衣櫃。Kan點點頭後,走過去打開衣櫃,裡頭是塵封已久的女裝。他挑了一件長袖的連身裙,飄逸的長裙上有著黑紅相間的碎花圖樣。他走回來,將其放在老先生的腿上。

「她穿上這件洋裝好漂亮。」老人拔掉鼻子上的氧氣管,將那件洋裝緊緊擁在胸口,「醫師⋯⋯我準備好了。」

醫師領首,在病人身旁跪下來,「您相信臨終一念嗎?」Kantapat將患者的右手放到扶手上,「只要想著那些美好的事情,想著妻子的臉,想著您一生中做過的善事。您跟我說過,您曾經捐錢為貧苦孩子興建了學校對嗎?」

老先生點點頭。

「那些善行會帶領您前往極樂世界的。」Kantapat戴上手套,在病人的上手臂綁好止血帶,尋找手肘窩的靜脈。「容我再問一次,這真的是您的心願嗎?」

「這的確⋯⋯是我的心願。」老先生閉上眼,「除了在這個日期、時間和地點⋯⋯用不痛苦的方式離開⋯⋯我別無所求⋯⋯」

Kantapat點頭,「您會得到您想要的一切。」

老先生的眼淚滑下臉頰,「謝謝⋯⋯醫師⋯⋯真的謝謝您。」

Wirat Saisamut先生,於晚上九點二十二分離世。

Kantapat望著眼前已無生命跡象的軀體,眼神平靜得像不受風吹拂的水面,他手裡依舊拿著曾經裝著致命液體的針筒。

Kantapat 抬頭凝視窗外，溫柔的月光隨著冷冽的風透進來，伴隨著在患者嚥下最後一口氣時跳針的華爾滋節奏，一次又一次地重複著同樣的歌詞。

　　『飛、往、極、樂，

　　　直、達、淨、土，

　　　飛、往、極、樂，

　　　直、達、淨、土……』

第二章　女法醫

一個月前──

Bannakij 非常努力地告訴年輕女子，這片土地上充滿了錯綜複雜的謀殺案，對鑑識工作者來說可以說是噩夢，但女醫師 Supaporn 一點絲毫不為所動。

「Rin，妳真的可以嗎？」Bannakij 一臉憂心地問年輕醫師。

兩人在曼谷市中心一家購物中心的餐廳裡見面，再過一個月，她就會接下 Ban 的公職職位。

Rin，剛從法醫學院畢業不久的醫師 Supaporn Duangnet 目光炯炯地望著 Ban 醫師。只看過一眼，就知道這個女人對自己充滿自信。她一身黑色襯衫及灰色長褲，看起來幹練俐落。女子雙腳交疊後輕輕晃動，紅色的細高跟鞋在夜晚燈光下閃閃發亮。

「我知道那裡有多麻煩，連 Ban 學長這麼厲害的人都待不下去了，我這個瘦小的女生大概會被啃到什麼也不剩。」女醫師說完，橘粉色的嘴角勾起一抹淺笑，望著 Bannakij 擔憂的神情說：「Ban 學長不用擔心，我有多能幹，學長應該最清楚了。」

男子輕嘆一聲，「擔任公職不如妳想的那麼簡單。」

「要試過才知道啊。」Rin 切著牛排，從容地說。

「不僅如此，Rin，在那裡妳會被捲入一些妳無法想像的可怕事件。」Bannakij 放下刀叉，回憶起自己曾經歷過的種種，「警察、線民、政客、黑暗勢力，我甚至收到了死亡威脅、被綁架，接著還有醫院裡的謀殺案、殺害末期病人的案子，我到現在都

不明白我是怎麼活下來的。說真的，妳為什麼要去接我的職位呢？」

女子直盯著學長，表情堅定不移，「Ban學長，你曾經說過不是嗎？學長當初會選擇離家遙遠的偏鄉外府醫院任職，就是想要逃離過去，想要做回自己啊。」

Bannakij一時忘了他什麼時候向舉著酒杯啜飲的女子說過這樣的話。若Rin不是擅長讀懂人心的人，那就是她的記憶力太好了。

Rin和Ban一樣生在曼谷、長在曼谷，因此Ban仍然不懂她決定接替他職位的原因為何。

「為什麼要提起我的理由？」

「我是要說，我的理由和Ban學長完全相反，我不是為了逃離，而是為了接近和找尋。」她將酒杯放回到桌上，目光如炬地凝視著Bannakij，「發生了一些事情，我必須親自去找出答案。」

無須多言，Bannakij立刻感覺到她打算以身試險，「Rin……」

「Ban學長不用擔心，Rin就算會死，也要得到那個答案。」女醫師犀利的目光盯著Bannakij，十分堅決，「就算用我的命去換也值得。」

*

悄悄觀察目標一段時間後，督察Em揮手示意埋伏在另一側的警察開始行動。警察瞥了一眼身穿黑色皮衣、戴著棒球帽的年輕男子，他和目標聊得正開心，彷彿相識已久。清晨時分，空氣

冰冷刺骨，在溫暖的太陽升起前，可能還得這樣冷上一個多小時，但這次誘捕大毒梟重要手下的行動是否能成功，很快就會揭曉了。

以「千眼警探」聞名的警少尉 Archa——或是 Kong 巡官——就是戴著棒球帽，和目標打成一片的那個男子。他的偽裝能力誰也比不上，如鬼魂一般神出鬼沒，乍看之下大概會以為他是一個販毒的小蜜蜂。

Em 督察躲在倉庫的陰暗角落裡，悄悄摸上槍套裡的槍，準備在發生意外時，第一時間保護 Kong。

「哎！Somkit 哥，這點工錢不夠我養老婆啦。」Kong 手上揮著一捆鈔票笑道，「我老婆雖然嬌小，但食量很大。我這次可是要幫哥把貨賣到整個縣，不能再多給一點嗎？」

「你欠揍嗎？要不是我的手下保證你可以信任，我他媽早就把你斃掉了。」另一名男子用嘶啞的聲音冷冷地說，「我老闆只給了這些，我也只能給你這樣，你就自己拿去賣高價，賺價差吧。」

「哥！」Kong 巡官大笑，「大家都要沒有飯吃了，政治爛成這樣，經濟也那麼糟，藥就便宜賣給他們吧。」

就是現在。Em 轉頭抬手，示意其他警察立刻上前圍捕。

「喔喔！」Kong 面露驚嚇，回頭看著帶著槍蜂擁而上的警察，「可惡！Somkit 哥你他媽的是條子臥底嗎？」

「才不是！」Somkit 憤怒地咆哮，轉頭看向圍住自己的警察們，手伸向背後準備抽出插在褲緣的手槍。

「哎呀！」Kong 立刻衝上去，抓住 Somkit 的肩膀，將他的手

臂用力扭到身後。Somkit痛得發出淒厲的一聲哀號，持槍的手頓時無力地垂下。

Kong踹上嫌犯的膝窩，讓其跪倒在地，然後將對方的雙臂扭到背後，一派輕鬆地跨坐在對方身上。

「就叫你多給我老婆一些零用錢了。」

成功將嫌犯押上車之後，Em督察走向站在一旁咬著牙籤，望著晨光從龍眼樹梢灑下的同事。年輕督察和這傢伙共事已久，非常了解高大魁武又瘋癲古怪的他。

身材高大的警察雙手抱胸說：「我真搞不懂你是怎麼活到現在的。」

Kong巡官對Em挑了挑眉，「大概是因為我罪孽深重，佛祖想讓我活著多受苦吧。」

Em低聲一笑，「這次謝謝你幫忙這個案子，因為我知道沒有人比你更適合做這種事了。」

「以後可別再來找我做這種事，我他媽的怕死。如果讓我老婆知道我親自上陣，而不是讓手下去做，肯定會罵死我的。我要是真的掛了，督察你可得養我老婆啊。」確認關係之後，Kong也不再特意隱瞞他嘴上常提及的老婆，是他去府立醫院調查Somsak醫師案時認識的一位男護理師。

Kong將牙籤丟進草叢裡，靠過來壓低音量對警察說：「對了，我聽到消息了，督察，你還好吧？」

Em的眼睛閃爍了一會兒，然後恢復正常，「我有什麼瞞得過你的事？」

「這世上沒有祕密。」年輕巡官拍了拍Em的手臂，「三十五

歲再婚也不算遲,督察,是時候找新對象了。」

「你在說什麼鬼話,回去了啦。」Em沒好氣地回道,轉身離開巡官不過三步,就聽見停在附近的警車旁傳來大聲的咒罵,接著響起的槍聲讓他的血液凝固。

砰!

兩名警察立刻從腰間槍套裡掏出槍,朝槍聲傳來的方向跑去。

「發生什麼事了!」Em喊道。

又接連傳出兩聲槍響,Em趕緊跑到大樹後方躲藏,做為掩護。Em小心翼翼地探頭評估狀況──有三名警察以警車作為掩體,還沒發現有人受傷。

「有人從馬路對面的樹林開槍!」躲在倉庫柱子後方的Kong大喊:「我們也被人埋伏了。」

Em等人謹慎觀察了好幾分鐘,槍聲平息,但取而代之的是一名警察大喊的聲音:「Somkit中槍了!」

「靠,居然有人埋伏在這裡!」Kong巡官咒罵道,「督察,我跑過去車子那邊,掩護我!」

Em頷首,如老鷹般銳利的眼睛掃視四周,搜尋任何可能造成危險的事物。

Kong跑向Somkit所在的警車,猛然拉開後車門時,Somkit渾身是血地滑落到地面,鮮血從頭部的槍傷汩汩流出,眼睛往上翻,早就沒有呼吸了。由於現場依舊危險,警方無法及時搶救中槍者,也無法冒險呼叫醫療人員,讓他們進入充滿未知威脅的區域。

距離最後一聲槍聲過了一個多小時，此時晨光灑滿大地，鑑識人員開始找尋彈頭及其他可能遺落在事發現場的證據。來自醫院的廂型車輾過石子路，駛入現場的聲響讓Em的注意力從眼前的警少校Wasan身上移開。

偵查組Wasan朝來訪的車子點了點頭，「法醫來了。」

聞言，Em不禁噴了一聲，「新法醫？」

「對，就是新來的法醫。」Wasan蹙眉看向Em，「Em哥不是見過她了嗎？」

「見她越多次，我就越希望Bannakij醫師回來。」Em雙手抱胸看著下車的人。

第一個下車的法醫助理Anan哥是Em的熟人，但接著下車的那個人引來所有人的目光。當深紅色矮跟鞋輕輕踏上地面時，幾乎現場的警察都屏住了呼吸——法醫深邃的臉龐美麗，氣質出眾，一頭長髮往後紮成高馬尾，身穿白襯衫和黑長褲，外頭披著黑色的法醫背心，幹練又優雅。

「她雖然年輕，卻是個非常厲害的法醫。」Wasan拍了拍手裡的資料夾對Em說，「Em哥只是不習慣和女人一起工作。」說完，Wasan便走向Supaporn醫師。「醫師，我帶妳去看屍體。」

女子望著以奇怪姿勢躺在那裡的屍體——屍體一隻腳掛在車子裡，軀幹和頭部則倒在石子路上，雙手仍扣著手銬，頭部浸在開始凝固的血泊之中。Rin從Anan手中接過袋子，戴上手套，接著蹲下身靜靜地觀察屍體，彷彿在檢視一塊石頭。她挪動屍體的指頭及手臂，讓Anan幫忙翻過屍體，以利觀察背部皮膚的顏色。

「屍體還未僵硬，死亡時間不超過兩小時，與事發時間相

符；右側太陽穴有子彈射入的傷口，由左側太陽穴穿出；傷口上有玻璃碎片，這表示子彈是從車窗射進來的，是遠距離射擊的結果；死因是頭部中彈。」

Wasan將女醫師說的話記錄在資料夾上，「死因很明確對吧？」

「對。」Rin退後，讓職員拍照。「沒有其他人受傷對吧？」

「沒有。」Wasan環顧周遭，「車上有另一名警察，但他及時低頭躲開，只有被子彈擦過而已。」

「好。」女子脫下被鮮血染紅的手套，望著屍體一會兒後，感覺到另一個人盯著她的視線。Rin轉過頭，發現身邊站著一個高大的身影。

「醫師，我在事發現場，那群人在這片荒山野嶺中。」Em隨口說著，「追過去是拿命開玩笑，連自己什麼時候會被開槍射死都不知道。」

警察試圖開聊，話題卻有點不合時宜。法醫銳利的目光掃向警察，「你不是還沒死嗎？」

年輕警察抬起手，摸了摸自己的胸口，「妳說的話和解剖刀，不知道是哪個比較傷人。」

「我不知道，但要是你想試試解剖刀，可以成為我的病人。」Rin有些不耐煩地回答道，接著走向Anan，指示拍照的位置。

Em苦笑著，轉頭看向含笑站在一旁的Wasan督察，他看到高大的警察被嗆得說不出話十分有趣。

「就說Em哥不習慣和女人一起工作吧，得多練練。」說完，Wasan也離開，留下Em一人。

*

在一片哀悽之中,黑煙從火葬亭的煙囪飄盪升起。Kantapat面色平靜地望著那團黑煙,內心充滿了奇特的滿足感——他相信患者將在臨終一念的帶領下前往極樂世界,與心愛之人重逢。

Wirat先生的女兒帶著她矮小的八歲兒子來找Kantapat。

「醫師,謝謝您來參加家父的喪禮。」她溫柔地對Kan說。

「我是想來送我的病人最後一程。」年輕醫師轉頭對著女子微笑,「請容我再次致上哀悼之意,希望您和家人保重。」

「謝謝醫師照顧家父直到最後一刻。」

對,我是真的照顧令尊到他嚥下最後一口氣。

Kantapat點點頭,內心滿足不已。做得越多,Kantapat越覺得他付出的時間和精力是值得的,這都是為了患者最後的心願。年輕醫師雙手合十向Wirat先生的家屬行禮道別,接著離開火化場,走向自己的車子,駕車返回府立醫院,繼續照顧他負責的安寧療護病人。

傍晚六點,Kantapat回到家。看到Wasan的車停在車庫裡,他立刻就笑了,儘管已經同居好幾個月了,Kantapat依然很期待下班後可以見到戀人的時刻。Wasan今晚不用值班,大概又是一個可以共度美好時光的夜晚。

停好車子後,Kan走向信箱,裡頭塞了一封信。他猜是電話費或信用卡帳單。

那封信沒有屬名,連封口也沒有。

醫師皺起眉頭,立刻打開那封信,接著抽出裡頭的紙張,上

頭的內容讓Kantapat感到一股寒意從頭直竄到腳底──只有字跡潦草的短短一句話，卻讓Kan感覺周遭空氣凝重得難以呼吸。

　　『你好，白衣死神。』

第三章　思覺失調的Som先生

「Kan……」Wasan喊著正在恍神的人，「醫師！」

醫師立刻收回視線，看著面前的人。出聲的人不大高興，因為警察都已經全身赤裸，俯在Kan的腿間以嘴取悅他了，醫師仍心不在焉的模樣。Wasan用力嘆了口氣，旋即停下動作，撐著身體坐起。

「抱歉，親愛的。」Kan伸手捧著Wasan的臉。

今天醫師從進門的那一刻就不大對勁，儘管只有一點點，但和Kantapat生活了好一陣子的同居人不可能沒有發現，Wasan曾經看過這樣的Kantapat，在Kan煩惱Somsak醫師的事並試圖隱瞞的時候。

「你沒心情的話，就先這樣吧。」Wasan的語氣冰冷，拉開Kan貼在自己臉上的手。

「Wasan，別這樣。」Kantapat將對方摟進懷裡，靠上自己的胸口。Kan的男朋友像隻大貓，脾氣不大好，但不難哄。「我只是累了，從早上一路看門診到下午，只吃了一下飯，又去做家訪。」

「Kan。」Wasan的手撫過醫師健壯的胸口，「你沒有什麼話要跟我說嗎？」

Kan甜蜜一笑，低頭吻上他理得短短的頭頂，「又認為我有祕密了？」

「希望是沒有，我很信任你，要是你有事瞞著我，我會很傷

心。」Wasan推開Kan的身體,「不想做的話就睡覺吧,我明天一早要趕去法院。」

不管Kan的心情多糟,他都不會表現出來,並不遺餘力地回應對方的需求來掩飾——今天先求歡的人是Wasan,倘若Kan就這樣拒絕他,警察會非常失望。年輕醫師立刻翻身覆上Wasan,低頭在嘴唇和頸窩上印下深深一吻,接著往下吻到胸口,Wasan在他吸吮揉捏的時候,因快感而發出低沉的呻吟。醫師的碰觸往下來到圓潤的臀肉,Wasan似乎事先準備過了,一將Wasan的腳抬到肩頭,Kantapat毫不猶豫地插了進去,一次又一次地占有他的身體。

冷冽的夜無法讓Kantapat火燎焦慮的心平靜下來。當Wasan入睡後,Kantapat起身坐在床沿,凝視著窗戶的明月,眼神冷如一口深井。他陷入沉思,想起他在自家信箱裡發現那封神祕信件的情景——Kantapat失去理智,將那張紙撕成碎片之後丟進了垃圾桶。

他當然聽過「白衣死神」這個詞,而說出這個詞的人曾指著他的臉,當面用這個詞喚他。

Som。

他曾目擊到Kantapat的行動,但他的思覺失調症掩蓋了一切,也因為他沒有惡意,所以Kantapat決定饒Som一命。畢竟縱使Som記得Kan的長相,也沒有任何證據可以指證Kan,此外,精神症狀也是Som的話不可信的證明。

Kan往左看向熟睡了一陣子的戀人,之後起身走向房門,悄悄地開門走出臥室。Kan來到一樓,走向起居室旁的書桌,打開

設置在家門口那支監視器的畫面，查看究竟是誰將信塞進來的。

Kan的心跳加速，他看見下午兩點二十八分時，有個穿著社區保全制服的男人走向Kan家——多虧了Kantapat重金買下的高畫質監視器，他清楚看到了那個人臉上的細節。那名保全將白色信封放進信箱就離開了，沒有任何可疑的地方。

這是Kan固定會打招呼的保全。看樣子，明天他和這名保全必須聊聊了。

「我先出門嘍。」Wasan拿起文件袋和車鑰匙後走向Kan，那人正吃著Wasan一早起來熱的豬肉粥，「我今晚要值班，不用幫我準備晚餐。」

「好。真的不用我送你去嗎？」

「不用了，我沒辦法確定回家的時間，自己去比較方便。」

這是Kan早已預料到的答案。醫師溫柔地對Wasan一笑，「親愛的，開車小心。」

年輕督察點點頭，接著轉身離開家。

戀人一走出家門，Kantapat的笑顏瞬間消失，變得像雕像一樣面無表情，他將湯匙放到還沒吃完的碗裡，起身確認Wasan已經離開了。醫師立刻抓起車鑰匙出門，開著車前往社區門口的警衛亭尋找要找的人。

他輕易地找到了人，因為那名中年保全正友善地帶著笑容，親切地舉手向進入社區的住戶行禮。Kan將車停在一號樓的前方，下車走向那名保全。

「不好意思。」醫師的語氣比平時冰冷。

「喔，醫師您好。」保全對Kan露出燦爛的笑容，他一眼就認出這個相貌堂堂的年輕人是這個社區裡的住戶。保全的臉上沒有任何惡意，「您昨天有收到信嗎？我把它塞在門口。」

連問都不用問，Kan立刻就知道那封信是誰拿來的了。醫師瞬間沉下臉色，看起來有點可怕，「那封信，是你寫的嗎？」

面對那雙彷彿要將他生吞活剝的銳利眼神，保全的笑容慢慢消失，有些慌亂地說，「不⋯⋯不是，那封信不是我寫的，醫師，是下午有人託我轉交給您，我只是好意，怕自己忘記就拿過去塞在您家門口了。要是醫師對我的做法不滿意，我向您道歉。」

Kantapat沉默了片刻，似乎在琢磨要不要相信這個人的話，但見到對方驚恐的神情，醫師努力讓自己冷靜下來，因為他可能誤會對方了，「是誰拿來的？」

「我也不認識，不是住這裡的人。是個十三四歲的男孩子，他站在馬路對面喊我，我就走了過去。他託我把那封信轉交給Kantapat醫師，我以為您和那孩子說好了，又怕自己忘記，就拿去您家門口放著了。」

「一個男孩？」Kan蹙眉，「我可以看一下監視器畫面嗎？我必須知道信是誰送來的。」

「當⋯⋯當然沒問題，我馬上連繫主管，調我收到信的那個時段的畫面。」中年保全結結巴巴地說著，但非常樂意幫忙，讓Kan開始覺得這個人應該不是真正的罪魁禍首，「醫生，您要在這裡等是嗎？」

Kantapat抬手看了一下錶──現在八點了，他九點整有門

診，看來得打電話告知護理師他可能會晚一點到了，因為眼前這件事非常緊急。

「我等，快點。」

「Kan醫師……」

櫃檯護理師叫住快步走進診間的Kan，她們從來沒有看過Kantapat的心情像今天一樣煩躁。女護理長Looktan鼓起勇氣站起身，跟著醫師走進診間，「教授，今天只有五個病人，其他的都過世了。」

「好，讓第一位患者進來吧。」Kan登入醫院的電腦系統。安寧患者需要花費大量時間溝通，因此Kan一天看診的人數並不多。安寧療護是一件需要非常細心的工作，Kantapat和患者的談話既是科學也是藝術，所以每個病例的看診時間通常都不低於半小時。

但今天，Kantapat似乎沒有耐心與他人進行長時間的對談。看完社區的監視器畫面之後，他發現沒有清晰地拍到送信者，因為保全被叫到馬路對面了，簡直就像送信者知道再靠近一些就會被監視器拍到。而保全因為老實善良，想都沒想就走出警衛亭，橫跨社區前方的馬路，走到對面去找那個人。

Kantapat疑惑的問題不僅是那個人是誰，還有一個最關鍵的問題——做這件事的人到底想從他身上得到什麼？但既然抓不到源頭，他決定先從嫌疑最大的人開始調查——

有思覺失調症的Som先生。

＊

『喔！Som家嗎？』Wasan透過電話回答Kan，『從你每週二會去看診的保健醫院出發，直走約五百公尺後，在一條巷口是雜貨店的小巷子左轉，一直走到底，Som家就在左邊。他家看起來像廢棄的木屋，是獨棟的房子，屋前有老舊的木棚。找不到的話，你就問Tay叔或者護理師Ann吧。』

「親愛的，謝謝。」Kantapat溫柔地對電話那頭說。

『但我不確定他是否還住在那裡。從他產生幻覺、我進去抓他的那天起，他就住院治療，直到康復，說不定現在已經搬走了。是說，你問Som的家在哪裡要幹嘛？』

Wasan一向多疑，但從他的語氣可以聽出來他只是單純好奇，並非對Kantapat起了疑心。醫師知道他正在做不該做的事情，他正在利用Wasan對他的信任，但他真的別無選擇。「是身心科醫師拜託我們去家訪。我記得你去過患者的家，所以就幫家訪團隊問一下地址。」

『你家訪的病人還真多樣呢。』Wasan笑著說。

「誇我是個厲害的醫師吧，能照顧各種病人，而且還長得好看。」醫師說，試圖營造一切如常的樣子。

『作你的白日夢！我不否認你厲害，但你哪來的自信覺得我會誇你長得帥？』

Kan和Wasan之間一如往常地你來我往，譏諷戲謔，伶牙利嘴的Wasan碰上狡詐的Kantapat，鬥嘴成了兩人從不厭倦的小情趣。不過，今天Kantapat無法和Wasan閒聊太久，提醒對方快去

吃飯之後，醫師掛了電話，換檔駛出醫院，前往目的地。

*

把脫下來的白袍扔進車裡後，高大的男子來到木屋前。

聽Wasan的描述，這棟房子應該破舊得像廢棄房屋一樣，但此時Kantapat看來，Som的屋子並沒有那麼糟，顯然打掃整理過了，很可能是Som回來後修了房子，不然就是屋主換人了。

一隻黑狗從半掩的門後衝出來停在Kan面前，不停吠叫。醫師嚇得後退了幾步，不過那隻黑狗沒有真的撲上來咬人，他就冷靜地站在原地，直盯著木門。

「Mid！你叫什麼叫！」一個男聲從敞開的門內傳來。

那名男子走出屋子，看見自家的狗正對著某人吠叫頓時愣住，看著那一雙彷彿會吞噬他靈魂的目光，瘦弱的男子驚恐地睜大眼睛，腦海中再次閃現那個死神的幻覺，儘管他已經好幾個月沒有出現幻聽或幻覺了。Som嚇得腿軟，癱坐在地，恐懼籠罩著他的心，感覺到全身發寒。

「我有事情想問你。」年輕醫師說話的聲音低沉得讓人猜不透他的想法，「可以私下聊聊嗎？」

Som渾身發顫地抓著門把起身，自己走進屋子，砰地一聲把門關上。

Kan不滿地皺眉，準備跟上去，但那隻黑狗開始齜牙咧嘴地發出懾人的威嚇低吼聲，要是Kan再上前一步，絕對會被咬。醫師握緊拳頭，決定慢慢後退，確定那隻狗不會追上來後快步走向車子，用力拉開車門。男子雙手緊緊握住方向盤，試著讓自己冷

靜下來，思考下一步該做什麼。

Som是最有嫌疑的人，但這不表示那是他做的。

Kantapat需要找到更多證據，他可能得等Som不在家的時候對狗下藥，進去搜尋證據。或者最簡單的，斬草除根，就像他處理掉Somsak醫師一樣，徹底結束掉這件事。

Kantapat長嘆了一口氣，無力地靠上椅子，試著抹去最後那個念頭。他是醫生，不是殺手，光是殺掉一個Somsak醫師就已經是沉重的罪過了。

「已經死太多人了，」年輕醫師喃喃自語，「死……太多人了。」

第四章　報應

「哎呀，寶貝⋯⋯夠了，喔、哎呀，你是從哪裡聽到的？」老練的Archa伸手阻擋男護理師接連拍在他身上的手掌。

Kong不會讓自己居於劣勢太久，一逮到機會，他便抓住眼前人的雙手，緊緊抱住。Tum惱怒的表情讓他看起來更可愛了，但Kong不能讓他的愛人生氣太久。

「我認識的人目睹了整件事，跑來跟我說的。」Tum試圖推開警察的懷抱，「Kong巡官，你買毒品釣魚，最後發生槍戰，有一人被射殺，當場身亡。還好死的不是你，不然我該怎麼辦？你不是說不會再接危險的任務了嗎？你不是答應過我了嗎？你說啊？」

Kong噓了一聲，示意對方冷靜下來，露出幾乎看得見每一顆白牙的燦笑，「今天有特別想吃什麼嗎？」

漂亮的圓眼望著眼前虛偽的表情，無奈極了，「沒有。」

Tum成功從警察的懷裡掙脫出來，走到衣櫃前照鏡子，整理身上的白色護理師制服。

「等等我送你去上大夜班。」Kong走過來貼在Tum的身後，「等到早上再去接你下班，帶你去吃你最愛的鐵板煎蛋好嗎？」警察從後方摟著嬌小的護理師，溫柔地低頭輕吻對方的太陽穴。「對不起讓你擔心了。晚點我把你打的那一巴掌，轉送給派我去執行任務的人，也就是我主⋯⋯」

「你瘋了嗎！」Tum搖搖頭，為對方毫無邏輯的胡言亂語感

到無言,「不准去打你上司。」

「就說是我老婆送他的禮物,因為長官派我去執行危險的任務。」

「別說了,Kong巡官。我要去值班了。」Tum抬頭看向牆上的時鐘,已經晚上十一點十五分了。從醫院後方的宿舍大樓到Tum工作的病房大概要走五到十分鐘,他得趕緊出門去接替小夜班,不然人家午夜十二點就下班了。Tum在Kong的懷裡掙扎,「放手。」

年輕刑警抱得更緊,「不放,除非讓我送你去上班。」

護理師無奈地翻了個白眼,「要一起去就快點走吧。」

兩個青年走下樓,穿過黑夜,前往燈火通明的醫院大樓。Kong帶著滿滿愛意偷看了男護理師一眼,感謝命運讓他和Tum成為戀人,他覺得自己越變越好,做事情都更加深思熟慮了。重要的是,他覺得日子更幸福了。他這才明白有人關心他、每天都能接住他的胡鬧是一件這麼棒的事。

警察揮手告別走進病房的Tum。誰看了不羨慕呢?Kong雙手抱著胸,得意地看著其他護理師投來的目光。

Tum從視線中消失之後,Kong轉身走進電梯,準備下樓。警察抬頭望著電梯一角,挑了挑眉,發現上頭裝了之前沒看過的監視器。

「之前沒有這個啊。」Kong左右扭了扭痠痛的脖子,「新院長大概是不希望再發生亂七八糟的事情了。」

Somsak醫師卸任院長後,兒科醫師Umaporn──另一家大型府立醫院的前院長被調來接任,妥善運用了過去管理大型醫院

的能力。

　　Umaporn醫師的責任是修補及挽回醫院的聲譽，尤其在這樣一家因連環殺人案而聞名全國的醫院裡，她對安全防護系統的要求更是嚴格——在死角加裝監視器及照明設備，聘請更多保全，並且改善了病歷管理系統上的每一個漏洞，可以準確地回溯患者的過往治療紀錄。

　　Kong抬手搗著嘴巴，打了一個大大的哈欠，穿過無人的診間區，往大樓後方走去。冷風從連通道吹來，他不得不拉攏黑色皮衣。此時，Kong聽見推床輪子的聲音從後方傳來，警察基於本能轉頭看去，看到一個高大的男傳送員推著病床，沿著通道走去。Kong知道這個畫面在醫院裡很常見，但讓他困惑的是那人的淺灰色制服上滿是汙漬，不如其他員工乾淨整潔。那人的鬢髮亂糟糟的，像是沒有打理，口罩遮去了半張臉，那雙藏在鏡片後方的眼眸透著陰森的氣息。

　　發現有人盯著自己，傳送員停下腳步，轉頭看向Kong。

　　警察皺起眉頭，全身的感官頓時警覺起來，避免發生意外。不過Kong很快就意識到自己可能想太多了，因為那個男人對Kong根本不感興趣，他只轉頭看向走道，繼續推著空病床往前走。

　　好眼熟，好像曾經在哪裡看過那雙眼睛。

　　Kong決定加快腳步，掉頭走回醫院連通道，想看看那個傳送員去哪裡了，然而，他看見的卻是深夜裡，一張病床被丟在空無一人的走道上，本就寒冷的空氣越發凜冽，警察從頭到腳都感到一股寒意。

「這他媽是什麼狀況？」警察不是個膽小的人，但剛才那一幕的確讓人寒毛直豎。那名傳送員或許只是去其他地方辦事了吧。

Kong抬手抹了一把臉，決定不再多想，轉身走向醫院宿舍大樓，先回他男友的住處睡覺休息，等明天一早再去接人吃早餐。

「你今天不用工作嗎？」Tum在Kong舀起一大口鐵板煎蛋時問。

此時，兩人正坐在城裡的一家早餐店裡，這家店清晨就開門了，成了剛下大夜、飢腸轆轆的人們填飽肚子的好去處。

「要啊，但要先跟你吃個飯，反正還有一個小時，警局就在附近，來得及啦。」Kong放下餐具，「對了，你有看過一個長得很高、鬈髮又戴眼鏡的男傳送員嗎？」

Tum皺了皺眉，面露思索，「沒印象耶，我記得的人裡面沒有人是鬈髮戴眼鏡的，但我也不認識很多傳送員。怎麼了嗎？」

「昨天送你來上班，回去的路上遇到一個傳送員，長得像我剛才說的那樣，衣服髒兮兮的，還突然就消失了。」

男護理師瞪大了眼，「消失？是鬼嗎？」

Kong哈哈大笑，「是個活生生的人啦，我確定。只是覺得有點奇怪，所以問問你。」

「真愛管閒事。」Tum低頭繼續吃早餐。

「你這個毒舌小可愛，我就當作是稱讚了。我告訴你，我千眼刑警的名號可不是靠運氣好，而是犀利的觀察力得來的。」

Kong用食指敲了敲自己的眼尾,「就連你換一隻手刷牙,我都能發現。」

Tum的臉上寫滿了嫌棄,「那如果換個男朋友,你能發現嗎?」

Kong捂著胸口,裝出心碎的表情,「千萬別讓我有抓到的一天,親愛的。」

Tum搖著頭,輕輕笑了,「我沒時間找新的啦,光是應付目前這個男朋友就夠忙了。」

沒錯,Tum的生活比以前混亂了好幾倍,Kong就像一場突如其來的風暴,徹底打亂他的生活,讓Tum頭痛不已,沒有時間感到寂寞,但奇怪的是,這個混亂卻讓他非常幸福。至少,在下大夜班、覺得飢餓疲累的時候,護理師Tum再也不用一個人吃早餐了。

另一邊,Kantapat選擇在Wasan值班的夜晚動手。

午夜時分,年輕醫師穿上一身黑衣黑帽,以黑色口罩遮住臉,雙手戴上橡膠手套,悄聲無息地走進Som家的巷子裡。只有巷子中央的路燈還亮著,夜晚的漆黑和寂靜提供了完美的掩護,唯一的障礙是Som養的黑狗。

Kantapat蹲在屋前的樹叢中,拿出塑膠袋,將準備好的狗糧丟向前院。他決定先到遠處等待,避免狗嗅到陌生人的氣味。

Kan躲在Som家斜對面的龍眼果園裡躲了一個小時之久,才悄悄回去查看情況。

塑膠袋是空的,狗糧散落一地,說明狗已經吃掉了食物。

Kan 走進院子,發現食物附近有一團模糊的黑影,藉著昏暗的路燈一瞧,他發現那是一具狗的軀體,牠似乎睡著了,也可能是死了。Kan 慢慢走過去。

就在此時,狗的身體抖了一下,四肢痙攣僵直,Kantapat 被嚇得後退幾步。不過,黑狗很快又平靜下來,嘴角流著白沫,周遭還有排泄物。

醫師的心跳加速,一股強烈的愧疚感湧上,讓他全身發麻。他試著說服自己那只是一隻狗,但狗也是一條性命、一個無辜的靈魂,他卻殘忍地殺害了牠。

但是計畫必須執行下去,他還有另一條性命要處理掉,以免它毀了自己的人生。

因為貧窮,Som 沒錢裝設鐵窗,Kantapat 可以輕鬆地爬進破舊的木造平房。醫師小心翼翼地環顧四周,手裡拿著針筒,走向另一間敞開門的房間。他看到男人蜷縮在地板的一張薄床墊上,在這寒冷的夜晚,Som 身上蓋的毯子應該無法禦寒。Kan 握緊手上的針筒,渾身顫抖,心裡滿是猶豫。他很清楚自己不該這麼做,醫師正站在人生的交叉路口,兩條路的終點是好是壞,沒有人知道,但可以肯定的是,醫師現在還來得及回頭。

但看到 Som 有了動作,Kantapat 決定採取行動。

Kan 高大的體型給了他優勢,立刻跨坐在 Som 的身上。

此時 Som 驚醒過來,瞪大眼睛含糊地叫道:「啊、啊——」

Kan 舉著手,準備將高劑量的鎮定劑打進 Som 的上手臂,但 Som 比想像中更有力氣,針筒被打飛到遠處。醫師低聲咆哮,努力壓制住身下掙扎尖叫的人——他都忘了,上次 Som 在身心科

病房裡發狂時，需要超過三個護理師才能制服他。驚慌失措中，Kan用雙手緊緊掐住對方的脖子，加上全身重量壓下去。Som在醫師的身下不停掙扎，雙手拚命揮舞，抓傷醫師的臉和脖子。

　就在那一秒，Som眼前出現了幻覺，他看見一對漆黑的翅膀從眼前掐著他的人背後展開，彷彿死神降臨。

　Som張開嘴巴想要尖叫，但被緊緊掐著的喉嚨只能發出微弱的抽氣聲。他的人生大概要結束了，死神將奪走他的性命。

　眼淚因恐懼而湧出Som的眼眶，Kantapat忽然愣住。

　醫師慢慢鬆開雙手，顫抖地離開Som的床。重獲自由後，Som立刻翻過身，大口喘氣並猛烈地咳了起來。

　Kantapat下不了手。

　醫師迅速轉身跑出Som的臥房，他的腦中一片空白，連外頭的寒冷都感覺不到。心臟劇烈跳動著，全身滿是汗水。Kantapat跑出Som家，加快腳步離開那條巷子。幸運的是，Kan的臉一直被黑色的帽子和口罩遮著，但針筒和那袋下了毒的狗糧被留在了事發現場。

　醫師跑到藏在另一條巷子的車子旁，連忙打開車門，坐進車裡。他飛快地脫下帽子及口罩，彎腰將額頭抵在方向盤上，渾身顫抖。

　壓抑的情緒終於爆發，淚水無法控制地流下，他緊緊抱著自己，陷入痛苦與悔恨中。Kan的腦海中不斷浮現他最愛的男人的臉，但他卻無法向那個人傾訴這份煎熬，這個Kantapat死守了好幾個月的祕密正以最殘酷的方式反噬著他。

　這就是他選擇成為殺人犯的報應。

第五章　怪事

　　Kantapat 帶著疲憊的身心，在凌晨四點左右回到家中。他換上 T 恤和短褲倒在床上，眼神空洞地盯著天花板——不管那封信是誰送來的，那個人肯定就是故意的，故意讓他惶惶不安，被迫做出行動，曝露自己的真面目。Kan 還無法完全排除 Som 的嫌疑，但仔細一想，Som 為什麼要這麼做？他光要活下去就夠辛苦了，哪有力氣做這種事。

　　焦慮和壓力讓醫師徹夜未眠。陽光灑滿房間的時候，他聽見汽車停在家門口的聲音，接著是打開大門柵欄的聲音，他的戀人回來了，而他不可能知道 Kantapat 昨晚幹了什麼事。

　　Kan 長嘆一口氣，疲憊不已，因為必須戴著面具、在愛人面前偽裝自己太累人了，但為了維持這段關係，他不得不這麼做。Kantapat 害怕失去 Wasan，就如同害怕失去自己的性命。因此他從床上起身，撿起昨晚穿的黑色衣物，塞進垃圾袋中藏好，接著走進浴室洗澡，假裝自己剛起床，進行日常盥洗一樣。

　　Kan 聽見臥室的開門聲，Wasan 的聲音隨之響起。

　　「剛進去洗澡嗎？」

　　「嗯，我今天晚起了一點。」Kan 大聲回應浴室外的人。

　　「昨晚連瞇個一秒的時間都沒有。要是你出來時看到我睡著了，叫我起床洗澡一下，我還得去上班，累死人了。今晚回來，你可不准騷擾我，我絕對會睡死。」

　　Wasan 可能一如往常地直接穿著制服就躺上床了。

Kantapat打開蓮蓬頭，讓水流過肌膚，洗去表面的汙垢，卻無法洗去Kantapat內心的黑暗，「Wasan，我也跟你一樣，一秒都沒有睡。」男子輕聲低喃，而流水聲蓋過了他的聲音，不讓外頭的人聽見。

*

　　「又來了⋯⋯」看著眼前彷彿記憶重現的場景，Wasan嘆了口氣。

　　警察走進Som家的院子，報案人說，從早上八點就聽見一個男人在哀號。鄰居擔心發生了什麼事，卻發現是Som眼神呆滯地坐在門口，抱著雙腿，蜷縮成一團。他看起來比幾個月前Wasan把人從家裡拖出來、送去接受身心科治療的那次好多了，但他的心理狀態似乎沒有改善，他的思覺失調症似乎復發了。

　　「Mit⋯⋯Mit⋯⋯」Som的啜泣令人同情，「為什麼要殺了Mit⋯⋯」

　　Wasan聽到「殺」這個字時皺起眉頭，但偵查佐Narong來替他解開疑惑，「Mit是Som養的狗，被毒死在那邊。」年輕督察轉頭看向Narong所指的方向，有一隻黑色米克斯犬的屍體躺在一灘白沫和排泄物之中，不遠處有一袋狗食，顯然是被下了毒。

　　「他大概是醒來後發現狗的屍體，所以精神崩潰，病情復發了。」

　　事情聽起來就是這麼簡單，但Wasan不想輕易下結論，「你跟Som先生聊過了嗎？」

　　「我試過了，但他只是一直碎念，什麼都問不出來。」警察

一臉煩躁,「問他有看到是誰做的嗎?他不回答;問有沒有人闖進家中?他也不說;問有東西不見嗎?他還是不回答,一直唸著死神、死神。」

「死神嗎?」這個詞引起了 Wasan 的注意,因為上次就是身心科女醫師將把 Som 將 Kantapat 看成死神的事告訴警察,差點害 Kantapat 入獄。巧合的是,Kantapat 的家門口剛好發現了染血的襯衫和 Yongyuth 先生的身分證。

「他是因為嗑藥而產生幻覺的,像之前一樣抓去勒戒吧。」偵查佐 Narong 用腳踢了踢那袋導致可憐動物慘死的狗糧,「不管是誰,還真是狠心,居然殺了 Som 的狗。」

「嗑藥嗎?」Wasan 連忙轉頭問道。

「我們在 Som 的臥室裡發現了針筒。」Narong 指向房門,「可能是海洛因。」

Wasan 無奈地嘆了一口氣,「好不容易快痊癒了,他怎麼又跑去吸毒。」警察走向身材瘦弱、蜷縮在地的中年男子,蹲在他面前問:「Som,你到底看到了什麼?可以說給我聽嗎?」

Som 瞬間瞪大雙眼,驚恐地大喊:「死神的味道!」

Som 試圖爬離 Wasan。警察蹙著眉,因為被提到氣味而低頭嗅了嗅自己,接著抬頭時注意到一些東西,頓時愣了一下。

他注意到 Som 的脖子上布滿了紫色瘀傷。警察連忙抓住 Som 的手臂,不讓他逃走,並在他的手肘窩尋找吸食海洛因的注射痕跡,卻連個針孔都沒發現。

「誰對你做了什麼?」Wasan 提高音量,語氣更加嚴厲。

Som 沒有回答,Wasan 的靠近反倒讓他更加瘋狂,年輕督察

只能退後幾步，走進屋內搜索。屋內沒有發現任何翻找或打鬥的痕跡，唯一不對勁的是凌亂的床單，還有一支沒有套上針蓋的針筒掉在房間一角，裡面裝滿了透明的液體。警察仔細找尋海洛因粉末及其他器具，像是加熱用的湯匙，但是一無所獲。

「督察，衛生所的人找你。」這時，偵查佐 Narong 在房間外頭喊道。

警察點點頭，走出小小的木造平房，看到一個穿著藍白條紋公衛人員服裝的中年男子面帶焦慮地等著，而 Som 已經被帶上車，準備送去府立醫院治療。

「您好啊，Tay 叔。」Wasan 舉手向年紀較長的男子行禮。

「真不敢相信 Som 的病又復發了。他之前已經好很多，可以像正常人一樣自食其力，不用旁人擔憂了。昨天他騎腳踏車經過保健醫院時，還有跟我打招呼。」這位與轄區內的民眾熟識的公衛人員嘆了一口氣，「不過一個晚上就變了。」

「我聽 Kantapat 說，身心科的醫師本來有計畫要來家訪，大概來不及了。」

Tay 露出詫異之色，「Kan 醫師那麼說嗎？我怎麼不知道醫師要來家訪的事情？」

「咦？是嗎？醫師之前曾問我 Som 家的地址啊。」Wasan 有些不解，但 Tay 笑著拍了拍警察寬厚的肩膀，讓他放鬆了一些。

「Kan 醫師就是這樣，想做什麼就做，想問什麼就問，好像心裡總是有個計畫一樣，等他一動手，三兩下就做完了，讓每個人都大吃一驚。他一定是偷偷跟身心科醫師在計劃什麼專案，等到真的要去家訪時才打算跟我說。」

Tay似乎也很了解Kan醫師，就跟Wasan眼中的他一樣，總是神神祕祕的，老是做一些出乎意料的事情。

「是啊，Kantapat就是那樣！」

「習慣就好了。」Tay笑著說，「你知道嗎？督察之前替Kan醫師送午餐來的時候，保健醫院的護理師們都快瘋了，尤其是知道醫師和督察已經交往了好幾個月時，Ann差點就暈過去了。」

雖然Tay說得雲淡風輕，但Wasan很清楚，事情不如表面上那麼簡單。雖然沒有公開，但和他們密切共事的人們早就察覺到了兩人之間的特殊關係，然而Wasan的內心深處仍對公開關係感到不安，他擔心同事們的眼光，以及視同性戀為不正常的人在知道他們是同性戀之後，會在背後閒言閒語，這些讓Wasan一直有股衝動，想隱藏起來。

但Wasan極為敬重的Tay如此坦然地說起他和Kantapat的關係，還是讓Wasan有些難為情。警察咳了一聲，在更失態前轉換話題。

「我在Som的房裡看到奇怪的東西，是一支針筒。Tay叔，你可以幫我看一下嗎？說不定能查出藥品的來歷。」

「針筒？拿給我看看。也有一些患者需要自行在家中注射藥物，像是打胰島素的糖尿病患者，或者需要注射抗凝血劑的人。」

一名警察遞來一個證物袋，裡頭是一支裝滿透明液體的三毫升針筒，連結的針頭尾端有藍色底座，Tay仔細端詳後皺起眉頭，「這不是糖尿病的胰島素或抗凝血劑，它比較像是醫院裡用來做靜脈注射的藥物，我也不曉得這是什麼藥，還有這支針筒的來歷。」

事有蹊蹺。

Wasan 問過鄰居後,除了 Som 早上的哀號聲,沒有發現其他不尋常的地方。被下藥的狗、內容物不明的針筒,以及 Som 身上疑似被人襲擊的痕跡——這一切讓 Wasan 感到困惑,這個案子大概得等 Som 恢復理智,親口說出真相了。Wasan 決定先等 Som 恢復再繼續偵辦。

另一邊,法醫辦公室裡的電話響起。法醫接起電話。
「您好。」
『您好,請問是法醫嗎?』
「是。」
『我是身心科的護理師,想跟您請教一件事情。』電話那頭的女聲溫柔,但夾雜著憂慮,『有個 Schizophrenia[2] 的男性患者,四十一歲,長期接受治療後,病情已經穩定下來了。但今天早上因為幻聽、妄想等症狀復發,又被警察送過來醫院。警察懷疑病人可能遭受到攻擊,因此我檢查了他的身體,發現患者的脖子上都是瘀傷。我不知道這些傷是怎麼造成的,是否符合警察的懷疑,而且患者目前不願意提及事發經過。我可以把患者送去法醫部評估嗎?』

「我去病房看看好了,這樣比較簡單,不用搬動病人。」女醫師闔上手中的文件,「我手上剛好沒有緊急案件。我立刻過去好嗎?」

『好,麻煩您了。』

2　Schizophrenia:思覺失調症。

Rin站起身，用髮圈將秀麗的長髮綁好，然後走出辦公室。

　　法醫部這小小的部門位於醫院病房大樓的隱密角落，當她走出法醫部，就看到交接屍體的區域站著一位高大男子，身穿白色T恤和貼身牛仔褲。她一眼就認出他是誰了。

　　「他來這裡幹嘛？」Rin嘟嚷著，因為近來沒有需要警察站崗等候驗屍結果的案子。女子本想忽視他，但男人不打算讓她輕易離開，立刻徑直走來，臉上自信的笑容與太平間的陰森氣氛格格不入。

　　「我來打個招呼而已，不是來試醫師的刀的。」Em督察的粗聲問候，讓Rin不得不停下腳步。女子閉上眼，深吸一口氣，然後不情願地轉身和穿著便服的警察面對面。

　　「你來這裡有什麼事？」女醫師雙手抱胸，抬頭看向Em，面無表情的樣子彷彿在說她其實一點也不想知道答案，只是禮貌性問問而已。

　　「今天早上因為車禍被送來的遺體，是我妹妹朋友的哥哥，咦？這樣對嗎⋯⋯」Em用手細數關係，「朋友的、哥哥，總之就是我妹朋友的哥哥，所以我在妹妹的朋友來接遺體之前來幫忙看一下。」

　　Em故意說混的關係似乎完全沒有對Rin造成困擾。

　　「已經驗完屍了，死因是車禍，接遺體回去治喪的事可以和Anan哥連絡。」

　　「醫師。」Em趕緊開口攔住Rin：「我跟Ban醫師的交情很好，合作也一直很順利。不過我在想，不知道我們兩個有沒有機會更認識彼此一點？」

「從我們第一次見面,你就一直提到Ban醫師。」Rin犀利的目光盯著Em那張典型泰國男人的深邃臉龐。人們總是拿她和之前在這裡工作的法醫學長相比,讓她覺得很煩燥。「你是喜歡他嗎?要是他和現任男友分手了,我會幫你轉達心意的。」

「我認識Ban醫師的男朋友,他男朋友可不是個普通人,那傢伙能把我殺了。」Em笑著試圖澄清他和Ban醫師的關係,「我是喜歡Ban醫師沒錯,但那只是工作上的欣賞。如果是妳說的那種喜歡,那根本不可能,因為我的理想型是厲害、有自信的女生。」

「喔,好。」Rin雙手抱胸,淡淡地回答Em。

這時,女子注意到Em督察的左手無名指上有個金色戒指,讓她有種難以言喻的感覺。

看來這個來招惹她的男人已經死會了,真是個花心男。不過這樣也好,可以拿來當作不讓Em接近她的藉口。

「沒事的話,我先走一步了,還有病人在等我。」

Rin轉身離開的同時,一輛醫院的廂型車開過來,停在法醫部對面大樓的後門。下車是兩個社區醫學部門的家訪護理師,接著一位穿著白袍的年輕醫師跟著下車,裡頭穿著深藍色長袖襯衫。女子盯著那群人良久,Em注意到她身側的手握緊了一會兒又鬆開。

就在這時,男醫師也回頭看向Rin。

不知為何,Em頓時覺得掠過身體的寒風比平時更冷了一些,他感覺到不久後⋯⋯將會發生什麼麻煩。

一路上，Rin走過的地方總是有人回頭看她。可能是因為她在醫院工作時穿著高跟鞋，而且步伐輕快，或者是因為她的身材姣好，搭配襯衫和緊身長褲的俐落穿著十分出色，亦或是因為她妝容精緻的漂亮臉蛋，這些都讓這位女醫師在人群中特別顯眼。倘若Rin還在曼谷，看起來可能不會和旁人差太多，但如今她身在外府的府立醫院，如此引人注目自然會引來流言蜚語，但Rin從未放在心上，她來是為了尋找答案，打算在得到她想要的東西後就離開，沒必要去在乎別人。

護理師帶著患者Som坐到床上，女醫師Kanokporn——或稱Pang醫師——患者的身心科主治醫師憂心忡忡地走過來，觀察病人。Rin戴上手套，直接站在病人的面前，但Som沒有看她，他的眼神飄忽，坐著一動也不動。Rin湊近一點查看脖子上的傷痕，發現好幾處紫色瘀傷。「零點三到零點五公分的瘀血並排在皮膚上，除了該區域的傷口之外，還有Fingernail mark，是由指甲掐壓所產生的。很明顯是掐脖子的痕跡。」

「這樣啊。」Pang面露思索，「我想請問一下，這些痕跡有可能是自己造成的嗎？」

Rin轉頭看著Pang，「不大可能。」

「因為患者曾有產生幻覺，進而傷害動物，也傷害自己的紀錄。」

女法醫掀開Som的衣服，仔細檢查乾瘦身體上是否有傷口，「沒有自我防衛造成的傷口，這很可能是……」Rin閉上眼睛，在腦中模擬事情的經過，「患者正在睡覺時遭到攻擊，歹徒意圖掐死Som。那時，Som醒過來，痛苦地掙扎，以雙手抵擋、抓撓歹

徒,努力想拉開歹徒的手臂,但因為某些原因,歹徒放棄後逃走,於是Som活下來了。」

Som飄忽的眼神慢慢移向Rin的臉,平靜的神情轉為恐懼。

Pang走過來,站在Rin的身邊,「非常感謝妳,現在我們知道Som發病很有可能是遭到襲擊了。」

「我等等過來採集指甲裡的組織,因為Som很可能抓傷了歹徒,指甲裡留有歹徒的DNA。」Rin頓了一下,然後嘆氣,「雖然警方可能不在意真凶就是了。」

Pang扯了扯嘴角,「就是啊⋯⋯還是很謝謝妳來幫忙看傷口。」

「不客氣。」女醫師脫下手套,丟進垃圾桶,雙手合十朝前輩身心科醫師行禮之後,走出身心科病房。

*

「你這是怎麼了?」Wasan走進來一起洗澡時問道。

「啊?」醫師回頭看著此時和他一樣全身赤裸的戀人。

「耳朵後面,還有脖子。」Wasan舉起手,摩娑著Kan覺得搔癢一陣子但沒多加理會的肌膚,「好像有抓痕。」

Kantapat頓了一下,但這已經足以引起Wasan的注意。

Kan轉身面對往後退了一步的警察,「不小心在我身上留下痕跡的人是你啊,親愛的。」

「我正在思考是我,還是別人。」Wasan銳利的眼睛如野生老虎一樣凶狠。

Kantapat跨步貼近Wasan,拉著他的雙臂環上自己的脖子,

並將下腹壓上對方的肌膚。

「不記得了嗎？當你在床上以這個姿勢面對我時，還能冷靜得不抓我嗎？」醫師低頭含住 Wasan 的耳朵，讓警察感覺身體像被下了咒一樣動彈不得。Kantapat 抬起 Wasan 的一隻腳，讓它勾上自己的腰。

「親愛的，被你抓傷的痛遠不及你懷疑我那麼痛。我用生命發誓，有了你之後，我從來沒有背叛過你，一次也沒有。」

Wasan 抬起頭，望著喊他「親愛的」的男人，「不然就天打雷劈。」

「不然就天打雷劈。」Kan 笑著複誦 Wasan 的話，接著將對方推到浴室的牆上。

「跪下來發誓。」Wasan 挑釁地說。

Kantapat 當然欣然照做。醫師跪在濕滑的地板上，雙手從 Wasan 的小腿、大腿，一路摸上渾圓的屁股，然後張嘴取悅對方，消除對方的疑慮。

事實上，讓 Wasan 誤會 Kantapat 出軌，可能比被他得知真相還好得多。

第六章　Kantapat 意料之外的治療結果

「Kantapat醫師，別忘了凌晨兩點的約診喔！我替醫師備好藥了。」

下午四點，當兩人在辦公室門口擦肩而過時，Ornanong對Kantapat說道。此時身心俱疲的醫師回過頭，望著護理師搭檔，眼神裡充滿了擔憂和不確定。

Ornanong輕輕握住醫師的手臂，語氣溫柔地問：「你有什麼心事嗎？是不是我把患者安排得太緊了？」

「不是。」近來符合Kantapat特別照護條件的病人變多了，導致他剛治療完Wirat先生幾天，又得安排下一個病人。

「要先推延患者的預約嗎？如果你撐不住的話。」女護理師很清楚Kantapat的特殊照護需要極大的體力與心力。

「沒關係，Ekaphol已經等這個機會很久了。他拜託我一定要在今天晚上幫他⋯⋯我不希望讓他再痛苦下去了。」Kan拍了拍Ornanong的手，想讓對方放心，表示他今晚一定會出診。

「醫師，你真的沒問題吧？」護理師面露擔憂，「你今天看起來很累。」

「對，我好累，但不是因為照顧病人而疲憊，而是因為不得不欺騙我愛的人。」Kan望向窗外，語氣低沉地說：「在Ekaphol的治療結束之後，我可能會休息一陣子，直到我把一件事情處理完。」

Ornanong頷首，醫師很可能有些私人的事需要去處理，而

那已經超出她的責任範圍了，Kan如果需要任何幫助，會主動開口的。

「我知道了，醫師。」

*

「好好睡一覺吧，親愛的。」

Kantapat低下頭，深夜在熟睡中的Wasan額角落下一吻。此時的Kantapat穿著一身全黑的長袖T恤和長褲，棒球帽遮住了他的臉。他短暫脫下黑色皮手套，赤手撫摸戀人的臉龐。

Wasan沉沉睡著，沒有因Kan的動作而醒來，這不僅僅是因為他連日值班而疲憊，也是因為Kan的有意為之。

他在睡前拿給Wasan飲用的溫水中加了少量安眠藥。Kantapat仔細計算過用量，他給的藥量不會太多，但不會讓Wasan在天亮之前清醒。

「這是最後一次了，我發誓，我不會再跟患者約定在你在我身旁的時候了。」

Kan低頭用額頭輕貼上Wasan的臉頰，感受著戀人平穩而溫熱的呼吸，心裡稍稍平靜下來。醫師替Wasan拉好被子，確保戀人不會著涼後走出臥室，隱身在夜色中，前往患者的家裡。

Ekaphol Kongwisaet先生，現年二十六歲，是Kantapat特別照護的病人中年紀最輕的一位。他從二十二歲起就罹患白血病，歷經過許多次治療與化療，每次伴隨而來的是越來越嚴重的副作用，最終導致他因敗血症被送至加護病房。Ekaphol曾向Kantapat傾訴過他的痛苦，在醫師診斷出他的脊椎已經失去造血功能，身

體狀況也不允許他進行骨髓移植時,Ekaphol做了決定——他不想再成為家裡的負擔了。

「我家不怎麼有錢,醫師。」Kantapat最近一次家訪時,Ekaphol用沙啞的聲音虛弱地說道。

青年身體瘦弱,憔悴不堪,幾乎無法下床,連自己拿湯匙吃東西的力氣都沒有。「自從我生病,爸媽就為了治療我而欠下大筆債務,但這個病明明沒辦法治好。我媽每天都在哭,爸爸每天拚命工作,我卻幫不了他們什麼,連大小便都需要花錢買尿布。」

他不得不停下來喘口氣,繼續說:「我成天發燒,骨頭也好痛,可能是因為我還年輕,即使生了重病也死不了……醫師,如果我死了,我爸媽就輕鬆了。如果我死了,我就不用醒來面對這種折磨了……醫師,拜託你,幫幫我。」

Ekaphol選擇了凌晨兩點,因為這是他確定爸媽都入睡的時間,這樣他們醒來時會發現Ekaphol安詳地躺在床上,彷彿只是沉沉睡去。

一身黑的Kantapat與夜色融為一體。Ekaphol已經告訴他備用鑰匙放在鞋櫃的事,讓醫師可以輕鬆潛入屋內。Ekaphol家黑漆漆的,靜謐無聲,除了等候他來的病人應該還醒著,其他人都進入夢鄉了。Kan來過這棟房子三次,所以很熟悉屋內的動線,他知道患者的臥室在一樓起居室的右手邊。Ekaphol以空氣流通為由,讓父母將房門敞開,但實際上是為了讓Kantapat悄聲無息

地進來房裡。

外頭雷聲大作，悶熱的空氣讓醫師喘不過氣，周遭瀰漫著某種異樣，一股不祥的預感壟罩著他。Kantapat 從未在照護病人時有過這樣的感覺，通常他會感到身心齊備，但今天，他卻覺得不大對勁。

當 Kantapat 走進 Ekaphol 黑漆漆的房裡時，他看見床上躺著一個動也不動的身影，Ekaphol 似乎熟睡著，但一道閃電劃過窗外，照亮了房內，Kantapat 看到眼前的景象後瞬間僵住，彷彿被下了定身咒。

Ekaphol 的狀態淒慘無比，鮮血從頭上猙獰的傷口流出，他的臉部腫脹變形，幾乎不成人形，地上的血多到足以失血而亡。Kan 雙腳一軟，踉蹌地後退，直到撞到門邊，驚恐地瞪大雙眼。

Kan 撐著從未如此顫抖的身體，小心翼翼地靠近床上那具一動也不動的軀殼。當他近距離看到患者的慘況時，Kan 忍不住別過頭。

Ekaphol 遭人重擊頭部及臉部致死。

醫師的內心並不軟弱，他替好幾名病患施行過安樂死，與軟弱兩字遠遠沾不上邊，但看見自己的病人這副令人同情的模樣，Kan 的心像被人撕成碎片一樣痛，甚至不願去想像 Ekaphol 過世前經歷了什麼折磨，那是 Kantapat 不希望發生在他患者身上的事。

Kantapat 花了一陣子才回過神來，思考起下一步該怎麼做。問題是 Ekaphol 都受到這麼重的傷了，他睡在隔壁房間的父母沒有聽到任何聲音嗎？思及此，Kantapat 就渾身泛起雞皮疙瘩，趕

緊轉身跑出房間，直奔Ekaphol父母的臥室。Kan用戴著黑色皮手套的手轉開門把，走進去一看，眼前的景象同樣令人驚訝，因為Ekaphol的父母一動也不動地躺在床上，鮮血從兩人的頭部汩汩流出。

必須盡快離開這裡。

「呼……哈……」

Kan還來不及踏出房間，他便聽見患者父親發出呻吟聲。

醫師瞪大眼睛，馬上靠過去確認狀況──還有呼吸，但非常微弱──Kan連忙尋找手機。手機就放在床頭櫃上充電，他立刻拿來按下一六六九[3]。

等等，真的要打嗎？

要是打電話叫救護車，誰報的案就會成為疑點，因為此時屋子裡絕對沒有人可以打電話，但他不希望失去更多生命了。Kan花了一點時間評估後果後，決定按下撥號。

「救……命……」Kan斷斷續續、喘不過氣似的說：「有人……闖進來……攻擊……我和太太……還有孩子……請……派救護車……來……」

接著Kan掛斷電話，將手機塞到還有微弱呼吸的父親手裡，營造出傷患本人報警的假象。安排好一切後，Kantapat立刻走出房間，藉著夜色掩護，在救護車或警察抵達之前逃離這裡。

Kantapat回到家洗去身上的痕跡後，第一件事就是撲到床上抱住熟睡的Wasan。在Kan給他服用的安眠藥作用下，Wasan當

3　泰國的緊急求救電話。

然依舊熟睡著，絲毫沒有醒來的跡象。

此刻，Kan的內心徹底崩潰了。Ekaphol受害的畫面到現在還歷歷在目，那麼可憐的病人為什麼會遭遇這種事情呢？下手的人是誰？這到底是誰的手筆？

Kan心頭燃起熊熊怒火，龐大的身軀如雛鳥一般渾身顫抖，胸口沉悶難受，眼眶一熱，淚水就不受控地流下。他將臉埋進Wasan的頸窩，聲音沙啞地說：

「Wasan，我真的好想好想向你傾吐這一切。」Kan喃喃自語著，Wasan依舊安穩的氣息是他絕對沒有聽見Kan說話的證明。「我想告訴你我心裡的所有祕密、我所做的一切，但我現在只能每天欺騙你，讓你相信我。我不敢想像如果你有一天知道了真相，你和我會有多痛苦。」

Kan收緊懷抱，「我一定要贏，這場有人暗中設局的遊戲，我一定會贏！就算我不能對你坦白，我也希望你知道，我做的一切都是因為我愛你勝過一切，我不想失去你，親愛的。」

Kantapat一說完，聚積已久的雨雲終於落下雨滴，敲在屋頂上，閃電轟然劃破夜空，彷彿和Kantapat此時的心境產生了共鳴。

然而唯一能讓他感到平靜的，或許只有懷裡戀人的溫暖及氣味。

*

Wasan覺得自己像個宿醉的人，十分煩躁。

坐在辦公桌前打案卷的偵查督察打了一個大呵欠，這不尋常

的模樣當然逃不過 Kong 巡官這千眼警探的法眼，穿著黑色皮夾克的警察拉過椅子，坐在桌子對面，露出玩味的笑容。

「督察昨晚又沒有值班，怎麼精神那麼差？」

Wasan 瞇起眼睛望著 Kong，「那你又是為什麼來煩我？」

「來看看 Kantapat 醫師有沒有好好照顧督察嘍，但從臉色看來，醫師似乎不讓你睡覺呢。」

「完全相反，我昨晚睡死了，什麼打雷下雨和鬧鐘聲都沒聽到，要不是 Kantapat 早上用力搖醒我，我現在可能還躺在床上睡懶覺。」隱隱作痛的頭讓 Wasan 伸手揉了揉太陽穴。

「這表示，是因為前一晚……」

「你一定要扯上那件事嗎？」年輕督察心情陰鬱地回嗆。

Kong 舉起雙手，「沒！我不是那個意思，我是說督察你前一晚值夜班才會累到睡死啊。對了，最近只有夜班比較有意思，督察聽說昨晚接到的案子了嗎？」

「大概聽說了，有一家人被闖入襲擊，但不知道細節。」

Kong 彈了一聲響指，語氣凝重：「闖入的歹徒打算殺掉一家三口，包括父母和兒子，每個人的頭部都遭到鈍器重擊，媽媽和兒子都死了，爸爸是唯一的倖存者，但爸爸腦出血，手術後現在在 ICU 裡。不尋常的是，兒子是血癌末期患者，身體狀況本來就很差，大概沒多久就會因病去世了，卻遇到這種事。」

末期兩字觸動了 Wasan 的警鈴，年輕督察冷冷地說：「可不要告訴我嫌疑人是 Kantapat 醫師，然後要我再去試探他。」

巡官哈哈大笑，「要是你能讓他坦白招供就更好了。」

「Kong 巡官，你滾遠一點。」

「哎呀，我開玩笑的，督察今天怎麼那麼凶？像一隻炸毛的大熊。再說昨晚 Kan 醫師就睡在督察旁邊，他怎麼會出去做那種事呢？」

Wasan 挑起眉，「他是我睡著前最後看到的人，也是醒來時第一個見到的人。」

「嗯哼，我也不想惹人厭，但反正，跟 Kan 醫師無關就沒什麼好著急的。」Kong 湊近 Wasan，竊竊私語：「不過這個案子我覺得有些疑點，醫師說爸爸的傷勢很嚴重，腦部大量出血，照理來說早就應該昏迷了，但他竟然還能親自打電話求救。」

「你想知道什麼就去問法醫，別來問我。」Wasan 擺出繼續埋首於案卷中。

「如果有人想問法醫什麼問題，我剛好要去找法醫，可以幫忙問問。」Em 督察低沉沙啞的聲音介入對話，Kong 和 Wasan 扭頭看向手裡拿著車鑰匙的高大警察。

「你最近很常去醫院耶，Em 哥。」Wasan 說。

「案子多，醫師也厲害，可以幫到我。」

Kong 大笑，「所以你跟 Rin 醫師變要好了？」

「也沒有多好啦，但至少醫師不像前幾天一樣，想拿我試刀了。」Em 督察揮著手，「先走了。」

Kong 望著 Em 督察的背影一會兒，轉頭帶著狡點的光芒看向 Wasan，「督察，你看到了吧？」

Wasan 皺起眉，因為他沒有發現任何不對勁，「什麼？」

「Em 督察有新的對象了，但還是沒有拿掉結婚戒指。」

「你的八卦雷達真厲害啊。」Wasan 目瞪口呆。他不得不承認

Kong巡官的觀察力比平常人敏銳一百倍，不管做什麼都逃不過他的雙眼，太親近他應該很可怕。「去做你自己的事！不要坐在那邊抓別人的小辮子！」

「好啦，不打擾督察了。」Kong咧嘴一笑，站起身。

Wasan輕嘆了一口氣，雖然偶爾覺得Kong巡官很煩，但他不得不承認Kong已經成為Wasan最親近也最信任的同事了，大概是因為Kong比誰都了解Wasan，而且總是在他需要時提供協助。

Wasan閉上雙眼，努力驅趕從早上睡醒就揮之不去的昏沉感，繼續將面前的卷宗處理完。

*

這位名叫Em的高大警察對法醫部的眾人來說都不陌生，唯一還不習慣他經常出現的人大概只剩Rin醫師。女醫師抬起頭，看著站在她辦公桌前對她微笑的Em，嘆了口氣，「督察，今天又來接哪位親友？」

「不是的，醫師，我今天沒親友過世，我只是在認真工作，所以主動把實驗室的化學檢驗結果拿過來了。」Em將牛皮紙袋遞給Rin，「我想請教醫師，我們在Som家中發現的那支針筒裡，裝的到底是什麼藥物？」

Rin立刻接過文件袋，拿出裡頭的紙張仔細閱讀。Rin平靜的表情慢慢轉為驚訝，這讓Em趕緊拉椅子坐下，等她解釋。

「這……」

Em督察坐直身體，「怎麼了嗎？」

Rin將文件放到桌上，點點頭，「針筒裡的東西含有高劑量的苯二氮平類藥物、高劑量的嗎啡還有氯化鉀⋯⋯」女醫師沉默了一下，「這是用來安樂死的混合藥劑，但手法很慈悲，要是注射到Som先生的身上，他會平靜安詳地睡去，再也不會醒來。」

　　警察愣了一下，「妳是說，試圖用這種方法殺人的凶手有副好心腸嗎？」

　　「這取決於凶手的動機。」Rin將文件收回袋子裡。

　　「『殺人』和『慈悲』這兩個詞看似矛盾，用在這裡卻意外地合適。」Em搖了搖頭，「看到這種藥，我就想起妳來之前的大案子，就是醫院前院長對末期病患施行安樂死的案子。我覺得這次的凶手可能跟上次一樣是醫療人員。」

　　女醫師沉默了一會兒，然後面無表情地說：「不無可能。除了您負責的窮鄉僻壤之外，黑市也買得到這類的藥物。」

　　Em笑了出來，「是妳自願調來這片窮鄉僻壤的。說真的，醫師，」男子靠近了一些，「妳為什麼要來這裡？」

　　Rin無所畏懼地直視著警察的眼睛，「你還不清楚嗎？我來接任法醫職位的。」

　　「一本正經講幹話。」Em低頭苦笑，承認自己的失敗，接著站了起來，「總之，Som先生的驗傷結果麻煩妳盡快給我。」

　　「完成後我會馬上送過去。另外，如果你們抓到了嫌疑人，想比對Som先生指甲內殘留皮屑的DNA，我也採集好樣本了。」Rin站起身，「我要去病房看患者了，先走一步。」

　　Rin說完便離開了辦公室，Em目送她離開，直到她走出門外。Rin的美麗聰慧令人難忘，而且不得不承認她勻稱的身材也

很迷人，但一想到這裡，愧疚感立刻襲上Em的心頭，他的笑容慢慢收斂起來，警察舉起左手，望著左手無名指上的金戒指，它沉重得讓他喘不過氣，但不知為何，Em始終無法將它摘下。

第 七 章　殺 手 的 訊 息

　　直盯著Som的眼睛漆黑冰冷，讓矮小的男子嚇得幾乎失去理智，Som失聲尖叫，摔倒在地，並顫著手指指著那雙眼的主人，渾身抖得像癲癇發作，讓男護理師不得不衝進來扶起他，將他帶到隔離病房。

　　「每次Kan醫師來病房，Som先生的病情就會發作呢。」身心科病房的護理師小心翼翼地對Kan說。

　　Kan正揹著手，一動也不動地望向隔開病房區與護理站的玻璃牆。醫師轉頭看向護理師，表情冷漠又令人害怕，讓年輕的女護理師感到一股寒意，但也只有一瞬間而已，因為Kantapat英俊的臉龐很快就恢復了正常，「要……要是醫師有什麼事想問，可以打來病房喔。」

　　「我想進去探望Som，但不方便也沒關係。」Kan親切地對女護理師微微一笑，「那我不打擾了。」

　　Kantapat轉身走回病房門口時，表情再次變得波瀾不興。此時醫師的內心非常著急，要不是Som住在戒備如此森嚴的身心科病房裡，Kan一定會衝進去掐住Som的脖子，逼問他有沒有將看到的事情告訴別人。

　　Kan走進電梯，裡頭只有他一個人。電梯門一關上，醫師抬頭望著電梯的天花板，深吸一口氣，緩緩抬起手，用力揮向電梯牆壁，發出「砰！」的一聲巨響。手上的劇痛依然無法平息如潮水般湧上，幾乎將他淹沒的憤怒、恐懼與失望。接下來他該做什

麼？要怎麼辦？

　　當電梯在外科加護病房前打開時，Kan試著冷靜下來，戴上大家熟知的「Kantapat醫師」的面具，偽裝成人人稱讚的傑出醫師。他今天被請來會診的患者是六十歲的Duang先生，因頭部遭到重擊而身受重傷，神經外科已經下了診斷，病人在近期就會死亡。

　　沒錯，這個病人就是Ekaphol的父親，也就是Kantapat替他打電話叫救護車的那個人。

　　醫師走向護理站，「你好，我來做安寧療護的會診，麻煩給我患者的病歷。」

　　「Kan醫師，患者在第三床。」護理師愉悅地回答他，「但是病歷在法醫師手上，請稍等一下。」

　　Kan立刻轉身看向第三床，女法醫Supaporn手裡拿著病歷站在那裡──畢竟是一樁刑事案件，有法醫介入不奇怪──Kan深吸一口氣，直直走過去。

　　女子意識到他的到來，抬頭看了過來，微微頷首致意。Rin和Kan曾經在醫學組織的活動中見過面，沒有很熟，但Kan選擇先和Rin交好，以防他又被牽扯到案件裡，希望能像Bannakij曾經幫過他一樣。

　　「看到Kan哥來，我就知道事情嚴重了。」

　　Kan微笑，「傷勢怎麼樣？」

　　「就目前評估的結果看來，患者是被人以鈍器敲擊了數次，物體的接觸面積不大，導致顱骨凹陷，腦部嚴重瘀血及撕裂傷。」Rin閉上眼睛，像在想像事發的畫面，「凶手只瞄準頭部，

而且毫不猶豫,目的無疑就是要致人於死。」

Kan走到病床旁看生理監測器,上頭顯示的血壓非常高,心率也很快。

「他現在很痛苦。」醫師低頭看著插上呼吸管、頭部纏著繃帶的患者說完,溫柔地碰觸Duang先生的手,俯身在他耳邊說:「叔叔,我是Kantapat醫師,曾經去家裡探訪過您兒子的家庭醫師。」

Kan的話讓Rin驚訝地瞪大眼睛。

「我一直都很欽佩您對Ekaphol的照顧和愛護,現在爸爸不用再擔心了,不管是阿姨還是Ekaphol,他們都不痛苦了,他們都在等您。請您想想您做過的善事,想想您當時告訴過我的——您曾經當志工去救助洪災災民的事。」

病人的心率開始下降,呼吸頻率也是,狀態明顯舒適許多,縱使Kantapat根本還沒開任何藥。先前女醫師從來沒有機會近距離地觀察Kantapat醫師照顧患者,他的言行舉止讓她感覺就像有一桶清涼的水從頭澆下。

「想想您將Ekaphol養大成人的時光,就算他生了重病,您也沒有放棄過,我代表Ekaphol衷心感謝您。現在,我會開藥幫助您緩解疲憊和疼痛。」Kan拿起掛在病床上的聽診器,聽著病人的呼吸,接著轉向似乎處於恍惚狀態的Rin:「Rin,妳看完病歷了嗎?我先開個藥。」

Rin趕緊回過神來,遞上病歷,「Kan醫師,你先用。」

「謝謝。」Kan接過病歷打開,接著從口袋中掏出金色鋼筆。

「安寧療護一般會開什麼藥呢?」Rin好奇地問。

「視具體症狀而定，主要會依據疾病和不適的症狀來定。這個 Case 我會開嗎啡和 Benzodiazepines，減輕疼痛、疲憊和緊張的症狀。」

聽到這句話，Rin 頓了一下，美麗的雙眼猛地看向眼前這位英俊的醫師，「意思是把藥混在同一個針筒裡嗎？」

「對。」Kan 在處方箋上簽下自己的名字後闔上病歷，「一旦病人進入安寧療護，我就會減少不必要的侵入性治療，像這個患者，我會將藥物混在同一支針筒，透過皮下注射裝置給藥，這樣患者就不用因為頻繁透過靜脈注射給藥而受苦。」醫師將病歷遞還給 Rin，「我不打擾了，謝謝。」

Rin 站在原地，望著走過去和護理師交談的 Kantapat，然後回頭打開病歷，看著 Kan 開的藥。

「同一支針筒嗎？」

嗎啡混合苯二氮平類藥物，讓 Rin 想起掉在 Som 家的那支針筒，如果要找一個精通這些藥物的專家，Kantapat 肯定會是 Rin 第一個想到的人。雖然 Rin 心中有強烈的不祥預感，但這可能只是個沒有任何關連的小細節，因為任何一個做安寧療護的醫師開的藥可能都差不多。

*

「Kan，我問你一個問題。」當 Wasan 和 Kan 坐在百貨公司裡吃冰淇淋時，突然問道：「在 Somsak 醫師離開之後，可能有人從醫院裡偷渡嗎啡、鎮定劑或管制藥品之類的東西出去濫用嗎？」

Kan 望著此時一身 T 恤、牛仔褲的警察，笑了笑，「你就不

能把工作跟制服一起脫掉嗎？我們現在是出來約會吃甜點，聊些輕鬆的事情不好嗎？」

Wasan舀起一匙檸檬冰淇淋放入口中，皺眉看著眼前的人，「你的輕鬆是多輕？棉花？還是衛生紙？」

醫師被對方逗笑了，他伸手輕輕捏了捏Wasan的臉頰，大拇指愛憐地摩娑著，「最近工作很累吧，親愛的？」

「如果你不想讓我那麼累，就好好回答我的問題。」

如大貓般凶狠的眼睛死死盯著他，不肯罷休，讓Kantapat像以往一樣舉手投降，「Somsak院長不在之後，新上任的院長對安全管理很嚴格，無論是對病人還是對職員。現在病歷和領藥系統都數位化了，也可以回溯，我認為幾乎不可能有人能神不知鬼不覺地把你說的那些藥帶出去。」

「但確實有個案子。」Wasan壓低聲音，態度認真，顯然是完全信任Kan，想將所有事情說給他聽，「Som，你的病人，你應該聽說了對吧？」

Kantapat沒有表現出任何不尋常的樣子，「我知道。」

「許多證據顯示有人試圖殺害Som，其中之一就是在事發現場發現的針筒，裡頭的藥拿去檢驗後，發現有嗎啡、鎮定劑還有苯二氮平類藥物。你覺得凶手能從哪裡得到這些東西？」

醫師輕嘆一聲，「似曾相識呢。」

「對。」Wasan堅定地回答，「那時也許做得到，因為主謀是院長和藥師，但如果你說系統現在嚴格了許多，那我就得考慮其他來源了。」

「但還有一個人可以拿到那些藥物。」Kan揚起嘴角。

Wasan 皺眉,「是誰?」

「我。」

督察深吸一口氣,抓住 Kan 正在玩弄自己臉頰的手並拉開,「要我現在就帶你去自首嗎?」

「如果你有帶手銬的話,可以喔。」

越說,Wasan 就越像一隻張牙舞爪的貓。Kan 舉起雙手投降,不再鬧了。

「就像你知道的,我的確可以開這些藥並把它們帶出醫院,但我也一直受到監控,每一支藥物安瓿都有藥師做重複確認,用完也必須歸還給藥師,我不可能偷來私用。」

「有個什麼案子都是嫌疑人的男朋友真令人頭痛。」Wasan 轉頭看向窗外。

「你男朋友又沒有做錯什麼。」這陣子,他說謊越來越順、越說越自然了,但 Kantapat 的內心一次比一次痛苦。Kan 握起 Wasan 放在桌上的手,輕輕揉捏,以拇指摩娑著手背,「吃飽了,我們回家吧。」

那天晚上,Kantapat 無法安穩入睡。他夢見自己正面對著某個看不清臉孔的黑影,那個人拿著木板,一次又一次重擊 Ekaphol 的身體,鮮血及器官碎片到處噴濺,Kan 試著出聲制止,但他發不出聲音。當 Ekaphol 一動也不動的時候,那個黑影放聲大笑,說出 Kan 最不想聽到的話——

「這是白衣死神的報應。」

「不！」Kantapat大喊一聲，猛然驚醒，坐起身時渾身是汗，身體如雛鳥般顫抖，連日來累積的壓力讓Kan陷入這樣的境地。

同床者也嚇了一跳，Wasan猛地坐起來，轉身打開床頭燈，望著戀人害怕的臉龐。

「你怎麼了？」Wasan抓住正喘著粗氣的Kan肩膀，「醫師？」

Kantapat愣了一下，低下頭讓自己平靜下來。「我作了惡夢。」

「我沒有看過你這個樣子。」

Wasan湊近Kan，憂心忡忡地望著他，傾身將頭放在對方的肩上，抱住他。Kan有些驚訝地轉頭看向Wasan。

「我也沒有看過你這樣。」Kan試圖表現得十分正常，「你平時不會安撫我。」

「必要的時候會。」Wasan摸了摸Kan的頭，「說起來，你這陣子看起來很焦慮，有什麼想說的嗎？」

醫師微微一笑，狂跳的心臟平復了一些，「我的確很焦慮。」

「我就知道。」

「我照顧的患者和他的父母，遭歹徒闖入家中重擊頭部。患者和他的母親當場死亡，父親則是重傷，傷勢嚴重到外科醫師不得不找我過去會診。這起事件嚴重影響到我，於是作了惡夢。」Kantapat嘆了一口氣，「你沒有經手這個案子吧？」

「沒有，但知道這件事。」警察抓著Kan的肩膀，拉著他躺下並調整姿勢，枕著Kan的手臂，「假如你沒有參與這起事件，就沒有必要焦慮。」

Kantapat安靜下來，讓Wasan不解地抬起頭望著他，醫師這才回過神似的伸手摟住Wasan的肩膀，轉頭一笑，「說得也是。」

　　Wasan將手放在Kantapat結實的胸口，緩緩撫摸著，「你害我睡意都沒了。」

　　Kan低頭看著在自己胸口上移動的手，露出微笑，「我也是。」

　　「但我們應該繼續睡。」

　　「你不想繼續睡。」識破意圖的醫師回答，他抓起Wasan的手，摸上自己T恤底下的肌膚。

　　Wasan會心一笑，玩弄起胸口的敏感部位，Kantapat閉上眼，發出輕柔的低吟。

　　「出點汗再睡吧。」Wasan湊到Kan的耳邊說：「讓你睡得很熟，忘了惡夢，好嗎？」

　　「這樣更好。」對於惡夢，大概沒有比和Wasan做愛更有效的特效藥了，「當我的醫生吧，親愛的。」

　　「是Wasan Kambhunruang醫師。」Wasan坐直身體，跨坐在Kan的腰際。

　　醫師深吸一口氣，壓抑住興奮，伸手探進Wasan的四角褲底下，另一隻手同時摸上漂亮的腹肌。醫師的手往下移到小腹，緩緩往下延伸，直到敏感部位開始甦醒。

　　他們兩人就像火和油，稍有接觸，火勢就蔓延至整座森林，從初見就是如此。那天——在Wasan最悲傷的那天——Kantapat不過是將手放上Wasan大腿輕輕碰觸，就讓兩人走到一起，直到今日。

Wasan曾經問過自己，他和Kantapat之間的相識是否太不尋常？因為一切似乎都已經註定好了。不過，有些事情本就不需要合情合理的解釋，只要放鬆身體、敞開心房，盡情享受正在發生的事情就好。

　　Wasan趴伏在枕頭上，另一具身體則壓上赤裸的後背。對方每次動作，Wasan都會無法控制地呻吟。Kantapat低頭吻著他的頸項，啃咬Wasan的耳朵，同時猛力撞了進來。Wasan已經失去了下半身的知覺，甚至不知道自己發出了多大的聲音。兩人的身體如火焰般炙熱，讓臥室裡沁涼的空氣變得毫無用處。

　　「Kan……我快要……」警察伸手繞到後方，抓緊Kan的手臂，「Kan……慢一點……」

　　Kantapat揚起嘴角，抓住Wasan的手腕並拉開，接著以強壯的手掌將人按在床上，「親愛的，你確定？」

　　醫師的動作和Wasan的要求相反，他加快速度，更猛烈地進攻，讓Wasan感覺自己快要死了，「啊……K……Kan！」

　　Wasan的四肢繃緊，氣喘吁吁，一時間忘了呼吸。Wasan全身繃緊發顫，腦子裡一片空白，一整天累積的壓力消失得無影無蹤，彷彿不曾發生過。只有Kan能帶著他達到這樣的高潮。

　　「你知道你今天超級可愛嗎？」Kan在Wasan的耳邊低語：「你喊著我的名字。」

　　「少囉嗦……」Wasan只能回罵一句，因為他正大口喘著氣。

　　Kantapat還沒退出他的體內，Wasan感覺得到對方的性器依然硬挺，讓他意識到自己可能還要跟這個魔鬼度過很長一段時間。

「再叫一次我的名字,我想聽你的聲音一整晚。」

Kantapat醫師這個男人太可怕了,Wasan迷戀他的一切,不只在性事上。

Wasan被迫仰躺,雙腳被抬起來架在Kantapat的肩膀上,Kan再次插了進來。Kantapat的大手搓揉著Wasan的胸口,毫不留情地頂撞著。警察再也無法分神思考,他已經完全被這個他無條件獻上全副身心的男人玩弄於掌心。

*

「督察,接下來要怎麼辦?那死毒販Somkit被槍殺,我們似乎得重新開始了。還有,他們應該已經知道這位帥氣的年輕人是警察了。」一身黑色皮衣,戴著棒球帽的巡官指向自己。

Em冷哼一聲,「好啦,這張臉帥死了。換你底下的人去扮小蜜蜂吧,你就跟我一起在局裡做文書工作。」

「Em督察真無情,就不能稱讚一下學弟、給個鼓勵嗎?」Kong一屁股坐下來,摘下黑色棒球帽,放在Em的辦公桌上,他疲憊地嘆了口氣,「也不知道為什麼,我們的工作越做越心累,感覺就像在白費力氣。毒販怎麼抓都只是些小嘍囉,一接近大人物就會遭受阻礙,毒品的價格還越來越便宜,現在說不定都比豬肉還好取得了。」

「別抱怨了,Kong巡官。別想太多,越想壓力越大,日子就越難過。」Em冷冷地回道。

「說得好像你已經失去了熱情呢,督察。」Kong揶揄道。

這時,Em放在桌上的手機響了,顯示的來電者讓Em忽地坐

直身體，連忙拿起手機逃離Kong的視線。但當然來不及了，千眼警探咧嘴露出惹人厭的燦笑，「剛才還說沒有熱情，Rin醫師一打來，熱情就衝破天花板嘍。」

「我每次跟法醫談工作都會熱情飆升啦，和Ban醫師也一樣。至於你，只會讓我的熱情熄滅。閃遠一點，快滾。」Em不當一回事地揮手趕Kong離開。

Kong拉下臉站起來，拿起帽子戴上。「鬧Em督察一點都不好玩，還是回去逗Wasan督察好了，人家生氣起來可愛多了。」

Em嘆了口氣，無言地搖了搖頭。看到Kong走遠後，Em才按下接聽。

「今天一定是下紅雨了，醫師居然會打給我。」

『我有事想找你討論，方便見面聊聊嗎？』

Em從來沒有這麼迅速地打開行事曆過，「我今天晚上有空，要去哪裡找醫師呢？」

『好星廚房，晚上七點。』

「妳竟然連時間地點都想好了，可見妳很想見到我對吧？」

『是工作上的事，我想討論一下在Som先生家中發現的針筒裡裝的藥物。』

Rin醫師完全不為所動，直接進入正題。

Em不是沒有成功讓女生臉紅心跳過，但對上Rin總是碰壁。

「好，七點整在好星廚房。」

『到時候見。』Rin說完就掛了電話。

Em把手機放到桌上，微微一笑。

「能將嗎啡針劑帶出醫院的人,是安寧療護的醫師。」這是Rin坐到椅子上後說的第一句話,她甚至連餐都還沒點。Em因此笑了出來,女醫師不滿地瞪去,「這很好笑嗎?」

「不,我道歉。」Em咳了一聲。

他今天穿著合身的藍色襯衫和牛仔褲,配上高大健壯的身材,打扮十分帥氣,再加上警察標誌性的平頭,格外顯眼。「我喜歡妳直接進入正題的風格。」

「我只是不想浪費時間。」Rin回道。

年輕督察無奈地望著面前的女子,「說真的,妳對這個案子的責任已經結束了,妳提交了驗傷結果,剩下的我們會處理。」

Rin毫不畏懼地凝視著Em,「然後案子就真的到此結束了對吧?你們只想要快點結案,結束這件事。」

「妳跟Ban醫師是同一所學校畢業吧?」Em嘆氣。

「又提起Ban醫師了,你對他絕對是真愛。」

「誰不喜歡Ban醫師?搶手貨一個,不管是男是女,活人還是死人,所有人都搶著要他。」Em比向Rin,「看妳這樣子,搶手的程度也不輸他。」

「少轉移話題了,請用我今天跟你說的資訊繼續做點事。」Rin迅速拉回正題。

「好,好的,遵命。」Em舉起雙手認輸,「坦白說,我們老早就知道這資訊了。半年前發生安樂死案時,也有人將藥品偷渡出去,違規使用在病人身上。我們已經調查過藥物的來源了,感謝醫師再次提醒我們這點。是說……」年輕督察頓了一下,「如果妳只是要跟我說這些,打個電話就好了,但妳卻特意約我來這

裡見面,這是為了什麼?」

Rin聳聳肩,「不過是想看看這裡的警察有多值得信賴罷了。」

「那妳得到答案了嗎?」Em笑著問。

「得到了。」

「是什麼?」

「無法信賴。明明知道情報卻保持沉默,一點作為也沒有。」

Em冷笑,「妳可能只能對我一個人說這種話,因為我不容易生氣,但我要告訴妳一件事⋯⋯」警察俯身湊上前,「妳剛到這裡,一個小小的女醫師若想繼續待在這裡,我建議妳少說話,做好自己的工作就夠了。我是好心提醒妳。」

「你之所以強調我是一個小小的女醫師,是因為你想用男人跟警察的身分壓制我。」Rin毫不畏懼地盯著他道:「我還以為你跟別人不一樣,看來是我錯了。」

這是Em人生中第一次想避開一個女子的目光,不是因為害羞,而是因為她散發出來的氣場太強大,讓警察無法抵抗。

「要是我讓妳覺得我在壓制妳,我道歉。」Rin的話讓Em意識到他方才說了什麼,但他真的是基於本能。Em向後靠上椅背,舉手喚來服務生,「照這種氣氛,點個硬皮地星咖哩吧,妳覺得呢?」

「不辣的。」Rin接道。

終於發現一個弱點了,她不吃辣。Em微揚起嘴角,「好。」

*

「靠⋯⋯」

看見眼前死者的模樣，Wasan忍不住咒罵。儘管看過各式各樣的屍體，都已經麻木了，但看到認識並熟知對方一生的屍體，還是讓Wasan反胃想吐。不過，他必須壓抑住不專業的舉止與神情，以平靜的模樣巡視事發現場。

「死者是Janpeng Wongdeuan女士，八十五歲，發現屍體的人是Tim女士，Janpeng奶奶的孫女。早上七點十分，她打開房門時，奶奶就是這個狀態了。Tim女士放聲尖叫，隔壁鄰居Sanan先生嚇到便跑過來看看狀況，是他幫忙報警的。」警員Narong向Wasan報告，「因為重度的阿茲海默症，Janpeng奶奶已經臥病在家一年了。Tim是主要照顧者，一直跟奶奶住在一起，除了昨天晚上，Tim決定拋下奶奶，到城裡的飯店找朋友。」

「就那樣去城裡的飯店找朋友？」Wasan皺起眉，「事發當時，Jan奶奶一個人在家？」

「Tim是那麼說的。她現在一直很自責，痛哭失聲。」

Wasan聽見房裡傳來女人的大聲哭嚎，「情況不對勁。有發現凶器嗎？」

警員Narong搖了搖頭，「正在找。」

Wasan頷首，「打電話通知法醫。請鄰居來錄口供，把Tim也帶回局裡。」

「是，督察。」

Narong點點頭，立刻走向Tim正在哭嚎的房間。

Wasan深吸了一口氣，徑直走向屍體，仔細觀察。

Janpeng奶奶是Wasan母親那邊的親戚，常帶著食物來家裡

拜訪，小時候Wasan也曾多次去Janpeng奶奶的果園摘又大又甜的龍眼，他愛吃到曾偷偷爬上樹摘龍眼，結果被Janpeng奶奶抓到，拎著他回去找母親，最後被母親打到屁股開花，在那之後，大家都叫他「搗蛋鬼Wasan」。回來擔任督察後，Wasan曾來拜訪她一次，那時的她身體狀況已經衰退許多，有嚴重的失智症，讓她再也記不得Rawiwan的小兒子「搗蛋鬼Wasan」了。

血腥味衝進Wasan的鼻間。暗紅色的血液從傷勢嚴重的頭和臉滲出，浸濕了底下的床墊。遭到重擊的頭蓋骨碎裂，露出大腦組織，就像被狠狠敲開的椰子一樣。Wasan忍著看了一會兒，在看見屍體的一顆眼球掉出眼窩，垂掛在臉頰旁時，他不得不再次閉上眼睛。

「是哪個惡魔混帳下的手？」不管是誰，年輕的督察都想詛咒那個下手的人，雙手不受控地顫抖，「用這種方式殺一個沒有還手之力的老人家……」

那瞬間，Wasan想起了Kong巡官告訴他的那件案子——血癌末期病患和其家屬遭凶手以相同的方式重擊頭部。Wasan轉身看了房間一圈，發現了死者從醫院領來的藥袋。Wasan戴起手套，走過去拿起藥袋，裡頭的成分有：失智症相關的藥物、胃藥、維他命以及兩張約診單。一張是內科的約診單，另一張則是Kantapat Akaramethee醫師的安寧療護門診約診單，醫師名字被人用紅色馬克筆圈了又圈，墨水都滲透到紙的另一面了。

Wasan感到寒毛直豎，不僅是因為他在凶案現場發現了戀人的名字，還感覺到有個黑影潛伏在暗處，正伺機而動，準備繼續在他心愛的家鄉製造恐慌。

那個黑影想要向他傳達某個訊息。

　　如果，Wasan收不到訊息，這具屍體⋯⋯恐怕不會是最後一具。

第 八 章　走 火 入 魔

砰！

Kantapat憤恨地一拳搥上辦公桌，雙眼如惡魔般布滿血絲，原本俊帥的臉龐此時任誰看了都會害怕。Ornanong感受到醫師身上爆出前所未見的熊熊怒火，中年護理師坐下來，冷靜地望著Kantapat。她很清楚安慰沒有用，因為年輕醫師現在面對的問題不是幾句安慰就可以解決的。

「是誰……」Kantapat聲音嘶啞地說，瞥向Ornanong，「Nong姊，到底是誰……」

Ornanong搖搖頭，「我也不知道，Kan醫師。」

「他想要什麼？」Kantapat緊捏著資料夾裡紙張的一角。那是家訪患者「Janpeng Wongdeuan女士」的病歷資料。

「醫師，」護理師站起身，走到Kan的辦公桌前，「Janpeng奶奶的案子或許和我們一點關係也沒有，讓警察他們去找凶手……」

「不行！」Kan厲聲打斷她，讓Ornanong愣了一下，「警察不能比我先找到凶手，我必須知道他是誰。」

Ornanong沉默了一會兒，然後開口：「如果醫師先找到他，你要怎麼做？」

Kantapat沒有回答，他站起身，充滿憤恨的雙眼直望向前方，讓Ornanong得到了答案──他會毫不猶豫地對殘忍殺害他患者的凶手採取行動。他已經成功取走了Somsak醫師的性命，

對這個凶手更不會手下留情，讓Ornanong憂心至極。

「醫師，你別衝動行事。」護理師試著伸手碰觸Kan的手臂，但年輕醫師側身躲開，揹起包包走出辦公室。

Ornanong望著被重重關上的門，臉上滿是擔憂。

「我常在局裡見到醫師，通常只有一個理由：來接Wasan回家。不過，今天看來似乎不只那樣。」Em督察對坐在辦公桌對面的Kantapat說。

「我的兩個患者被人殘忍殺害了。」Kan用Em不熟悉的語氣說著，看起來異常疲憊，「督察有得到線索、知道是誰了嗎？」

「我們也在全力調查。今天Wasan督察也親自偵訊了十幾個證人，完全沒有休息。」Em轉身拿了一瓶礦泉水給Kan。醫師點頭致謝後，接了過來，「話說，這件事跟醫師沒有關係吧？」

Kantapat立刻抬頭，「為什麼那麼說？就因為死者是我的病人，立刻就認定我參與其中嗎？」

看著醫師突然變可怕的表情，Em有一點驚訝，「我開個玩笑而已，不會隨便牽扯到你啦，不然又要像上次一樣把臉丟光了。而且，你有不在場證明。Wasan親自出面，盡全力在為你辯護，還跑去拿家裡的監視器畫面來給我看，證明你根本沒離開家。我們第一時間就排除你的嫌疑了。」

「好。」Kantapat簡短地回應。他深吸一口氣，努力讓自己冷靜下來，「那我先去外面等Wasan。」

「你隨意。」Em點點頭，露出微笑。當醫師走出辦公室後，他搖搖頭，自言自語說：「我是那種醫師見了就討厭的人啊，該

怎麼補救呢？」

訊問完證人後，Wasan 走出偵訊室，發現警少尉 Archa 雙手抱胸，倚在牆邊等他。Wasan 拿資料夾不耐煩地拍上對方的胸口，「巡官，你來這裡幹嘛？」

「哎呦，督察打我幹嘛？」Kong 巡官誇張地摀著胸口，裝出痛苦的樣子，「我只是來告訴你，Kantapat 醫師來接你回家了。」

「Kantapat？」Wasan 面露訝異，「他來幹嘛？我今天是自己開車來上班的啊。」

「我有時候也是這樣，明知道男朋友不需要任何幫助，但還是想要去找他，想要撒嬌，想做那些不必要的照顧。督察可以把車停在這裡，跟 Kan 醫師一起回家啊，你就順著人家嘛。」

Wasan 嘆了一口氣，無奈地搖頭。他工作還沒做完，要等的話會等很久，他得傳個訊息叫 Kan 先回家了。

「你還想說什麼？」

「有新的證據。」Kong 拿出手機，播放從一家飯店監視器翻拍下來的影片，螢幕上有一對男女勾著手走進來。「這是綺蘭鑾飯店的監視器畫面。Tim 丟下 Janpeng 奶奶，去和一名叫 Ying 的男人過夜。晚上九點入住，清晨五點離開，而 Janpeng 奶奶的死亡時間剛好介於這期間，也就是說，這對男女不可能是凶手。」

這下有趣了。Wasan 立刻拿過 Kong 的手機，仔細查看，「我們得把 Ying 叫來問話。巡官，你去查一下 Ying 的背景。」

「督察現在一定愛死我了，比愛 Kan 醫師還愛。」Kong 巡官搓著手湊上來，笑容得意到惹人討厭。「我已經查好了。Ying 和

我之前接觸的那群販毒小蜜蜂很要好,看起來是個毒蟲,經常和那群人買藥。現在我們懷疑Ying和Tim可能是去飯店開性愛毒趴。」

「那凶手是怎麼知道Tim那天晚上不在家的?」Wasan喃喃自語,「肯定有人監視Tim的出入狀況。」

「如果沒有人監視,那就是知道Tim行蹤的藥販下手的。」Kong彈了一下響指。

Wasan連忙抬頭望著Kong,「Tim不願意說明吸毒的事。明天把Ying和Tim再叫來問話,務必要把販毒者的名字挖出來,然後把他們兩人都抓去驗尿。」

Kong瞇眼看著Wasan,「督察對這個案子非常認真呢,是因為冒出了Kantapat醫師的名字對吧?」

「我對每個案子都很盡心盡力。別亂說,Kong。」Wasan將手機還給Kong後準備離開,但他突然停下腳步,轉身對Kong說:「我跟醫師一起在午夜入睡。他在凌晨兩點時驚醒,我也跟著醒來,之後就沒有再睡著過了。」Wasan湊近Kong的耳邊,悄聲說:「我確定我不是跟家裡的鬼做到天亮的。」

Kong目瞪口呆地望著Wasan離去,接著用力拍了一下大腿。

「不是跟鬼做愛,那就是跟Kan醫師做到早上啦。哇!太猛了,督察,難怪他今天看起來滿面春風,走著瞧,改天我也要帶Tum出來炫耀一下。」

Kantapat堅持要等Wasan一起回家。傍晚六點Wasan走出警局,發現醫師正坐在警局門口的長椅上玩手機等他。

Kan抬起頭看到Wasan便立刻坐直了身。

「怎麼不回家等？」Wasan雙臂抱胸，居高臨下地看著對方，「突然想到嗎，嗯？」

「我不想自己一個人。」Kan抬眼望向戀人，看起來莫名比平時惹人心疼，然後他伸手握住Wasan的手，「如果我現在一個人待著，一定會做出傻事。」

「像是？」

「像是親自去找出殺害我患者的人。」Wasan不曾看過如此焦慮的Kan，「你知道是誰這麼做的嗎？你有什麼線索嗎？」

「自己去找？你想都別想！」Wasan責罵Kan的聲音大到附近的警察都轉頭看來，「我正在努力，你沒看到嗎？還有，你不是說不會再做什麼冒險的事情了嗎？是還沒學到教訓嗎？」

「對不起，親愛的。」Kantapat怯怯地回答，就像個被父親斥責的小男孩，「我只是說說而已。只要你跟我說一點目前調查到的資訊或狀況，我就會放心了，絕對不會亂來。」

「希望你說話算話。」Wasan大嘆一口氣，用力拍了拍醫師的肩膀，「等等再說。現在能走了嗎？我餓了。」

Kan抬頭看著Wasan，露出微笑，「你肯定是想吃常去的那家小陶鍋。」

Wasan偷笑，「嗯，你懂我。」

「我們先去吃飯，晚點再回來拿你的車。」Kan站起身，伸手摟住Wasan的後背，一起離開。

Em督察及Kong巡官雙手抱胸，在門口望著兩名男子離開，Kong一臉嫌棄地說：

「看看那對情侶，可別認輸啊。」

Em嘆了一口氣，「你知道嗎？愛越深，傷得越深。」說完便轉身離開，留下一臉疑惑的Kong。

「咦？怎麼突然感傷起來了？Em督察不是正在追Rin醫師嗎？」Kong自言自語，「還是說，Em督察……喜歡Wasan督察？或Kantapat醫師？之前他老愛提起Ban醫師，好像想死人家一樣。還有，他跟老婆離婚了卻不摘掉結婚戒指，到底是怎樣啊？」

「Kong，別再八卦了！」Em督察的聲音從遠方傳來，Kong連忙閉上嘴。

就算他現在閉上了嘴，也不可能放棄探查的，像Kong巡官這種千眼警探，想知道什麼就一定要知道，因為在他得知的無數個情報裡，可能就藏著一個重要的祕密，可以解開某人內心最深處的黑暗祕密。

＊

砰！

昏暗夜色中，一名瘦弱的男子被丟在荒廢地區的垃圾堆中。上完夜班的他本來要返家，走向停放在便利商店後方的機車，卻不知道為何陷入了這種境地。他頭暈目眩，因為對方趁他不注意時從頸部注射了某種藥物。青年瞇起眼睛，試圖看清楚襲擊他的人，但沒有用，因為那個高大健壯的男子一身黑衣，戴著黑色棒球帽及口罩遮住了臉。

他的心臟加速跳動，這輩子從未如此害怕過。

「Ying，」神祕男子開口，聲音陌生得令人毛骨悚然。Ying試著後退，但他的身體慢慢開始麻痺，「你知道Janpeng奶奶被殺的事對嗎？」

「知……知道……」Ying結結巴巴地說，「但不關我的事！不是我幹的！」

「那是誰幹的？」

Ying愣住，「我……我不知道。」

黑衣男一把抓著Ying的領口，將他拉起，讓Ying嚇得大叫。

「如果你知道什麼，最好快點說出來。」

Ying抿著嘴不發一語。黑衣男嘆了口氣，掏出某樣讓Ying全身血液凝固的物品——一把槍抵上Ying的眉心，只需輕輕扳動手指，Ying的腦袋就會開花。

「阿Waen……他……他叫Waen。」Ying終究開口說出他不想說的話，「他替Chatchai老闆做事，在二手車行。」

「他是殺了Janpeng奶奶的人？」

「他……他是藥頭，說要免費提供冰毒給我和Tim，條件是，不要讓Tim鎖門……」

「然後你明知她家中有生病的老人，還是為了那個冰毒照做？你為了毒品，聽從了對方的要求嗎？」黑衣男加重抵著槍口的力道，讓Ying嚇得尖叫起來。

「我……我哪知道、他想做什麼，我只有確認Tim家沒鎖而已，真的不知道他是不是殺人凶手！」

「那你跟警察說這件事了嗎？」

「傻子才跟警察說！要是說了，我和Tim就死定了！」

「人早晚都會死。」那一秒，黑衣男的聲音彷彿帶著魔力，讓他不由自主地靜下來，「死亡看似一件別無選擇的事情，但某些情況下，是可以選的——我們想要善終，還是痛苦地死去？」

神祕男子剛說完，Ying的眼睛也因為高劑量鎮定劑的藥效而無法聚焦，瘦弱青年昏死在垃圾堆上的同時，黑衣男緩緩站直身體，眼神冰冷地望著失去意識的男人。

*

Wasan醒來時，覺得頭重得像顆大石頭，這不是他平時睡醒時的狀態，但也不是沒有經歷過。Wasan和沉重的眼皮對抗了好一陣子，天旋地轉的感覺就像宿醉一樣。他翻過身，望著正伸手按掉手機鬧鐘的戀人背影。

「欸，我又來了。」Wasan帶著睏意說，「好像起不來一樣，頭莫名地暈，但昨晚明明很早就睡了。」

「是嗎？」Kantapat轉過身輕輕摟住Wasan，然後他的額頭上落下溫柔的吻，「你大概是工作壓力太大了，最近都在處理重大刑案，你年紀也不小了。」

Wasan斜眼瞪了Kan一眼，「你再說一次。」

年輕醫師大笑，「再睡一下吧，我洗好澡再回來叫你。」

「嗯。」Wasan輕聲回應。

Kantapat露出微笑，因為他知道警察在撒嬌。

「醫師有藥可以治頭暈嗎？」

「有，等等拿來給你。」Kan又摸了摸Wasan的頭，起身下床。

Wasan望著醫師高大健壯的背影。他又變壯了，清晰漂亮的

肌肉線條源自於飲食控制及運動鍛鍊。除了把自己照顧好之外，Kan 也全心全意地照顧著 Wasan，周全到 Wasan 擔心自己會被寵壞。不過這也讓 Wasan 覺得自己比誰都幸運，因為他只要躺在床上，就會有英俊的醫師送藥到床邊，還附上一杯溫開水。

Kantapat 洗澡時，Wasan 迷迷糊糊地睡著了，但突然響起的來電鈴聲讓 Wasan 驚醒。他拿起手機，看到來電者的名字就感到惱火，連眼睛都沒有睜開就接起電話，「Kong 巡官，什麼事？」

『抱歉打擾了，我有一點急事。』Kong 說：『昨晚我男友值大夜班，早上回來發現房門有被人撬過的痕跡。而且醫院宿舍大樓的監視器壞了，倒楣死了。』

「喔，有東西不見嗎？」

『確認過了，沒有，只有撬痕，但大概是因為我男友會上兩道鎖，沒成功撬開。所以我想問醫師家裡是用什麼牌子的監視器？就是督察拿來給我看的那種，它的畫質很清楚，還可以用手機應用程式重播對吧？』

「嗯，你等等。」Wasan 打開手機裡的監視器應用程式，「它可以這樣倒回去看，等等傳截圖給你。」

Wasan 打開昨晚的監視器畫面，本以為會像往常一樣看到家門口安寧祥和的畫面，螢幕上卻跳出「無該時段紀錄」。Wasan 撐著坐起身，打開前一天晚上的錄影畫面，發現可以正常撥放。Wasan 將畫面截圖後用 LINE 傳給 Kong，「晚點我讓醫師把詳細資訊傳給你，是他買來的。」

『謝謝督察，也幫我謝謝醫師。局裡見。』Kong 隨即掛斷電話。

和 Kong 通完話，Wasan 清醒了一點，但頭暈的感覺依然沒消失。Wasan 想找點東西減緩症狀，例如薄荷棒之類的，因此他下了床，走到樓下，直直走向 Kantapat 放置醫藥箱的櫃子，裡頭幾乎備齊了各式各樣的常用藥，都能開診所了。

就在 Wasan 伸手去拿薄荷棒的時候，發現有兩排被拆過數顆的藥放在最上頭，Wasan 拿起來一看，發現一種是 Diazepam，另一種則是 Alprazolam。

這些都是安眠藥，Alprazolam 更是眾所周知的約會強暴藥物，但也可以用來治療失眠。不過，問題是使用者是誰？Kantapat 嗎？

「親愛的。」Kantapat 的聲音突然傳來，讓 Wasan 嚇了一跳，他抬頭發現 Kan 只圍了一條浴巾，頭髮還濕答答的，「感覺還是沒有比較好嗎？」

「不，我好多了，只是想拿薄荷棒。」Wasan 關上盒子，拿起薄荷棒給 Kan 看，「你洗好了？」

「對。」Kan 對 Wasan 露出微笑。

「好。」Wasan 走上樓梯，和 Kan 擦肩而過。「對了，拜託你看一下監視器，好像沒錄到昨晚的畫面。」

「是嗎？」Kan 詫異地挑起眉頭，「可能又出問題了，之前晚上也是這樣。我等等確認看看。」

Wasan 點點頭後朝樓上的臥室走去。

Kantapat 望著男友的身影，慢慢收起溫柔的笑意，他轉身看向 Wasan 方才打開的醫藥箱，恐懼悄然爬上心頭，醫師的手不自覺地微微發顫。

Kantapat緩緩坐在樓梯上，抬頭望著天花板——他還能忍受這種感覺多久？越是這樣，他越感受到自己的虛偽，他毫不羞愧地欺騙戀人，甚至下安眠藥讓Wasan徹夜熟睡，就為了不讓Wasan醒來時發現身邊空無一人。他還偷走Wasan的槍去恐嚇Ying，而Wasan現在的症狀正是Kan加重安眠藥劑量所導致的副作用。

　　Kan總是問自己，他是否走火入魔了？可是，每次的答案都很明確——這是必要的，無可避免的。

　　無論多心疼Wasan，Kantapat都不會認輸，再累再怕都要繼續走下去，不管付出什麼代價。

　　要比現在更小心，記住，Kantapat，要更加謹慎。

　　醫師走過去從醫藥箱裡拿出安眠藥，緊緊握在手裡。

*

　　Kan利用午休時間，來到二手車行找Chatchai老闆。當然，穿著體面、相貌英俊的醫師受到了車行老闆的熱烈款待，更巧的是，老闆還是Kan之前在家醫科門診看過的高血壓患者。

　　「醫師，你想要找怎樣的車呢？」身材微胖的中年男子搓著手，滿眼期待地看著Kan，「我現在有一輛E-Class的黑色賓士，搭配全景天窗，漂亮得不得了，里程數又少，前車主保養得很好，非常適合醫師您這樣的人。我可以給你多一點折扣，就當作報答醫師照顧我的身體健康。」

　　「我是來找人的。」Kan直接進入正題，讓Chatchai的笑容收斂了一些。

匡噹！

　　工具落地的聲音吸引了兩人的注意力，他們扭頭看去，Chatchai正巧指著那個方向。一名男子背對著Kan，迅速站起身衝出車行，Kan見狀毫不猶豫地追了上去。

　　Kan的心臟加速狂跳，那個人很有可能是毒販，或是他在找的殺人凶手。此時，Kantapat只有一個念頭，無論如何都要攔下那個人。

　　「站住！」

　　那名男子拐入一條滿是龍眼樹的巷子時，Kan大喊。以Kan的跑步速度，他有信心不久後就可以追上那個人。事實也是如此，Kan一下跳起，抓住男人的領口，兩人雙雙失去平衡，跌在滾燙的路面上。

　　Kan迅速跨坐到對方的身上，用雙手掐住其脖子。Kan仔細端詳對方的模樣──這名陌生男子的皮膚黝黑，年紀不超過三十五歲，長鬢髮垂在臉前，鼻梁上掛著歪斜的眼鏡。但他只來得及看到那一眼，因為對方的體型與他不相上下，不過一眨眼，就變成Kan被壓在馬路上。

　　醫師試著取回優勢，但一記重拳打在他臉上，讓Kan一時頭暈目眩。他揮拳反擊，打飛了男人的眼鏡。年輕男子則抓住Kan的頭髮，將他的頭狠狠砸向路面，劇烈的頭痛與眩暈讓Kan再也無法抵抗。

　　「呵⋯⋯呵⋯⋯呵。」冷酷的笑聲傳進Kan的耳中，「你好快就找到我了，太快了。現在該怎麼做呢，醫師？接下來要怎麼做才好？」

「你⋯⋯是你，」Kan輕聲說：「是你對吧⋯⋯那張紙是你寫的對吧？」

「不是我，醫師，你很清楚不是我。」那名男子俯身湊近，他的鼻子幾乎快碰到Kan的耳朵，「這是我從Somsak醫師死去那天就試圖告訴所有人的事情，但完全沒有人願意聽我的話。」

醫師的視線越來越模糊，仍試圖保持清醒，「你要⋯⋯多少⋯⋯」

一陣沉默之後，居於上風的人發出響徹周遭的笑聲，「醫師，先給我一點時間回去按按計算機，下次再約出來談如何？」

Kantapat努力保持意識，試著記住對方的長相，「我⋯⋯我會弄死你。」

被Chatchai老闆稱為Waen的男子舉起一根手指，壓在Kan的嘴上，「別說得那麼大聲，被別人聽見，會以為醫師殺了人。」

Kan撇開臉，「我一定會找到你。」

「我們肯定會再見面的，醫師。」

這是Kan最後聽到的一句話，接著頭部受傷的疼痛及炎熱的天氣讓醫師失去了意識。

＊

「什麼？Ying進醫院了？醉死在垃圾堆旁邊？⋯⋯好好好，知道了，那就先把Tim帶來。」Kong掛斷電話，不爽地咂嘴，「今天清晨有人發現Ying躺在垃圾堆上，失去意識，現在被送去醫院了。」Kong轉頭看向坐在桌前，用手撐著太陽穴的Wasan，「喔，這裡又一個。昨晚又熬夜了嗎，督察？」

「沒，」年輕督察往後靠上椅背，深吸一口氣，「也不知道是怎麼了，我想睡得要死，還頭暈。」

「督察吃過藥了嗎？還是你先去睡一下？等 Tim 來了，我再去叫你。」Kong 換上溫和的語氣說，因為他感覺到 Wasan 的狀況不大好。

「嗯，那我去瞇一下。要是證人來了來找我。」Wasan 站起身，走向飲水機，說不定喝杯冰水能有些幫助。不過，Wasan 還來不及走到目的地，就突然感覺一陣天旋地轉。

「欸！督察！」

Wasan 隨後倒地，伴隨著 Kong 巡官及其他目睹到這一幕的警察的驚呼聲。

第九章　千眼警探

「這到底是怎麼回事啊？親愛的，幫我想想。」Kong巡官扭頭和坐在急診室前長椅上的男護理師說，「所有事都發生在同一天——重要證人被發現昏倒在垃圾堆上；Kantapat醫師失去意識，躺在龍眼園中間的巷子；Wasan督察在警局昏倒——後面兩人的狀況還更嚴重，這些事會有關連嗎？」

手裡拿著咖啡的Tum轉頭看著警察，「如果它們有關連，那會是因為什麼？」

「不知道。」穿著標誌性黑色皮衣的Kong靠在椅背上，面露思索，「我平時都想得出來，但這件事太令人困惑了，Kantapat醫師的名字又出現了，明明所有事情都應該在Somsak醫師案偵破時結束，但好像又有誰把沉入池底的東西翻攪起來，要我們注意到什麼事。」

Tum沉默了一陣子，彷彿在思考，「老實說，我和Kan醫師相處時一直覺得不大自在。」

Kong扭頭看著Tum，很感興趣的樣子，「怎麼說？」

「該怎麼說才好？」Tum面露難色，「大概是醫師闖進我家時的記憶，我從那時候開始就很怕他，本以為和醫師變熟後會不再害怕，但也沒有，Kan醫師看起來像……一直隱藏著什麼。不過，這只是我的感覺啦，沒有任何根據。」

Kong伸手摸了摸Tum的頭，「我也有祕密喔。」

Tum轉頭望去，然後蹙眉，「什麼？你又有祕密了？」

「我心裡藏著對Tum滿溢的愛。」Kong挑眉，接著因為對方的肘擊而痛呼一聲。

　　Kong又逗了Tum一陣子，就看見一名高大的男子踩著重重的步伐朝他走來，光看走路的姿勢，Kong就認出那是Em督察了，但讓人更感興趣的是後方跟著的人，是那位美麗高貴的女法醫。

　　Kong站起身，對Em露出笑容。

　　「Wasan怎麼樣了？」Em著急地問Kong。

　　「沒有他男朋友嚴重。」年輕的巡官轉頭看著Rin醫師，「等等醫師會進去檢查嗎？」

　　「對，報案人說Kan哥可能是遭到攻擊的，所以我會進去替他驗傷。」

　　「麻煩妳一併看看Wasan督察的狀況。」Em轉身，用明顯溫柔許多的語氣對Rin說。

　　Kong含笑望著他們兩個。

　　「好。」Rin點點頭，快步走進急診室。

　　此時，急診室內一片混亂，因為除了有大量的緊急傷病患之外，受眾人愛戴的醫師也受傷躺在那裡。

　　Rin直直走向Kan的病床，他現在醒來了，但樣子看起來很疲憊，一隻手臂上連結著點滴管。最引起Rin注意的，是Kan臉上紅色的擦傷及瘀青，這表示它們都是剛產生不久的新傷。

　　「嗨，Kan哥。」

　　Kantapat平時是個喜怒不形於色的人，但現在，他看起來隨時都會崩潰。他目不轉睛地盯著另一張床上穿著半身警察制服的

病人──是Wasan督察，也是Kantapat的戀人。

「這種情況下，我應該是要照顧他的人。」這是Kan對Rin說的第一句話，「命運總是喜歡捉弄人。」

「怎麼了？」Rin戴上鑑識手套時問。

「Wasan昏倒了，但現在已經沒事了，血檢和心電圖的結果都很正常，應該是工作太累導致的過勞，等等就可以回去了。我已經拜託Kong巡官等等接我男朋友回家休息了。」

「其實，我是在問你怎麼了。」女醫師伸手碰觸Kan臉上的瘀青後，仔細地觀察，「Kan哥這樣回答，我就知道比起自己，你更擔心男朋友了。」

Rin碰上傷口時，Kantapat微微皺起眉頭。他垂下眼，彷彿十分內疚。

「我⋯⋯我不太記得事發經過了。」

Rin高高揚起眉毛，「Kan哥做過腦部CT了嗎？」

「做過了，很正常。」Kantapat閉上眼睛，「我最後記得的是我午休時去Chatchai老闆的二手車行看車，之後就什麼也不記得了。」

Rin覺得不大對勁，但又說不清是來自眼前這個人還是其他原因，因為Kan說的事情是有可能發生的，受到攻擊的受害者有可能因為頭部受創而失去記憶。

「Kan哥，請把嘴張開一點，牙齒咬緊。如果有按到哪裡會痛，請告訴我。」

女醫師熟練地檢查Kan的傷口及傷勢。她扶Kan坐起身，然後轉身拉上簾子，「麻煩脫掉襯衫。」

Kantapat乖乖照做。

面對Kantapat健壯的身軀，女子一點也不羞怯，但有樣東西最吸引Rin的目光，那就是肩胛骨和右側胸口上的傷疤，看來他幾個月前受過重傷。

「Rin應該有看過那則新聞。」Kan微微一笑，彷彿讀懂了女子的心思，讓Rin嚇了一跳，「就是妳來這裡之前的大案子。」

「我有看到新聞。」Rin語氣平靜地說，同時一一檢視Kantapat的傷勢，「出自醫院前院長之手的安樂死案，試圖揭露此事的Kantapat醫師遭到槍擊，身受重傷，同時Somsak醫師被警方擊中……後來在醫院過世了。」

「妳追新聞追得很勤呢。」

「這是大新聞，而且我來這裡之前也必須研究一下環境。」女醫師脫掉手套，「檢查完了，Kan哥可以穿上襯衫了。我等等就趕緊把驗傷報告寫好給你。」

「謝謝。」Kan輕聲說。

Rin把手套丟進垃圾桶後，離開Kan的病床。年輕女子靜靜地站在急診室裡的空曠處，她面無表情，銳利美麗的雙眼凝視著空無一物的地面，不理會身旁來來往往的人們。

「爸爸，什麼都聽不到啊。」穿著天藍色公主裙的小女孩試著從父親的聽診器中聽到聲音，露出困惑的神情。

「聽這裡看看。」爸爸的大手握著她的手移到胸口，「怎麼樣？聽到了沒？」

女孩皺著眉，「只聽到爸爸說話的聲音，好大聲喔。」

男子笑著說,「那爸爸不說話,妳專心聽看看。」

女孩安靜下來,照著爸爸的話專心地聽——聲音越來越響,那是她這輩子還沒有聽過的聲音。她抬起頭,興奮地看著爸爸說:「我聽到怦怦怦的聲音。」

「那是心跳聲。」父親溫柔地對她說,「喜歡嗎?」

女孩點了點頭,「喜歡。」

男子露出燦爛的笑容,「說不定妳也想跟爸爸一樣當個醫師?」

「我想當醫師。」女孩說話的聲音清亮,圓潤美麗的眼睛閃閃發亮,「Rin想當個厲害的醫師,像爸爸一樣。」

「Rin醫師……Rin醫師!」

急診室護理師的叫喚聲讓Rin從思緒中回神,「是?」

「您還需要什麼嗎?」護理師一臉疑惑地問。

「喔,沒有了。」女子轉過身,瞥了一眼Kantapat的病床後,連忙轉頭回道:「不好意思,我可以問一下Wasan督察的狀況嗎?」

*

「嚇死你爸了!」

Chatchai老闆嚇了一大跳。他剛走出來就發現有一名身穿黑色皮衣、以棒球帽遮住臉的男子靜靜站在車行辦公室的後方等他,就像個幽靈。

「家父依舊安康,老闆。」Kong伸手拉起帽簷,對福態的中

年男子笑了笑,「好久不見了。」

當然,這次見面讓Chatchai不太高興,「Kong巡官。」

「老闆,別對我這麼冷淡嘛,我們都是自己人。」Kong心情愉悅地笑了笑,和Chatchai此時的臉色形成極大的對比,「不巧,我老婆命令我不能自己下場,但在局裡工作久了也很無聊,所以就出來和老闆聊聊天嘍。」

「巡官想要什麼就直說吧。」Chatchai雙手抱胸。

「不寒暄一下嗎?我們都這麼熟了。唉,要說正題也行。Kantapat醫師被人襲擊了,就在隔壁巷子。」Kong指向右邊,「醫師說,被襲擊之前他到老闆的車行來看車,後來就不知道發生了什麼事,他回過神時就受傷躺在那裡了,所以我想來問問老闆,補一下中間缺失的資訊。」

Chatchai連忙擺擺手,「醫師的確有來看車,但我不知道他被人攻擊的事。醫師看完車就離開車行了,就這樣。」

Kong挑眉,「就這樣?」

「喂,巡官,別纏著我了,我把我知道的事都告訴你了。巡官應該去問事發巷子裡的人,說不定有證人能提供比我更有用的資訊。」Chatchai說完,就逃也似的快步離去。

「這次老闆非法聘用了幾個人?還是說你們改了車,用調整里程數欺騙客人?」Kong的目光環顧四周,與此同時,Chatchai停下了腳步,「要是我們再進一步調查,應該會得到不少好東西吧。」

福態男子連忙轉過身,走到Kong的身旁,壓低音量顫抖地說:「巡官需要多少錢才能不追究這件事?」

「我算一下。」Kong拿出手機開始按,「水電費,每個月一千;我老婆的點心費,一個月五千,不巧,他食量大;油錢四千、房貸一萬,喔!」警察抬頭看著Chatchai,揚起嘴角,「我想要……Kantapat醫師過來看車那段時間的監視器畫面,從走進來到離開,就這樣。」

Chatchai一臉震驚,露出猶豫的神情,「監視器壞掉了。」

Kong噴了一聲,「真不可愛,怕監視器拍到你的非法勞工是嗎?我就睜一隻眼閉一隻眼,當作沒看到老闆的手下好了,因為我只會看著Kantapat醫師一個人。」警察抬起手,拍了拍Chatchai的肩膀,「好啦,我們是自己人嘛。」

Chatchai沉默了許久,然後長嘆一口氣,「你保證我不會有事?」

「我保證,我Archa巡官做到做到。」Kong挑眉,「老闆可以帶我去看了吧?」

千眼警探想要什麼情報就一定會拿到。Kong知道該如何取得他需要的資訊,儘管有時手段不正當,但Kong的座右銘是「想成大事要沉住氣」,他最看重的永遠是成果,其餘只是過程,而這樣的想法也導致他經常被Tum責罵,聽到都耳聾了。

Chatchai帶著Kong來到辦公室的監視螢幕前,輸入密碼,打開監視器的檔案。他花了一段時間才找到Kantapat來車行的片段,「找到了,巡官想看哪段就自己往下拉吧。」

「謝謝。」Kong立刻湊過去,他的眼睛像掃描機一樣,仔細地掃視螢幕上發生的事情。他看到的畫面是從車行前方俯瞰的角度,走進店裡的正是Kong熟悉的年輕帥醫師。

『我現在有一輛E-Class的黑色賓士,搭配全景天窗,漂亮得不得了,里程數又少,前車主保養得很好,非常適合醫師您這樣的人。我等等還可以給您多一點折扣,就當作報答醫師照顧我的身體健康。』

畫面中傳來Chatchai老闆的聲音,接著Kantapat醫師回答:

『我是來找人的。』

匡噹!某個東西落地的聲音響起,Kan醫師望向聲源,接著衝了出去。Kong趕緊按下暫停,仔細端詳,「這到底是什麼情況?Kan醫師來找誰?」Kong轉頭看向Chatchai,「老闆,醫師是來找誰的?」

Chatchai一臉為難,「巡官不是說只會看醫師一個人嗎?」

年輕警察嚴肅地瞪著對方,「老闆,你是要乖乖說,還是要我自己去查?」

「店⋯⋯店裡的員工,領日薪的。」

「名字?」

「Waen,他叫Waen。」

「他的身分證或居留證影本。」

「巡官⋯⋯」

Kong攤開手,「老闆,不要讓我等太久。」

Chatchai躊躇了一會兒,最後乖乖去把文件找出來交給Kong。

身分證影本放在手上的瞬間,Kong感覺到一股奇異的能量,讓他渾身寒毛直豎,臉上那煩人的笑容漸漸消失。

身分證上的名字是Kitti Pornuma,從上頭的相片及小名是

Waen 的資訊，Kong 知道這是個熟人。為了調查大毒梟，他曾經進入組織臥底調查，使他結識了好幾個販毒小蜜蜂，而 Waen 就是其中之一。

辦公室的門砰地一聲打開了，兩個穿著黑衣的壯漢直走向 Kong，警察吹了聲口哨，將手中的紙張揉成一團，塞入皮衣口袋。Kong 轉身看向匆忙跑出辦公室的 Chatchai，「竟然夾著尾巴跑了，就說挖得越深，好東西越多吧。」年輕的警察無畏地盯著壯漢，「你們好好想清楚，是讓我走出這裡，這件事就算了，還是要讓自己和老闆一起倒大楣？」

就在 Kong 發現其中一人要掏出手槍的當下，他毫不猶豫地利用鍛鍊來的敏捷身手衝向持槍者。Kong 抓住槍管，甩向另一個靠上來的人，藉此卸下他的手腕，接著趁其不備，猛力把槍砸到那人的臉上，讓黑衣人一個踉蹌，撞上身後的花瓶，使花瓶摔得粉碎。

Kong 用另一隻手揮向歹徒持槍的手，接著把槍管往反方向一拉，輕輕鬆鬆地將槍搶到手中。Kong 以槍托用力打上黑衣男的眼窩，又一腳踹上對方的肚子，使黑衣男倒在地上發出痛苦的呻吟。

另一個黑衣男從背後撲上來抓住 Kong，警察用力往後抬頭一頂，狠狠撞上歹徒的臉，並利用對方停頓的瞬間勾住他的腳，使其失去平衡，將黑衣男狠摔在地。最後，他拿著槍指著方才被自己摔倒在地的男子，宣告勝利。這一切都發生在一瞬間。

「混蛋，就你們這種三腳貓功夫還敢來動我，廢到我連自己的槍都不用拔出來，浪費我時間！」Kong 又抬腳對躺在地上的人

補了一腳，讓對方痛得捂著肚子哀號，年輕的刑警大步邁出辦公室，迅速離開Chatchai的車行。

　　Kitti Pornuma──Chatchai老闆稱為Waen的這個人不是外籍勞工，他是土生土長的泰國公民，曾經短暫受僱於府立醫院，擔任傳送員。除此之外，Kitti先生的過往紀錄十分乾淨，與Kong過去掌握到的情報完全相反。他明明是毒販的小弟，為什麼履歷毫無汙點？

　　Kong倚在椅背上，盯著筆電螢幕中的個人資料，陷入沉思。

　　「我還以為是Chatchai隨便給了不知道是誰的文件騙我，但這個人居然真的曾在同一間醫院工作，那Kan醫師是不是有可能原本就認識他？」Kong自言自語地分析著，「醫師是有意去找他的嗎，還是巧合？如果是有意的，那是為了什麼？」

　　「Kong，」Tum的聲音從後方傳來，「你的頭怎麼了？」

　　警察趕緊轉頭看向聲音的主人，對方穿著寬鬆T恤和短褲，繃著一張臉，眼睛浮腫，頭髮凌亂，因為他才剛從昨晚的大夜班裡復活。儘管Tum在傍晚六點才醒來，但Kong的男朋友看起來還是那麼可愛。

　　「嗯？我的頭上有什麼嗎？」

　　「真是的，你都沒感覺到頭上有傷口在流血嗎？」男護理師不大高興的樣子。

　　Kong伸手摸了摸自己的後腦勺，發現理成平頭的頭皮上有乾涸的血塊，碰到還會痛。「咦？真的耶。」

　　「你是去幹了什麼好事？過來讓我看看。」Tum用力拉過

Kong的頭，力氣大到差點把他的頭扭下來。

「哎喲！護理師先生，對病人溫柔一點嘛。」

「先告訴我你去幹什麼了？」Tum厲聲問道。

Kong想起來了，這傷口肯定是他在車行用頭撞黑衣男時造成的。

「我打了一架。」

「又來了。」Tum的臉色更沉了一些，「你不是說不會再做冒險的事了嗎？」

「這是不得已的，Tum。」警察緊緊摟住對方的纖腰，露出哀求的眼神，「拜託幫我擦藥。」

瘦小的男人大聲嘆了口氣。儘管Tum覺得Kong非常討人厭，但每次都敗給對方的甜言蜜語，「先讓我去拿醫藥箱。」

「遵命。」Kong放開抱著Tum的手臂，望著對方走出臥室。

Tum一離開，Kong立刻把椅子轉回來，沉思一陣子之後，決定打給Em督察。

『怎樣？』不久後電話接通，傳來Em嘶啞的嗓音，『我聽說你去掀了人家車行？』

「那是小事啦，督察。」千眼警探說道，語氣和臉色都難得嚴肅，「但我現在正在查更大條的事。我需要督察幫我看看，然後告訴我⋯⋯我不是唯一一個覺得不對勁的人。」

第十章　Archa 的戰鬥

　　Wasan 坐在頭等病房裡，望著躺在病床上的戀人。由於醫師因頭部受傷陷入昏迷，並且喪失事發期間的記憶，因此儘管腦部斷層掃描的結果正常，急診醫師還是讓 Kantapat 住院一天，觀察神經系統的狀況。

　　「Wasan，你回家休息吧。」Kan 伸手輕撫 Wasan 的手臂，「你身體也不舒服。」

　　「不要，我沒事了，檢查結果一切正常，急診醫師允許我回家了。」警察蹙眉望著 Kan，「你有什麼要跟我解釋的嗎？」

　　Kan 微笑，「現在還想不大起來，最後的記憶就是我午休時打算去看車，說不定會有喜歡的。」

　　「家裡已經兩輛車了，也沒有停車的空間，你要把第三輛車停去哪裡？」

　　「去看車又不一定要買。」醫師握住 Wasan 的手，「就像你喜歡去家電區繞一繞，看看有什麼新品或特價，但不一定要買一樣。」

　　「你少唬我。」Wasan 斜睨一眼，「我回家拿點過夜的東西，等等回來。你自己待一會兒，有什麼狀況就立刻按鈴喊護理師。」

　　「我是醫師，知道自己的狀況啦，別擔心。」Kan 對 Wasan 溫柔一笑。

　　「就是你們醫師最不聽話了啦。」Wasan 又愛又恨地用手指輕

敲了一下Kan的額頭,然後站起身,「我等等就回來。」

警察走出房間,向護理站的護理師點頭致意後離開頭等病房區,直走向電梯。Wasan聽見後方傳來推床靠近的聲音,於是往左邊靠讓出通道。警察拿手機出來看時間時,那張病床從身邊推過,一張紙從高大的男傳送員身上掉了下來。

Wasan彎腰撿起紙,抬頭喊道:「欸!你的紙掉了。」

那名男子沒有理會,推著空床轉向大樓連通道的入口,Wasan追了上去,說不定這是一份重要的文件。不過當Wasan抵達連通道時,發現只有一張空床停在昏暗的連通道中。

Wasan皺起眉頭,他確定他剛才遇到的人不是妖魔鬼怪。Wasan低頭看著手裡對折的A4紙,慢慢打開,想看看這是什麼文件,好讓他拿去物歸原主。

黑色馬克筆在紙上寫著幾個大字——『白衣死神的情人』。

Wasan瞪大眼睛,周遭的聲響彷彿瞬間消失了,空氣凝滯壓抑,壓得他幾乎喘不過氣。警察跑到空病床旁,慌張地東張西望。

這個詞應該在半年前就消失了,但為什麼現在又出現了?

還是說,剛才那個男人是Som?因為他是唯一會這樣稱呼Kantapat的人。

不對,遺落那張紙的男子身形跟Som一點也不像。

Wasan將手裡的紙揉成一團,深吸一口氣後緩緩吐出——安樂死案已經結束了,凶手是Somsak醫師,而Kantapat,他的戀人已經洗清了所有嫌疑。

不過,一個回憶突然閃過腦海——紙上列出了遭Somsak醫

師安樂死的受害者姓名，裡頭沒有 Wasan 母親，Rawiwan 女士的名字。

　　Wasan 將揉爛的紙丟在地上，用腳踩扁後離去，這表明了他此刻選擇的路。再糾結於已經結束的事毫無益處，他選擇繼續過日子、往前看。

　　Wasan 走下樓後，穿著傳送員制服的男子走出大樓的陰暗處，原本應該乾淨潔白的制服看起來老舊骯髒。青年伸手調整右側鏡片破裂的眼鏡，彎腰撿起被 Wasan 揉爛踩扁的紙，放入上衣口袋，然後推著病床，在昏暗的夜色中穿過連通道，進入另一棟大樓。

＊

　　「Tum，那不是你男朋友嗎？」護理師 Joy 轉身戳了戳正在替病人配抗生素的 Tum，「人正真好，老是有男人來找你。」

　　「啊？」Tum 從藥車旁退開，探頭望去，發現 Kong 站在九床的床尾，「真的耶，要來怎麼不跟我說一聲？」

　　「平常見到他都是來送飯給你的，但今天不大對勁，他感覺像九床的探病家屬一樣，站在那裡看了好幾分鐘，現在探病時間都結束了，你去問一下啦。」

　　男護理師輕輕嘆了口氣，他原本就知道 Kong 的行為乖張，但要是 Kong 在他的地盤表現得太奇怪，Tum 就得親自去警告他了。

　　配完藥後，嬌小的男護理師快步走出護理站，「Kong！來幹嘛？」

「Ying什麼時候會醒，Tum？」身穿黑色皮衣、頭上戴著心愛帽子的警察回頭詢問，指向戴著氧氣罩熟睡的瘦弱男子。

「現在不是你能來探病的時間。」Tum輕拍Kong的後背，「你來找我是無所謂，大家都知道你是誰，但護理師在工作時，你不能站在這裡礙事！」

「我想跟他談談。」

「Kong！」Tum提高音量，「我不管你為什麼想跟他談談，不管是為了查案還是他做錯了什麼事，但他現在是我照顧的病人，我絕對不能讓你在這時來打擾他接受治療。」Tum指著病房的大門，「你現在出去，明天再來。」

護理師Joy望著同事，一臉驚訝。Tum是她見過最溫和的人，看到Tum對男朋友這麼凶，她嚇了一大跳。

Kong的表情有些不滿，「我中午沒空，你就讓我現在和他聊一下會怎樣？」

「你太濫用你的特權了。」Tum對男友露出厭煩的眼神，「你該離開了。」

Kong不輕易服輸的個性讓他繼續站在原地，而一向會溫和讓步的Tum今天卻相當堅持。兩個男人之間的氣氛開始緊張起來，就在狀況即將變得更糟之際，Ying──作為爭執起源的人突然發出呻吟，似乎想說些什麼。Tum連忙上前評估患者的情況，Kong則繞到床的另一端。

「救、命⋯⋯」Ying咕噥著。

Tum一邊伸手將氧氣面罩調整回正確的位置，一邊盯著生理監測器的螢幕。

「不要開槍……救命……」

「Ying，」Kong 說：「你會變成這樣，是因為有人傷害你對嗎？」

「你想知道的……我都說了……」

Tum 看著這場對話，滿是無奈。雖然他很想把 Archa 巡官扔出病房，但病人現在說的話似乎有些重要的資訊。

「你說什麼？再說一次。」警察彎腰靠近 Ying 的臉說道：「你把剛才的話，再說一次。」

「我……去找 Waen……拿了藥……他就在 Chatchai 老闆的車行工作……」

Kong 像被施了定身咒一般沉默片刻。千眼警探在不同地方查過許多情報，但從來沒有一條情報讓他像這樣全身發寒。年輕警察抬頭望著男友，帶著護理師 Tum 不曾看過的眼神。

「那是誰把你弄成這樣的？」Kong 又問了一個問題，但回答是一陣沉默，因為 Ying 又暈睡過去了。警察正要伸手搖醒 Ying，Tum 面色不悅地撥開 Kong 的手。

「Kong，夠了，等病人清醒再問吧。」

Kong 邁步離開床邊。警察看起來沒生氣，更多的是錯愕與不解。Kong 握緊拳頭又放開好幾次，之後轉身快步走出男性內科病房。

Tum 不解地望著 Kong，決定把問題留到下次見面時再問。

Kong 很清楚此時正面迎擊不是個聰明的選擇，若是平時，Kong 大概會利用這段時間潛入各處，利用手上的情報網收集情

報與證據。然而對 Kong 來說，這次不一樣，因為這件事牽涉到他親近的人，尤其是 Wasan 督察，那個 Kong 尊敬及愛戴的人。

　　Kantapat Akaramethee 醫師，Kong 對他從未感到放心過。

　　Kong 打開頭等病房的門，發現年輕醫師正坐在床邊的椅子上，一隻手連結著點滴，英俊的臉上有著瘀青，後腦杓包上紗布。Kantapat 轉頭看著來訪的人，有些驚訝，「哦？Kong 巡官。」

　　警察左顧右盼，「督察不在嗎？」

　　「他回去拿過夜的東西。」Kantapat 站起身，有些搖搖晃晃地坐回床上，對 Kong 露出微笑，「Kong 巡官不是單純來看我的，看你的表情就明白了。」

　　Kong 冷哼一聲，關上門後雙手抱胸，靠在牆上，「醫師，你越來越可怕了，你自己有發現嗎？」

　　Kantapat 搖搖頭，「沒發現。」

　　「Kan 醫師，讓我以熟人的身分問你。你如果不是我們督察的男朋友，我根本不會這樣問你。」Kong 脫下棒球帽，用銳利的眼神盯著 Kan，「你是不是正在做會讓督察傷心的事？」

　　醫師抬眸，毫不畏懼地迎上那雙可怕的眼神，「Kong 巡官，我不知道你在說什麼。」

　　「醫師，你有沒有祕密瞞著督察，或是隱瞞所有人？」

　　Kantapat 面不改色，沒有露出絲毫驚訝的神情，「沒有。」

*

　　「Nong 姊，妳怎麼會來我們病房？」護理師 Joy 走進備藥區，見到 Ornanong 站在那裡洗手，有些驚訝。

資深護理師轉身，對 Joy 露出親切的微笑。

「都這麼晚了，我以為 Nong 姊下班了。」

「因為 Kantapat 醫師突然住院了，他擔心第十五床的伯伯，而我就住在宿舍，走幾步就到了，不麻煩，就來替 Kan 醫師看看病人嘍。」Ornanong 拿擦手巾來擦拭。

「帥氣的 Kan 醫師以後可以打來我們病房詢問就好了，我也能多跟 Kan 醫師學習，幫他照顧病人。」年輕護理師說得輕快，「對了，醫師怎麼了嗎？」

「發生了意外，但狀況沒有很嚴重，應該只要住院觀察一晚。」Ornanong 經過 Joy 的身邊，往護理站外頭走去，「我先走了，如果 Kan 醫師有給新的處方，我再打電話來。」

「好的，Nong 姊。」Joy 對資深護理師行禮後，轉身推過她替患者備好藥的藥車。Joy 拿起自己替九床患者準備的針劑，確認是替名為 Ying Tongpoon 的病人準備的止吐劑。確認無誤後，她將藥劑打入目前正在熟睡的 Ying 的點滴中。

「醫師，告訴我，我不會挖出任何我不該發現的東西，對吧？」警察繼續追問。

Kantapat 的眼睛如一潭深水，平靜無波，「你不會發現任何你不該發現的東西。」

「Joy，拿抽痰管給我一下。」Tum 喊道，因為他正忙著替十一床的病人繫上手臂束帶，不然病人掙扎到快掉下床了。「好，等我一下。」剛替最後一床病人打完藥的 Joy 回應道，直走向推車。

嗶、嗶、嗶──！

第九床的生理監測器突然發出警報聲，Tum和Joy立刻抬頭望去，九床的患者出現翻白眼和全身僵直的症狀，螢幕上的血氧數值也持續下降，「Joy！測脈搏！」

Joy連忙跑過去，測量頸動脈，「測不到脈搏，患者PEA Arrest[4]。Tum，打電話通知實習醫師！」

「怎麼會這樣！」男護理師一臉驚訝地說，因為不久前患者還醒來跟他和Kong巡官說話而已。

其他護理師及助手迅速衝過來圍著九床，護理師Joy爬上床進行心臟按摩。Tum冷靜下來，趕緊去拿起電話，用最快的速度連繫醫師。

Kong巡官盯著Kantapat那張如雕像般深邃的臉龐，試圖在對方的表情中裡找出破綻，但一無所獲。他只看見沉穩和冷靜，讓Kong覺得眼前的人比他過去遇過的所有罪犯都來得可怕。

「醫師，你去那間車行做什麼？」

「我去看車。」Kantapat回答：「在那之後的事情，我什麼也記不得了。」

「我有監視器畫面。」老練的刑警雙手插在口袋中，如老鷹般銳利的眼神一秒都沒有離開Kantapat的身上。

「很好啊。」Kantapat的回答讓警察挑起眉，「讓我看看當時發生了什麼事情。」

4　Pulseless Electrical Activity（無收縮心臟電氣活動）：心電圖有正常波動，但沒有脈搏的情況。

「你追著一個男人跑了出去。」

「是這樣嗎？」醫生露出努力回想的表情,「我追著誰跑出去？我自已也想不出來。那個人是傷害我的人嗎？Kong巡官可以幫我找到那個人嗎？」

「醫師,你到底去車行做什麼？」Kong就像播放錄音帶一樣,再次問了相同的問題。Kong這麼做是想激怒對方,讓他脫口說出實情。

「我去看車。」這顯然沒用。醫師用同樣的語氣、同樣的表情給出同樣的答案,不僅如此,他還對Kong露出溫柔的微笑,「如果我有想起什麼會立刻打電話給Kong巡官的。現在我的頭開始痛了,需要休息了。」

這大概是在禮貌地請他離開。Kong站在原地思索了一下,他還不確定Kantapat是否隱藏著什麼可怕的事,也一直祈禱沒有,因為要是那些祕密曝露出來,真相會傷害到他認識的每一個人,毀掉醫界和警界的聲譽,而傷得最重的人無疑會是Wasan督察──把滿心愛意都給了Kantapat的人。

Kong拿起黑色棒球帽戴上。雖然這個決定既沉重又艱鉅,但他必須這麼做。

Kong巡官一踏出病房,馬上切換成千眼警探模式,他將用盡一切努力,不惜一切代價突破所有阻礙,找到可以解釋所有不尋常之處的證據。沒有人可以阻止他的決心。

「死亡時間二十時十八分。」

對九床的患者施行超過二十分鐘的急救後,年輕醫師用手背

擦去額頭上的汗水,看著此時已經沒有呼吸的瘦弱男子,表情充滿困惑,不明白事情是怎麼發生的。Tum拔除呼吸管上的急救呼吸氣囊,同樣表情困惑地望著剛死去的人。

第十一章　火場裡的筆記本

　　一名年輕女子坐在法醫部前大聲哭喊，響徹了整個區域。她痛哭失聲，幾乎哭暈在長椅上，身旁還有幾位女性親友安撫。早上八點剛抵達法醫部的Rin停下腳步，轉頭看向聲源。

　　「那是Tim，一個熟人的孫女，她的情人躺在裡頭的解剖台上等著醫師。」長久堅守在該部門的老練法醫助理Anan走過來對Rin說：「年紀輕輕的，據說醉倒在垃圾堆上被人發現後送來醫院，才住院一天就死在病房裡，病房醫師無法指出明確的死因。」

　　「知道了。」Rin抬手將飄逸的長髮束成馬尾，準備工作，「今天有幾個？」

　　「三個，另外兩個是昨晚汽車翻覆的案子。」Anan對Rin豎起大拇指，「醫師，要開工了嗎？」

　　年輕女子對中年男性淡淡一笑，「來吧。」

　　Anan回以燦笑，他很高興新法醫跟他更熟絡了。Anan曾經和好幾位法醫共事過，他必須承認Rin醫師是最難接近的一位，有可能是因為她是Anan第一位共事的女醫師，但那不是唯一的原因。儘管Rin非常有禮貌，也十分專業，但她似乎總是有些祕密，不和非必要的人來往，讓Anan覺得Rin築起了一道牆，阻止別人干涉她的隱私。

　　Anan回想起他和Bannakij醫師之間的熟稔親近，因為那是非常愉快的共事經驗，但即使如此，Anan還是尊重Rin需要的距離感。

對Rin來說，解剖台就像一般辦公室裡的辦公桌一樣。在人們眼中神祕恐怖的氛圍中，Rin看著三具並排的屍體，眼神卻與看著普通物品沒有差別，然而Rin始終記得，這些軀體曾經有過呼吸，也是外頭許多生者的摯愛。

　　女醫師身穿綠色手術衣，戴著手術帽、口罩及手套，雙臂交叉地站在解剖台前方，一切準備就緒。死者是Ying Singjai，三十七歲。Rin移動大體的關節，翻看重力造成的血液沉積痕跡評估死亡時間，並且仔細探查身體上的傷口，但她沒發現任何可疑的傷勢。

　　「手術刀。」Rin伸手接過Anan備好的刀子，俐落地將頭皮橫向切開，接著往前後方剝離，露出潔白的顱骨。Rin退後，讓Anan鋸開顱骨，查看裡頭的大腦。女子聚精會神地用鋒利的刀刃剝離腦脊髓膜，並從腦幹將脊髓切開，盡可能完整取出這柔軟脆弱的器官。她檢查顱骨是否有骨折的情形，然後小心翼翼地將大腦放在托盤上。

　　Rin從陰部下刀，劃至胸腔，剝開亮黃色的脂肪層，來到肌肉層，一切開腹膜，腫脹的腸子便從腹部的切口溢出。Anan切開肋骨，包覆心臟的脂肪層露了出來，女醫師切下死者的心臟後，將其放置在托盤上，以便進一步檢查。

　　完成所有程序之後，Rin無法確認死因，因為每個器官都很正常，沒有發現任何病變。Rin看向手上拿著器材，準備從大體上收集血液及尿液的Anan，「Anan哥真懂我。」

　　「看醫師的表情我就懂了。我等等先送尿液去做藥物檢測。」

　　「也順便採血吧，反正一定要送毒物檢測的。」女醫師脫下

沾染到暗紅色血液的外層手套，丟入桶子裡，接著走向因車禍而滿身傷痕的屍體。這具大體不需要做太多檢查，因為只需一眼，Rin就能從頭骨破裂，嚴重到腦組織混著鮮血流出的情形判斷出死因。

「今天要下紅雨了，Rin居然會打給我。」Bannakij接起電話，語氣輕快地說：「有什麼需要我幫忙的嗎？」

『Ban學長今天心情似乎特別好喔。』Rin開啟擴音後，將手機放在電腦桌上，同時望著電腦螢幕上顯示的醫院系統裡的病歷掃描檔。

電話這頭的法醫學教授笑了，「幹嘛挑我毛病，嗯？要問什麼就說吧。」

『學長在這裡工作的時候，有解剖過那種人死在醫院，然後發現死亡原因不單純的案例嗎？』

「唔……死在醫院嗎？大部分都是死於自身的疾病，本來就很明確了。」

『一定有某些案例會觸動學長的第六感吧！』Rin打開一名患者的病歷，顯示在法醫辦公室的電腦螢幕上，『Ban學長對這種事的第六感很準不是嗎？』

Bannakij嘆氣，「沒那麼絕對啦，Rin，我一開始也很有自信，但後來，我一直在努力不讓自己憑直覺做出倉促的判斷，因為那造成太多混亂了。」

『所以即使學長有感覺到什麼不對勁，也會當作沒事嗎？』

「這很不像我，對吧？」男醫師的聲音變弱，「但如果Rin是

那個時候的我，妳會明白的。我剛經歷過那些壞事，正準備工作，還得顧及我的情人。」

『這表示Ban學長真的有感覺到什麼事情吧？』Rin沉默了一會兒，整理思緒，『關於安樂死案的結論，Ban學長有什麼看法？』

「我就知道妳會問起這件事。」Ban深吸一口氣，「我沒有任何資料可以反駁患者被施以安樂死的這個結論，而且當時Somsak醫師不是由我親自驗屍，因為我已經調走了，妳也還沒來，所以醫師是被送去清邁解剖的，推測的死因是痰液堵塞。」

『好奇怪⋯⋯』Rin插嘴。

「對，很奇怪。」Ban繼續說：「醫師Arrest是在ICU轉入男性外科病房不久後，施行CPR的時間超過三十分鐘。若在心臟按摩的過程中能處理好痰液堵塞的問題，患者應該會ROSC[5]，而病房團隊不應該沒注意到這種事，因此，我拜託Anan哥拍了Somsak醫師的病歷給我看。事實上，Somsak醫師的病情好轉許多了，沒有任何併發症，很難相信這是他真實的死因。」

『毒物及藥物檢測也沒有發現什麼異常對嗎？』

「什麼都沒有。」Ban沉默了一會兒，「妳別告訴我這就是妳在尋找的答案。」

『不是。』Rin隨即否認，『我不打擾學長了，先這樣。』

「妳啊，想打電話來就打，想掛就掛。」Ban大笑，「我也該出場表現了，剛才送了一個被刺死的人來給我，工作都沒有斷過。」

『祝你好運，學長，之後再聊。』Rin掛斷通話，凝視著電腦

5　Return of Spontaneous Circulation：經心肺復甦急救後，患者恢復生命徵象的狀況。

螢幕上的病歷，而那份病歷的病患名為 Somsak Laamornchai。

＊

　　Rin 徑直走進外科加護病房，護理師 Mayuree 轉過來一看，對越發熟稔的法醫露出友善的微笑，因為她負責的病房已經多次請 Rin 過來幫忙驗傷及評估傷勢了。「今天沒有新的會診患者耶，醫師。」

　　女醫師站在那裡，看著一號床的病人從床上被搬到推床，幫忙搬動的人員有兩名護理師和一名瘦瘦的男傳送員。

　　Mayuree 來在 Rin 的身旁，「上週醫師來評估傷勢的中槍病人現在狀況好多了，終於可以轉去普通病房了。」

　　「一般轉移病房時，會有誰跟著患者過去呢？」Rin 轉頭詢問護理師。

　　「會有我們這邊的護理師一起過去，還有一個傳送員。」Mayuree 偏頭看著 Rin，一臉疑惑，「怎麼了嗎，醫師？」

　　Rin 毫不猶豫地問出懸在心上的事，因為對方跟她比較熟了，「姊還記得 Somsak 醫師從這裡轉去普通病房時，是誰跟過去的嗎？」

　　Mayuree 不大明白 Rin 為什麼會問起此事，「醫師認識 Somsak 醫師？」

　　Rin 點點頭，「認識。」

　　女護理師一時愣住，但她還是好心地回答：「醫師問得就像知道我那天剛好值班一樣。是我打電話交接的，至於陪送的人，若我沒記錯⋯⋯」Mayuree 閉眼思索，「不是 Jib 就是 Ying，我問

看看。Ying！」

「有！」正在替患者吸痰的年輕女護理師回道。

「那時是妳送Somsak醫師去男性外科病房的吧？」

「是啊，姊。」Ying收好吸痰的管線，走過來找Mayuree，「有什麼事嗎？」

Rin立刻轉頭問Ying，「容我問一下，妳送Somsak醫師過去時，路上有發生什麼不尋常的事情嗎？」

「沒有耶。」女護理師努力回想六個月前的狀況，「那時，我跟傳送員一起去，除了傳送是新人，沒什麼特別的。」Ying轉向資深護理師，「話說，Mayuree姊，後來好像就沒有看過那名傳送了呢。」

Rin的臉色有些驚訝，而Mayuree露出恍然大悟的表情，「對耶，我在這裡工作很久了，記得誰是誰，但我好像只看過那個傳送一次。那時候還笑說他身材這麼好，希望能常常來接我們的病人。」

女醫師沉默了良久後，轉身向兩名護理師領首致謝，接著快步走出外科加護病房，留下Ying和Mayuree面面相覷。

Rin大步走在走廊上，沿著從外科加護病房傳送病人至男性外科病房的路徑走，途中必須經過大樓連通道搭電梯，才能到五樓。Rin在這裡工作一段時間了，也開始熟悉這裡的人與環境，此時正適合她開始尋找答案，也就是她決定來此工作的原因。

她抬起頭，最先看到的是──監視器。

*

安樂死 SAMMON

『你不會發現，任何你不該發現的東西。』

Kantapat醫師的話迴盪在Kong巡官的腦中。此時，他正望著昨晚仍屬於Ying的病床，但上頭的人如今卻是一個他不認識的男人。

Kong不斷握緊拳頭又鬆開，藉此宣洩胸口的鬱悶，感覺周遭美好的一切都在崩塌。Kong連忙轉身，快步離開病房。警上尉Archa不確定他正在與什麼對抗，但他有一種感覺，他必須在一切太遲前找到答案，不然那個人會在他找到之前，抹消掉隱藏在黑暗中的答案。

Kong直奔法醫部門，以便從Rin醫師的口中問出Ying的初步驗屍結果，在那之後，他就要親自出馬，用最快的速度找出「Waen」這個人。當然，這對千眼警探Archa來說應該不是什麼難事。

『我今晚不回去睡喔。』

『去哪裡？你又不值班。』

『我要回家，我媽一直吵。明天一早就衝回去找親愛的。』

『好啦好啦，幫我跟媽媽問好。』

『好，我先開車。』

Kong傳完給男友的最後一條訊息後，關上螢幕。

「抱歉，Kong又對Tum說謊了。」警察對自己輕聲說完，將手機收進口袋裡。

Kong抬起頭，銳利的目光穿透昏暗的暮色，緊盯著龍眼園中一棟半木造兩層樓建築的門口，屋內一點燈光也沒有。Kong

拔出手槍，穩穩地握在手中，躡手躡腳地走出暗處，直直走向那棟房子。

這是販毒集團線民透漏的毒品小蜜蜂Waen的家。Kong豎起耳朵，試著聽清楚屋內的動靜，靜靜聽了好一會兒之後，Kong確定裡頭沒有人在。

Kong悄悄走向虛掩的木窗，屋裡黑漆漆的。Kong打開窗戶，迅速爬進屋內，同時打開準備好的手電筒。屋內堆滿了胡亂放置的物品，散發出一股霉味，警察小心翼翼地探查著，但沒有發現什麼有用的東西，只知道Waen應該是個非常不愛乾淨的人。

匡噹……

身後突然傳來東西落地的聲音，Kong立刻轉向身後，將燈光和槍口對準聲源。Kong聽見吱吱聲，一隻黑色大老鼠從他眼前跑過，鑽進木櫃的黑暗角落，但這沒有比當下看到的事物更令他毛骨悚然，警察望著眼前的景象，瞪大了雙眼，跟跟蹌蹌地向後退。

手電筒的光照在灰色水泥牆上，映出用紅色粗麥克筆寫的訊息：『白衣死神：Kantapat、Ornanong』。

Kong將燈光移向下方，發現另一句：『殺Somsak醫師滅口』，再往右移動，又看見一行令他血液凝固的話──

『安樂死，末期病人』

「這到底是什麼鬼！」Kong沒有讓自己在此浪費太多時間，他趕緊在這棟屋子裡找尋其他情報，腦子裡充滿了疑惑──為什麼找Waen會將安樂死案重新挖出來？所有事情應該早就結束了，這到底是怎麼一回事？

Kong走到一張老舊的木桌前，紙張散落其上，他從中拿起一張，發現上面用紅色麥克筆寫著『你好，白衣死神』。桌上至少有二十張字跡相同的紙，掀開紙堆之後，底下是一本筆記本。Kong立刻打開來翻看，本子裡的紀錄應該是出自住在這裡的人。

　　『我的人生全毀了。』

　　『被資遣、找不到工作、沒有錢，所以老婆也拋棄了我，帶著孩子離家出走，再也沒有回來。』

　　Kong翻到下一頁。

　　『Ornanong是騙我走到大樓後方找他的人。』

　　「Ornanong？」Kong不解地蹙眉，但讀到下一行時，這個疑惑立刻解開了。

　　『Ornanong是為Kantapat醫師工作的護理師，他們合謀對病人施行安樂死。』

　　雖然這只是手寫的筆記，無法得知真偽，但Kong依然想知道筆跡的主人究竟是基於什麼動機寫下這些文字。

　　就在此時，Kong聞到空氣中飄來一股怪味，他花了一些時間思考那是什麼氣味。隨著味道越來越濃，他確定這是煤油味，警察瞪大了眼，連忙闔上筆記本並緊握在手中，朝他潛進來的窗戶跑去。

　　他看見有一道人影從窗前閃過。

　　是誰？青年穩穩地舉起槍，緩緩朝門口走去，與此同時，煤油味越來越濃烈。

　　這時，Kong最擔心的事情發生了。他看見火勢從窗戶竄出，一路延燒到木製天花板上，而那扇窗本該是他的逃生出口。

由於房子本身是半磚半木建造而成，火勢蔓延得很快，僅僅一瞬間，Kong就置身於可怕的火海中。

Kong轉身尋找其他可以逃生的出口，他打開另一扇窗戶，火焰幾乎撲面而來。濃煙刺激青年的眼睛和鼻腔，使他胸口一緊，就快喘不過氣。警察跑向屋子的前門，雖然那扇舊木門沒有上鎖，但Kong無法打開門，可能是從外面被堵住了。Kong從門邊後退幾步，匯集全身力量用肩膀和軀幹撞上門板，發出巨響。第一次沒成功，Kong又努力試了幾次，但力量漸漸耗盡，他踉蹌地後退，用晦暗模糊的眼睛望著那扇門──倘若他無法在幾秒鐘內逃離這裡，這棟房子大概會成為他的葬身之地。

『人的最後一刻常常出其不意地到來，因此，我們必須隨時做好計畫，因為死亡是生命的面向之一，無法逃避。』

某次Kong、Tum、Wasan和Kan聚會到深夜時，Kantapat醫師曾經說過這句話。

『但這並不表示，死亡永遠無法掌握。』

「掌握？那就是──老子、還不想、死！」

Kong大吼一聲，用盡最後的力氣衝去，狠狠撞上木門。

老舊腐朽的門框終於破裂，導致Kong和門板一起重重往前摔倒。就在屋內大火燒向後背之際，Kong狠狠地爬起來，盡可能跑出這塊危險區域，在遠處倚著一棵樹，大口喘著氣。青年癱坐在地上，盯著那棟讓他差點喪命的房子，慶幸自己及時逃了出來。Kong低頭看著自己的手，他似乎將槍丟在火場裡了，但手裡依然緊緊抓著那本筆記本，完好無缺，裡頭寫滿了可能是Waen──或Kitti Pornu的字跡。

年輕的巡官仍不清楚這本筆記本會帶領他發現什麼，但他的直覺告訴他，這絕對不是什麼好事。

第十二章　護理師的命令

　　天剛亮，Kong 運用他如鬼魅般的悄聲移動技巧，慢慢打開醫院宿舍大樓裡的房門，悄聲無息地溜進沒開燈的臥室。Kong 看了一眼床上熟睡的身影，打算立刻拿著新衣服和浴巾，進浴室洗去身上的塵土和煙灰，不然又要被唸了。Kong 還來不及檢查自己有沒有帶傷回來，打算等等再想該如何跟 Tum 解釋。

　　Kong 剛從衣架上拿下浴巾，就聽見 Tum 的聲音從房間的另一端飄來，「黑漆漆的，你在幹嘛？開燈啊。」

　　Kong 趕緊乾笑著轉過身，祈禱黑暗能掩飾他狼狽不堪的模樣。

　　「我不想吵醒你。」

　　「反正我也該醒來了。」Tum 用昏昏欲睡的聲音說完，沉默了一會兒，彷彿又睡著了。這讓 Kong 鬆了一口氣，轉身將浴巾掛到脖子上。

　　就在此時，房裡的燈突然亮了。Kong 低罵一聲，完全忘了 Tum 最近裝了可以遠端開關的吸頂燈，Kong 急忙轉身退到一旁，不讓 Tum 看見自己的臉，但這個動作實在太古怪了，讓 Tum 不解地皺起眉頭，「你怎麼了？」

　　沒有人的眼睛比護理師還銳利，尤其是身體上有異樣時。警察沒有回頭就回答：「路上太暗了，我不小心摔了一跤，沾到了一點灰。」

　　謊言越說越拙劣。

「你這種人會摔倒？不可能。」一秒不到，Tum就起身走過來，翻過Kong的身體，把他從頭到腳檢查了一遍，「這不只是摔倒吧？你是去救火了嗎？」

這是用猜的還是目睹了整起事件？Kong從來沒成功騙過他親愛的老婆任何事，「如果我說是去幫媽媽救火，聽起來也很假對吧？」

Tum沉下臉，輕輕推開警察的胸口，轉身離開。Kong連忙拉住對方，從後方將人抱緊。

「Tum，對不起。」

「對不起也沒用。」Tum試著掙脫Kong的懷抱，「你答應過我不會再做危險的工作了。做不到就不要說出口。」

「Tum……」

「你還去病房做些鬼鬼祟祟的事，你知不知道，我也被主管說過好多次了，說我男朋友為什麼總愛跑來搗亂，但我講了你也不聽。」

「我只是想讓你安心而已。」

「謊言帶來的安心只是一時的，每次知道真相後，我都覺得很難受。」Tum壓低音量，語氣變得不大對勁，彷彿開始對這一切感到無力，「我已經累了，Kong。如果你沒辦法不再做這種事情，那就繼續做吧，做你覺得對的事，我會自己離開。」

比Kong瘦小的身影掙脫Kong的懷抱。

Kong僵在原地，不知該如何是好，被罵或許還比現在好一些。

「Tum、Tum，等等。」警察趕在Tum走出臥室前攔住他。

Kong不曾畏懼去查線索或動武搏鬥，但他總是沒辦法讓自己的愛人幸福。

　　「Tum，就是，我就是個笨蛋，你有什麼不滿就直接跟我說吧，越直白越好，可以嗎？不用怕我會不高興什麼的。」

　　「你曾經答應過我，說你不會再做危險的工作了，但你做不到，那就別承諾我，也不用為了讓我安心而說謊，一五一十地把你在做的事情告訴我，這樣就好了。」Tum繞過Kong，打開臥室門，「現在先不要跟我說話，先去洗澡。」

　　「好。」堅毅的千眼警探低聲回應男朋友的命令，垂頭喪氣地拿著浴巾走進浴室。

＊

　　「Kuin巡官。」一身制服的Kong一屁股坐到Kawin巡官身旁，他親愛的好友正忙著處理一大疊卷宗。

　　「我給你兩百，拜託不要再叫我Kuin了。」

　　「那沒有我現在要說的事情重要啦。」

　　「說。」

　　「我老婆生氣到不想跟我說話了。」

　　「哈！」Kawin轉過椅子，看向Kong，「你這種人，欠揍啦，沒有被老婆從早打到晚就該知福了。」

　　「我是來討安慰的，居然又被罵了。」Kong嘆氣，「不過，那也不是我要談的最重要的事。」Kong拿出一本筆記本，丟在Kawin的桌上，Kawin拿起筆記本翻閱了一陣子後，震驚地瞪大了眼睛。

「這是⋯⋯」

「五分鐘後會議室見。」Kong 站起身，輕拍 Kawin 的肩膀，「還有，先不要把這件事告訴 Wasan 督察。」

會議室裡，Kong 巡官、Kawin 巡官、Em 督察以及副局長 Bird 等四名警察圍著會議室中央的桌子而立，神祕的筆記本就擺在桌子上。

「我在 Waen 的家中發現這本筆記本。」Kong 說：「裡頭提到他被醫院解僱了，因為一名叫 Ornanong 的護理師陷害他，而這名護理師和 Kantapat 醫師才是對病人施行安樂死的人，不是 Somsak 醫師，還有，Somsak 醫師是被殺人滅口的，Waen 發現了這件事，但找不到任何證據。」

房間裡安靜了好一陣子，直到負責調查安樂死案的偵查副局長 Bird 咳了一聲。

「Kong 巡官，安樂死案我們已經結案了，這或許只是一個瘋子寫的小說罷了。」

「就像人們喜歡寫的二創小說。」Kawin 點點頭附和，「或許是有在追這起案子的人不滿案子的結局，編了這些東西。」

「你是怎麼拿到這本筆記本的？」Em 督察詢問 Kong。

「在屋子被神祕人士放火燒毀之前進去拿出來的。」Kong 答道，「Waen 在 Chatchai 老闆的車行裡工作，而 Kantapat 醫師從 Chatchai 老闆的車行追著這個人跑出去，然後失去意識、倒在馬路上。Tim 的情人 Ying 去和 Waen 買藥，導致 Janpeng 婆婆，也就是 Tim 的奶奶在 Tim 出門和情人過夜的時候，遭到殘忍殺害，而 Janpeng 婆婆⋯⋯」年輕巡官頓了一下，「是 Kantapat 醫師的患

者,另一起被人殘忍殺害的年輕癌末病人也是。」

「等、等一下,我沒跟上。」Kawin舉起雙手,打斷Kong的話,「你給的資訊亂七八糟的,全部混在一起,我連不起來。」

「你先聽我說。」Kong試著重新整理自己的話,「Waen的本名叫Kitti Pornuma,曾經是醫院裡的傳送員,和Kantapat醫師在同一家醫院。」

「那麼,護理師Ornanong是誰?」Kawin繼續問。

「是和Kantapat醫師一起做安寧療護的護理師。」Kong巡官彈了一下響指,「現在情況比較有趣了吧?」

「一點也不有趣。」

「我來總結一下。」Em督察打斷兩名就快打起來的巡官,轉頭對副局長Bird說:「就目前的資訊,我和Kong懷疑會發生類似安樂死案的案件,而Kantapat醫師可能與患者被人殘殺的事件有關。」

副局長雙手抱胸沉思了許久,然後長嘆了一口氣,露出不悅的表情,「我們都因為Kantapat醫師丟過幾次臉了?甚至在人家沒有做錯事情的情況下發了拘捕令。」Bird將筆記本拿在手中,「安樂死案已經結束了,這只是小說,一點都不重要,也沒有任何可信度。Kong巡官,我會當作沒有聽見你擅自潛入民宅的事,還有,如果你被指控放火燒毀房子,我不會提供任何幫助。」

說完,位階較高的警察就將筆記本丟到桌上,帶著Kawin巡官走出會議室,留下Em督察及Kong巡官兩人。

Kong轉頭看向Em督察,撇了撇嘴。

「就說不會被採信吧。」

Em望著Kong，一臉憂心，「畢竟這是大事嘛，如果要重新調查安樂死案的話。」

「看著吧，會死更多人的。」Kong雙手抱胸，自信滿滿地說，「我們警察就準備被民眾當成小丑嘲笑吧。」

*

「嘿，Nong！」身心科病房的護理師Poom轉過頭對Ornanong露出燦爛的笑靨，「好久沒見到妳了，是什麼風把妳吹來這裡的？」

「想妳嘍。」Ornanong舉起裝滿食物的粉紅色提籃，「剛剛去逛了醫院旁的菜市，妳幫我吃一點吧。」

「該不會是我最愛的米線吧？」

Ornanong挑眉，「我怎麼可能會忘記Poom小姐最喜歡吃的揮族米線呢？」

「喔～那我就不客氣了。」Poom轉身輸入身心科員工進出病房的密碼，「進來吧，我們一邊吃一邊聊，妳得跟我說說妳的近況。」

「沒問題。」Nong跟著護理師友人走了進去，一踏入平時嚴格控管進出人員的身心科病房，Ornanong滿意地笑了。

Poom帶著Ornanong進到護理站，裡頭有一個正在撰寫病歷的護理師學妹。

「妳等我一下，我去準備碗盤。」

「好啊。」Ornanong轉頭招呼護理師學妹，「學妹，一起來吃

我買的米線,我買很多喔!」

「謝謝姊。」年輕護理師笑著回應。

Ornanong走過來看到排在桌上的病歷,隨手拿起一本翻閱,「我對身心科的用藥不太了解,應該很難記吧。」

年輕護理師笑了,「待久了就習慣了。」

「這倒是。」Nong闔上她手裡的病歷,放回原處。

那本病歷上的患者姓名是:Som Yuyuen先生。

一個小時後,Ornanong拎著粉紅色的提籃,帶著愉快輕鬆的笑容走出身心科病房。

隨後,Ornanong來到傳送組的辦公區。這個部門負責傳送病人,無論是輪椅或推床都是。她站在門口等了一會兒,一名男子面帶疑惑地走出來找她,「咦?Nong護理師。」

「我是想來謝謝你的,Nui,謝謝你提供小Tao的手機號碼和地址給我。」

年輕的傳送員嘆氣,「Tao都無消無息的,Nong姊最後有連繫到Tao嗎?」

「還沒呢。」女護理師一臉哀傷,「自從知道Tao被解僱之後,我就一直很同情他,不知道他的妻兒現在怎麼樣了。」

「是啊。如果Nong姊有連絡到Tao,請幫我轉告他,這裡的大家隨時都願意幫他。」Nui嘆了口氣,「不過說真的,他也不該在值班時喝酒睡著,口袋裡還被發現有毒品,我要是院長也會叫他滾,但至少應該提供他一些支援或勒戒的管道啦。」

「是啊。」Ornanong拿出裝有米線的袋子遞給Nui,「這是我

買來給你的。」

「哇，太感謝了。」Nui雙手合十一拜，開心地接下食物。

和年輕的傳送員告別後，女護理師走到隱蔽的角落，拿出手機查看她和一個取名為「高手」的人之間的對話紀錄。

『查到了，Tao現在換了名字，改叫Waen，到處打零工賺錢，也做販毒小蜜蜂。』

『從Tao以前工作的地方拿到了他的地址，也傳給妳了，去看看吧。』

『好。今天晚上會匯錢給你。』

『我去看過了，你收到我傳的照片了吧？死Tao在他家寫滿了妳的名字，接下來要怎麼處置？』

『全部處理掉。』

『把房子燒掉嗎？』

『燒吧，什麼都不要留。』

Ornanong繼續往下滑著對話紀錄。

『房子燒掉了，我看見屋裡有人，但沒看到有人被燒死的新聞，這表示Tao應該還沒死，不過他家裡的證據絕對什麼都不剩了。』

『那就找到他，然後處理乾淨。』

『收到。』

女護理師將手機收回拎在手臂上的粉紅色提籃裡，深吸一

口氣後緩緩呼出，接著邁開步伐，走回她位於另一棟大樓的辦公室。

　　Poom 享用完 Ornanong 帶來的美味午餐後，走過來查看名叫 Som 的患者。這名患者已經住院一個多月了，他的幻聽症狀有所改善，但依舊瘋瘋癲癲的，不時會胡言亂語，說著「白衣死神」。醫師有開消脹氣的藥讓 Som 在飯後服用，於是 Poom 將藥片裝進小塑膠杯裡，走向 Som 的單人病房。

　　「Som，吃藥囉。」Poom 對坐在床上發呆的瘦弱男子說，但男子彷彿沒有察覺到 Poom 的到來，「Som？」

　　突然間，坐著發呆的 Som 雙眼往上翻，頭朝天花板仰起，口水直流且四肢僵直，接著抽搐起來。Poom 驚叫失聲，趕緊上前調整 Som 的姿勢。不出幾秒，Som 開始嘴唇發紫，Poom 連忙伸手感受頸部的脈搏。

　　「S……Som Arrest[6]！病人 Arrest！快點過來幫忙！」Poom 大聲呼喊團隊成員，旋即爬上床進行心肺復甦，「怎麼會這樣！」

　　Ornanong 走進安寧療護處的辦公室，將提籃放在桌上，然後轉頭看向坐在辦公桌前不發一語的年輕男子。在因為受傷、不得不住院一天之後，病癒後的他依舊俊美，但眼神空洞。女護理師走到 Kantapat 的辦公桌前站定，醫師似乎沉浸在某個思緒裡，過了一會兒才緩緩抬起如一潭深水般漆黑的雙眸，看向 Ornanong。

6　Arrest：心臟驟停。

「必須趕緊找到那個傢伙。」

「Kan醫師的身體剛好，先好好休息吧。」Ornanong憂心忡忡地說。

「現在Kong巡官已經開始懷疑我了。」

女護理師露出溫柔的笑，「醫師不用擔心，一切都會處理好的。」

見到Kan放鬆了一些，Ornanong便走回自己的座位。她拿起手機，傳訊息給名為「高手」的人。

『把Archa巡官處理掉。』

第十三章　不曾消失的高牆

　　雖然重啟安樂死案的申請失敗了，但為了擁有繼續生活下去的動力，Archa巡官希望成功哄回男友。儘管Kong有時在情感上不大聰明，但他還是知道該如何獲得可愛男友的笑容。幸運的是，Tum沒有收回醫院宿舍的房間鑰匙，Kong於是趁著Tum這天值小夜班的機會，將房間清掃乾淨，點上香氛蠟燭，還準備了Tum下班後喜歡的宵夜，也就是市中心那家深夜粥店的粥和魚露炒空心菜。

　　晚上十一點四十分，Kong備妥一切，坐在飯桌旁等候。他抬頭看了看時鐘，祈禱他今晚的努力能讓戀人滿意。

　　午夜十二點整，Tum回到家。看到屋裡乾淨得令人吃驚，還飄散著宜人的香氣時，男護理師露出驚訝的表情，轉頭看向翹腳坐在餐桌旁，笑得一臉討好的人。

　　「歡迎回家。」

　　「這是在幹嘛？」Tum將包包放到電視前的椅子上，努力不去看Kong的表情。

　　Kong得意地伸手指向桌上的食物，「值完早班接小夜，一定餓壞了吧，親愛的？先過來吃飯。」

　　「你自己吃吧，我不餓，想睡覺了。」Tum看向時鐘，「我明天早班，剩下能睡覺的時間不多了。」

　　Kong站起身走向Tum，但Tum微微後退。年輕巡官出手握住Tum的手，以拇指摩娑著白皙光滑的手背。

突然間，Kong 在 Tum 的面前單膝跪下，讓 Tum 嚇得猛然轉過身，「Kong！」

「像我 Archa 這樣的人，從來沒有對誰低過頭。不管歹徒拿著幾支槍對著我，無論有多少人攻擊我，我都不曾下跪求饒。如果有人能讓我這麼做，就意味著那個人對我來說很重要。」警察緊緊握住 Tum 的手，抬眸真誠地看向對方的眼睛，「我們在一起的這六個月，對我來說非常有意義，我想和 Tum 一起慶祝一週年、兩週年，還有許多交往週年，可以給我改過自新的機會嗎？」

Tum 呆愣地眨了眨眼，好一陣子說不出話來。「Kong，你太誇張了啦。」

「誇張？」

「我這輩子還沒見過有人這樣道歉的。」Tum 噗哧一笑，「這不代表我消氣了喔，只是看你這麼做，覺得好笑而已。」

Kong 站起身，抓了抓自己的後腦杓，「雖然沒消氣，但能讓你笑出來也很好。」

Tum 轉身看著桌上 Kong 準備的食物，「吃就吃，不然你出門買的油錢都浪費了。」

Tum 的話讓年輕巡官燦爛一笑，嘴角差點都要咧到耳朵了。

外頭雷聲轟鳴，雷光閃動，卻一點也沒影響到兩名男子在床上赤裸相擁的心情。坦誠溝通過後，Kong 向 Tum 承諾不會再說謊了，Tum 也願意對 Kong 的工作做出讓步。或許是 Tum 太習慣醫院對人身安全的重視了，還不習慣刑警進行調查時，偶爾必須

冒險的情況。一解開這個心結，Kong總算能安心地將目前正在處理的案件告訴Tum，不需要再捏造故事。

「其實，我現在完全搞不懂為什麼結案六個月之後，會突然冒出這些怪事。」

「我覺得這個案子就像狗拉完屎後努力挖土把它埋起來，經過六個月的風吹雨打，土被沖掉，狗大便就露出來了。」

靠在Kong胸前的Tum轉頭看來，皺起了眉。

「好噁心的比喻。」

Kong抬起手，摸了摸對方的頭後在頭頂落下一吻，「不過我準備好塑膠袋了。」

「用來幹嘛？」

「撿狗大便。」

「哎呀！無聊，不跟你聊了。」Tum推開警察的胸口，坐起身，Kong旋即跟著坐起身，一把攬過對方的細腰，緊緊抱住。

「你要去哪裡，親愛的？」

「離你這個白目的人遠一點。」

「我不鬧了，不鬧了。」Kong傾身吻上光潔白皙的肩膀，手溫柔地撫過肩膀、手臂，往下握住對方的手。

當身後的男人摸著他，想再次激起自己的性欲時，Tum閉上眼。

「Kong，你不累嗎？」

警察咧嘴一笑，「我們才做了一次，累什麼？」

光說不練無法證明Archa還有充沛的精力。Kong翻身按下Tum的肩膀，將人壓到床上，他抓住男護理師的雙手手腕並固

定在頭頂。Tum 的表情有些震驚，漂亮的圓眼盯著 Kong，然後低下目光，因為他再也承受不住 Kong 饑渴的眼神，同時縮起肩膀，表現得十分羞赧。

儘管 Kong 明白這是 Tum 的一種演技，但這副模樣還是讓 Kong 更興奮十倍，Tum 非常清楚該如何將 Kong 迷得暈頭轉向。Tum 不是缺乏性愛經驗的人，甚至在和 Kong 交往前，Tum 也跟 Kong 坦承過他曾與其他男人交往，發生過親密關係，不過 Kong 從來不在意這件事，他才應該要多跟 Tum 討教。

聽起來或許難以置信，但 Tum 是 Kong 巡官的第一個戀人，Kong 以前沒有任何戀愛經驗。

Kong 伸手拿過保險套，撕去包裝，捏住前端，套上自己的硬挺。Kong 傾身熱烈地親吻 Tum，既熱情又急切，激烈到他退開後，Tum 張著嘴不停喘氣。不久後，Kong 抬高 Tum 的雙腳，輕鬆地插入對方做足準備的身體裡。Tum 發出一聲可愛的呻吟，細長的雙腳在 Kong 開始動作的同時緊緊纏上他結實的身體。在窗外越來越大的雨聲中，兩人的身體緊緊相連、交纏，彷彿已融為一體。

——轟！

一聲響雷讓 Kong 從睡夢中驚醒。Kong 的感官比普通人敏銳，只要有一點不尋常的細微聲響就會醒來。Kong 低頭望著睡在懷裡的男朋友，他似乎睡得很沉，完全沒有聽見剛才那嚇人的聲響。

Kong 扶著 Tum 的頭，緩緩抽出自己被 Tum 枕著的手臂，拉

過一顆枕頭墊在底下。黑暗中，Kong凝視著Tum的臉龐露出笑容，每次想起兩人之間的性愛，他就覺得很幸福，Kong就這樣微笑了一陣子，之後離開床舖去上廁所。Kong身上一絲不掛，因為他打算回去再抱著Tum入睡，一路肌膚相親到早上。

Kong還來不及走到廁所，便聽見臥室外有些動靜，是類似東西掉到地板上的聲音。他頓了一下，旋即反應到情況不對勁。警察走過去抓了一條浴巾圍在腰間，接著拿起放在置物櫃上的槍，握好後走回床邊。

「Tum、Tum！」Kong輕聲喊著Tum，輕搖他的肩膀。

「嗯？」Tum半夢半醒間回應。

「噓。」Kong伸出食指抵在嘴巴上，「有人在我們家裡。」

「啊？」Tum驚呼出聲，但也立刻伸手摀住自己的嘴巴。

「你去廁所躲起來，帶手機去，打開監視器的APP看看是不是真的有人進來了。如果有，把鏡頭轉過去清楚地拍下他的長相後打給保全，然後報警。」Kong冷靜地對Tum耳語：「我去守在房門口，要是發生什麼事，你立刻逃出去找人幫忙，懂了嗎？」

「唔⋯⋯好。」儘管困惑又震驚，Tum還是點了點頭。

幸好Tum是個很容易冷靜下來的人，他立刻坐起身，轉身拿著手機下床，還彎腰撿起堆在地上的睡衣，走進浴室。

Kong走向房門口，靠在門板上，手裡握著已經上膛的槍，仔細聽著是否有其他動靜。

一切安靜了數秒，彷彿Kong剛才聽見的聲音都是假象。Kong看向浴室，等著Tum回答他是否看到了闖入者。等了一陣子後，Tum神色驚慌地衝出浴室，「他有槍！就在房門口！」

「幾個人？」

「只……只看到一個。」

Kong語氣堅決地說：「Tum，立刻躲進去！照我剛才說的做，快點！」

為了保護自己及愛人的性命，尤其是對方帶著槍，他先發動攻勢十分合理。Kong說完後轉身拉開房門，雙手牢牢握著槍，見到入侵者的身影就立刻扣下板機。

砰！

Kong聽見Tum驚慌地喊了一聲「Kong！」，接著是一聲痛苦的呻吟和那個黑影倒地的聲音。Kong跨過不知道是死是活的身體，走出臥室，確認是否只有一個入侵者。Kong的判斷沒錯，因為就在他跨出房門的那一刻，槍聲響起，幸好子彈只是擦過他，打碎後方的玻璃櫃，碎片飛濺。Kong躲在櫃子後，在黑暗中胡亂開槍反擊，大喊道：「有種就不要躲啊，膽小鬼、畜生！」

Kong看見黑影跑向廚房的窗戶，那可能就是他們入侵的入口。Archa像賽馬一樣追上去，猛力往闖入者身上撲，從後方將人拉住，兩人一起滾落在地。歹徒顯然有一定的搏鬥能力，他迅速翻到Kong身上，往警察臉上落下重拳。Kong及時舉起手阻擋，並將對方手上的槍打飛。他一頭撞上歹徒的鼻子，趁機用腳牢牢纏住對方的脖子，用膝窩壓迫頸部的大動脈。歹徒掙扎了一陣子，逐漸失去力氣，就在此時，門外傳來猛烈的敲門聲——應該是Tum叫來的保全。

Kong看到Tum跳過倒地的歹徒，迅速替外頭的人開門。

燈光亮起，一室明亮，同時被Kong鎖喉的歹徒也因為腦部缺氧而失去意識。Kong將癱軟的歹徒放到地上後自己爬起來，他的腳步有些踉蹌，因為剛才用頭撞歹徒，讓他有點頭暈。Kong轉身看向Tum和兩名保全，人手一支手電筒的保全目瞪口呆地看著Kong。

　　「他媽的，這些人受過專業的訓練，不能隨便放過他們。」Kong喘著氣說，但Tum和兩個保全似乎都不在意躺在血泊中的歹徒，仍舊盯著警察看。Kong一開始不大能理解，但幾秒後，他就知道原因了。

　　因為Kong圍在腰間的浴巾不知何時掉了。

　　「靠！」Kong從水槽邊拿起一個盤子，遮住私密部位後乾笑著說：「我現在看起來可能像是闖進Tum房裡的變態，但我不是壞人喔。抱歉，我先去穿個衣服。」

　　年輕的督察Wasan Kambhunruang站在醫院宿舍大樓的房間裡，雙手抱胸地看著屋裡的一片狼藉，住在這裡的人是和Wasan關係很要好的情侶，屋主是男護理師Tum，他正在為鑑識人員指出異常之處，而Tum的男朋友穿著T恤和四角褲，雙手抱胸地站在Wasan旁邊。

　　「我沒有過度執法喔，督察，他有槍。」

　　「嗯，我知道。」Wasan轉頭看向地上的血泊，歹徒被Kong開槍擊中胸口，受了重傷，而Wasan聽醫院說那名歹徒就快死了。

　　「我晚點把所有監視器畫面都交給你們，可以清楚地看到那

兩個傢伙是從陽台爬上來，然後拆掉了廚房的百葉窗進來。」

「還能看到你和歹徒打鬥的畫面呢。」

Kong抹了一把臉，「我會不會上頭條啊？標題寫著『男巡官一絲不掛，深夜勇擒闖入家中的兩名歹徒』。」

「聽起來你還很自豪嘛。」Wasan平靜地說。

「哪裡自豪了，督察，拜託不要把影片貼到社群平台上，打架是很帥沒錯，但我的小兄弟給Tum一人欣賞就好了。」

「不會啦，不過應該還會有很多人看到，我就是其中之一，為了寫卷宗。」Wasan拍拍Kong的肩膀安慰他，「是說，你有想到自己得罪誰了嗎？」

「說我沒有得罪誰還比較簡單。」Kong嘆氣，「他媽的根本全國上下都是我的敵人，一有機會，那些販毒的誰不想砍了我？最近就是那個Somkit的案子，我謊稱要買藥的那一件。」

Wasan點頭表示理解，「除了謊稱買藥之外，你和Tum還有跟誰結怨嗎？」

「Tum的部分我不清楚，至於我……」Kong突然沉默下來，以Kong巡官這種平時想說什麼就說什麼的人來說不太尋常。年輕督察疑惑地轉頭看向Kong，Kong似乎在猶豫要不要說出口。

「有話就說，我才可以幫忙想。」Wasan語氣嚴厲地說。

「督察，我們發現闖入者掉了一支手機。」蒐證人員走過來報告。

Wasan領首，示意知道了，「我們得快點看看是否有買凶殺人的線索。」Wasan朝鑑識人員點點頭後，轉頭看向咬著指甲的Kong。

「巡官,怎麼了?」

「都到這個地步了,督察,我就先跟你說,這件事或許有關,也可能無關。」年輕巡官深吸一口氣,Wasan 從來沒有看過 Kong 露出如此為難的表情,「我正在收集重啟安樂死案的證據。」

Wasan 一時間愣住了,像被下了定身咒一樣。

他盯著 Kong,湧上的第一個情緒就是憤怒。Wasan 握緊拳頭又鬆開。「為什麼要重啟?案子都結束了。」

Kong 指向一片狼藉的房子和牆上的彈孔,「督察問我現在惹到了什麼人或麻煩,這就是其中之一。督察等著看是誰吩咐來殺了我吧,到時你就會知道是誰要我死了,看看是販毒的大哥,還是視患者為魚肉的人。」

「絕對不是和安樂死案有關。」Wasan 有自信地說。

「喔,還有,」Kong 湊到 Wasan 耳邊,「思覺失調的 Som 突然沒了心跳,現在插管躺在 ICU 裡,這一切怎麼會那麼剛好呢?」

「我們先專注在闖進你家,想殺你的人吧。」年輕督察立刻打斷 Kong 的話,彷彿不想聽到 Kong 繼續說下去,「請給我更有用的情報,巡官。」

Kong 聳聳肩,現在提起安樂死案肯定不會被 Wasan 當真,因此他決定暫時撤退,走向有些驚魂未定的 Tum,輕輕摟住他。

Wasan 望著那對情侶一會兒後,回頭向兩名目擊事件的保全詢問更多細節。

*

安樂死 SAMMON

「真討厭我們兩個的工作時間像這樣錯開的時候。」Kantapat 笑著調侃穿著警察制服的 Wasan。後者剛值完晚班，似乎連瞇個一小時的機會也沒有，而 Kan 正喝著早晨的手沖咖啡，搭配塗上奶油和炒蛋的烤土司當早餐。

Wasan 關上門，嘆了口氣，一臉疲憊。

醫師愛憐地望著他，「有什麼心事可以說給我聽。」

「昨晚有兩個歹徒闖入 Kong 巡官和護理師 Tum 的家裡。幸好 Kong 的身手不錯，把歹徒打成重傷送醫了，所以兩人都平安無事。大概是某個毒販想要報復他吧。」

Kantapat 微微挑眉，有些詫異，「是嗎？還好 Kong 巡官和 Tum 沒事。對了，你要先吃點什麼再去睡嗎？」

「有什麼東西？」Wasan 走過來看了桌上的食物，「只有蛋。」

「是 Kantapat 醫師的蛋喔。」Kan 笑著說，「兩顆，滿滿的。」

「色鬼。」Wasan 一把推開他。

Kan 站起身，在 Wasan 的臉頰上用力親了一下，讓年輕警察的疲勞立即煙消雲散。

「我還是先去洗澡睡覺吧，吃的我自己可以處理，你去上班吧。」

「我很擔心你，別做得那麼累，不然又要昏倒了。」

Wasan 抬頭看著仍帶著瘀青的英俊臉龐，這些痕跡的成因依舊是謎，但 Wasan 十分相信他的愛人，確信這不是什麼壞事造成的，因為自從安樂死案結案後，Kantapat 就沒有再騙過他了。

「你也是，不要又不小心摔傷臉了。」

Wasan 推開 Kantapat，準備上樓洗澡休息時，手機忽然震動

起來。他停下腳步，拿出手機按下接聽，「你好。」

『Wasan督察。』另一頭的人聲音十分興奮，『我從闖入Kong巡官家裡的歹徒手機裡取出了資料，等等傳給你。』

Wasan高興地笑了，這麼快就得到資料，他也可以繼續進行進一步調查了，「有買凶者的名字了嗎？」

『有，他們在LINE上買凶殺人，還不只一個，請督察看看。』

Wasan立刻打開傳來的圖片，這是一個名為「高手」的人和一個叫OrnaNong的人在LINE上的對話。Wasan皺著眉頭往下滑，直到最後一張圖。那是OrnaNong的大頭貼照，是一名戴著茶色眼鏡的中年女子，她穿著北方的民族服飾，在美麗的花園中拍照。

「你看起來很緊張，不是說要去洗澡睡覺了嗎？」Kantapat收拾完早餐，提著公事包走到Wasan身旁，「這是誰的照片啊？」

「你認識這個女人嗎？」Wasan將手機螢幕轉過去給Kan看，心裡沒有多少期望，卻得到一陣尷尬的沉默。Wasan抬起頭看向Kantapat，醫師的臉色不對勁，從微笑轉為震驚，接著又恢復成面無表情，猶如雕像一般。

「喂。」

看在同居半年的伴侶眼裡，Kantapat剛才的反應是Wasan見過最詭異的，也不明白那是什麼意思。

Kan後退一步，深吸一口氣後試著擠出一開始的笑容，「認識，她是Nong姊，跟我一起進行安寧療護工作的護理師。」

Kan的回答讓Wasan愣了好一陣子，「Ornanong，是跟你一

起工作的護理師？」

「對。」Kantapat笑得越發燦爛，卻給人莫名詭異的感覺，「我先去上班了，晚上見，親愛的。」

Wasan看著高大的身影快步走向門口，往車庫走去。當醫師開著他的豪華轎車離開家後，年輕督察也回過神來，站在原地思考剛才到底發生了什麼事——就算Kantapat說他不認識照片裡的人，不用多久，Wasan還是會知道這張買凶殺人的頭像主人是誰。

『……督察等著看是誰吩咐來殺了我吧，到時你就會知道是誰要我死了，看看是販毒的大哥，還是視患者為魚肉的人。』

Kong巡官的話在腦中迴盪。男子坐到沙發上，神情滿是困惑，許多尚未解開的謎團湧入思緒中。

末期病人遭到殘忍殺害、思覺失調的Som、被發現倒在馬路旁，後來死在醫院裡的Ying、Kantapat遭到不明人士攻擊，還有這個——和Kantapat一起工作的護理師買凶謀殺名叫Tao的人和Kong巡官的事。

那種感覺又回來了，警察還以為那道看不見的高牆早已消失了，但為什麼他覺得那道牆依然在那裡，屹立於他和他深愛的男人之間？

Wasan靠上沙發椅背，銳利而細長的眼睛茫然地望著前方。

「這……到底是怎麼回事？」

第十四章　Ornanong

嗶……嗶……

一身藍色手術服的女護理師看著病人的生理監測器。Kritsana Chaiwai先生，九十二歲，已經躺在這間加護病房一個月了。上個月，他被人發現昏倒在廚房地板上，兒子立刻撥打一六六九，緊急將人送往醫院，做了腦部斷層掃描後發現是腦血管破裂，經過開顱取出血塊並長時間臥床插管之後，病人仍未甦醒，而且很可能不會再醒來了。

此時，Kritsana正在與敗血症奮鬥著，但情況沒有好轉的跡象，器官功能開始逐步衰竭。說實話，病人早該過世了，但他仍依靠維生系統和醫師開的強心劑強行維持著生命。Ornanong試圖和病人的兒女溝通此事，但得到的回應卻是不滿，他們指責Ornanong詛咒父親的病情惡化，並堅持要盡全力替Kritsana續命。

Ornanong從事護理師將近二十年，在外科加護病房也待了十年，她看見的經常是變成植物人或失去意識的病人——家屬無力照顧就會將患者丟在醫院，不然就是病人的身體已經撐不下去了，但家屬無法接受現實，要求盡可能維持患者的生命，然而成功救回來後，家屬又拒絕照顧，放任患者像個植物人，絕望地躺在病床上。她成天承受家屬和外科醫師的情緒，不得不面對的現實讓Ornanong感到心情沉重，累積到最後變成了巨大的壓力。

Ornanong擔任護理師的熱情早已熄滅，她滿心想著倒數退

休的日子，再過幾年就可以領退休金離開了。

女護理師放下床尾的病歷，走到病床旁溫柔地握起病人滿是針孔和皺紋的手，「我知道您很痛苦，」她語氣輕柔地說：「您一定很痛苦，卻因為這些東西強行將您留著，無法離開。」她抬頭望著圍繞在床邊的各種維生設備，「這些東西都是別人在您無法作主的情況下強加給您的，大概沒人知道這是否真的是您想要的了。」

她伸手整理病人凌亂的衣服，「我能為您做些什麼呢？」

此時，床簾突然被拉開。

「Nong姊！」護理師學妹Mayuree探頭進來，「Chit姊叫妳馬上去院長室，很急。」

「Chit姊？護理部的主管嗎？」Ornanong詫異地揚起眉。

「對，她剛才打來的。」Mayuree走進來拿起病歷，「Nong姊，妳快去吧，感覺是很重要的事，這裡我幫妳顧。」

Ornanong點頭致謝，之後脫下手套丟進垃圾桶，走出去拿起藍色長袍穿上，快步離開外科加護病房。

醫院院長的辦公室內，有三個人正坐在沙發上等著。一位是院長Somsak醫師，再來是護理部主管Phloenchit，第三位則是一個穿著深紅色襯衫搭配短版白袍、長相英俊的年輕男子，Ornanong不認得這個男人，但一看就知道他也是醫師。他銳利的目光轉向Nong，女護理師感覺到他身上散發出來的氣場，愣了幾秒。

不僅僅是因為他帥得難以置信，更是因為她感覺到他強大的

氣場。Ornanong立刻回過神，恭敬地向房裡的所有人雙手合十行禮，接著在空位上落座，房間裡的氣氛十分輕鬆。

「抱歉，突然叫妳來這裡。」最先開口的是Phloenchit，「剛好我和Somsak醫師正在討論開設安寧療護單位的計畫。」

Ornanong瞪大眼睛，轉頭望著Somsak醫師，眼睛閃閃發亮。開設安寧療護單位的事已經計劃好幾年了，Ornanong自己也在四個月前通過安寧護理師的訓練，準備好要上工了，只差正式的團隊而已。

「真的嗎，醫師？」

Somsak微笑著點頭，「我們終於找到負責人了。」醫師伸手比向眼前的陌生男子，「這是Kantapat醫師，家醫科的醫師，專精於安寧療護。」

Kantapat醫師點點頭，微微一笑，年輕醫師笑起來又英俊了幾分。

「我們的難題之一是院裡沒有安寧療護單位的職缺可以給妳，但妳明明就在這個計畫中。」Phloenchit嘆了口氣。

Ornanong非常理解這個問題，儘管在龐大的醫療體系中，安寧療護的重要性與日俱增，但中央沒有為醫院提供相關的組織編制，從而影響了從事者的職涯發展，也難怪醫護人員會缺乏動力，沒人願意從事安寧療護工作，只有真心熱愛的人才能堅持下去。

「不過我和妳主管談好了，他願意一開始讓妳把名字掛在病房，直到有適合的職缺。至於Kantapat醫師則隸屬社區醫學部，將在院長重視安寧療護工作的願景下，和護理部一起創建安寧療

護部門。」

「從下個月開始，Ornanong就可以調過來和Kantapat醫師一起做安寧療護工作了。」院長繼續說：「Kantapat醫師已經將末期病人的照護體系架設好了，妳找個時間來跟他學，然後我會幫忙推動，讓我們的安寧療護工作達到國家標準。」

Ornanong感到萬分高興，「非常感謝Somsak醫師、Chit姊還有Kantapat醫師，我會盡力做好安寧護理師的工作，將末期病人照顧好的。」

嗶──

Kritsana先生人生中的最後一聲脈搏響起，之後永遠消失了。

Ornanong轉頭看向靜靜站在床邊的高大身影，不敢相信Kantapat醫師能憑藉優異的溝通技巧扭轉整個局勢，讓病人的子女接受父親的死亡，並希冀父親能不再依賴維生設備，安詳地離世。

Kantapat醫師讓依約而來的家屬見患者最後一面後，摘除患者身上的氣切管和所有維生設備，同時使用嗎啡和鎮靜劑，不讓病人感到痛苦。眼前的畫面讓Ornanong熱淚盈眶，她照顧這名病人很久了，而今天患者的表情沒有痛苦，安詳地睡去。

「Kan醫師，這樣算替病人安樂死嗎？」Ornanong轉頭詢問。

年輕醫師搖頭，「不，這不是安樂死，是允許病人自然離世。」醫師轉身解釋著，低柔沉靜的嗓音引人不自覺地專注聆聽，「我和主治醫師評估過這名患者的狀況了，診斷結果是病人已進入臨終階段，無論用什麼方式治療都免不了一死，無論拔不

拔管都一樣。我和家屬們溝通後，他們也理解，不想讓父親繼續處於這個狀態。」醫師頓了一下，「但如果病人還未進入臨終階段，而我故意讓患者提前死亡，那又是另一回事了。」

「那是違法的，對嗎？」

Kantapat 微笑，「當然是違法的。」

「那如果患者尚未進入臨終階段，但他是癌症末期，痛得要命，要求醫師讓他死呢？醫師會怎麼幫助他？」

「我會先處理好疼痛問題，之後重新評估一次。如果有效控制疼痛或者改善焦慮、憂鬱的症狀，患者想死的念頭也許就消失了。」年輕醫師冷靜地說：「Nong 姊，妳記得肺癌末期的 Samorn 阿姨嗎？在我替她調整嗎啡劑量，能抑制疼痛之後，阿姨就沒有說過想死了。」

Ornanong 點點頭表示理解，「每次看到這些病人，我都好心疼，有些人需要很長一段時間才會到臨終階段，還要被疼痛折磨好幾個月，甚至好幾年，要是我知道未來會這麼痛苦，我寧可先死一死。」

Kantapat 沉默了一會兒，「我跟 Nong 姊有一樣的想法。」醫師離開床邊，拉開間隔的床簾，「病人於十一點二十二分安詳離世。」

不只這位病人，有許多病人都在 Kan 醫師的照顧下安詳離世，都達到了 Ornanong 期望的結果，這讓她越來越信任 Kantapat。Kan 醫師迅速達成安寧療護的指標，開設了 Palliative care 門診，會進行家訪，並透過電話追蹤患者的情況直到臨終階段。不到六個月，Kantapat 就贏得了 Ornanong 的全心信任，這個年輕醫師能真的為她愛的病人提供最好的臨終照

顧,她對Kantapat的照護工作沒有絲毫懷疑,並且願意用盡一切努力,幫Kantapat用最周全的方式照顧病人,包括Kantapat設計的特別照護。

某一天下午,Ornanong帶著看似無害的粉色塑膠箱走向Kantapat,醫師抬頭看著他的護理師,兩人什麼也沒說,眼神卻能夠交流——Ornanong拿來的,是要能讓他和她的病人得到妥善照護的東西。

當晚,一名受鼻咽癌侵蝕所苦,臉部腫脹且伴有劇烈疼痛的四十五歲男性患者,成為Kantapat醫師特別照護方案的第一位受益人。

Ornanong還記得她打去詢問這名病人狀況時的感覺——接電話的是患者的妻子,她說患者已於前一天晚上安詳去世了,早上妻子發現屍體時,死者的表情看起來很平靜,沒有任何痛苦,雙手更交疊在胸前,彷彿只是睡著了。她感到無比欣慰,熱淚盈眶。

她果真沒有看錯人,Kantapat Akaramethee醫師讓她覺得護理師這個工作具有崇高無上的價值,曾經熄滅的熱情再次被點燃,比她第一次戴上護士帽時更加熾烈。

「Somsak醫師的情況好轉,應該再過幾天就可以離開ICU了。」Kan醫師在他們兩人獨處時提起這件事,Ornanong的臉色立刻變得難看。

「Somsak醫師會醒來嗎?那他會記得所有事情嗎?」

「我也不知道,但看了一下病程,Somsak醫師應該會逐漸好起來,因為他的腦部沒有受到損傷,如果身體恢復良好,可能會

比現在更清醒。」

「醫師，我們接下來該怎麼辦？」女護理師焦急地問：「要是 Somsak 醫師真的醒了，對我們絕對沒有好處。」

「進展順利的話，」年輕醫師冷靜地說：「只剩最後一條路了。」

只聽到這一句話，Ornanong 立刻明白了 Kantapat 想做什麼，「如果醫師要對 Somsak 醫師採取行動，我們必須非常小心。」女護理師走過來，溫柔地拍了拍醫師的肩膀，「醫師別擔心，我之前在那棟大樓工作過，知道要如何替你找到適合的時機。我想好了計畫，保證絕對不會被人抓到。」

Kantapat 思索了一會兒，臉色不怎麼好看，「但我沒有殺過人。我過去做的都是為了照顧患者，倘若我對 Somsak 醫師這麼做，那就是殺人了。」

「醫師，你必須這麼做。」Ornanong 堅決地重申，「不能讓一切毀在這裡。如今占有優勢的人是你，若要下手，就必須是現在，我會幫醫師的。」

年輕醫師似乎稍稍鬆了口氣，他轉頭給了 Ornanong 一個微笑。

「謝謝 Nong 姊。」

用來殺害 Somsak 醫師的電梯，必須是沒有監視器的電梯。

而且如果後續展開調查，嫌疑人絕對不能是 Kantapat 醫師。

這簡單，Ornanong 只需要借用別人的身分就好。

「你好。」穿著潔白洋裝，腳踩白色高跟鞋的女護理師走進病人傳送部的辦公室，手臂上拎著粉紅色的塑膠提籃，「Nui 不在嗎？」

「Nui哥今天不是上下午的班。」那個年輕人轉過頭，一臉天真地回答著。這男人高大健壯，戴著黑色膠框眼鏡，留有一頭鬈髮，「請問有什麼事？」

「唉，太可惜了，我本來要拿自己打的果汁給他喝的。」Ornanong舉起顏色可愛的提籃，「我不想留到明天，小夥子，你可以幫我解決掉這些果汁嗎？」

青年面露遲疑，但依然雙手合十道謝，接下Ornanong親自打的，香甜沁涼的綜合果汁。

「你叫什麼名字？」Nong微笑著問。

「Tao。」青年回答。

「我叫Nong，很高興認識你。」女護理師指了指Tao手中的那瓶果汁，「喝看看，給我一點意見吧，我好調整配方。」

Tao點頭微笑，接著將瓶子打開來喝了一口，Ornanong含笑凝視著他。Tao喝了一些後皺起眉頭，味道有點苦，「有些苦，不過還不錯。」

「慘了。」Nong用手搗住嘴巴，露出震驚的表情，「一定是橘子或檸檬皮掉進去了，抱歉啦，我明天改進。對了，小Tao現在有空嗎？我想拜託你去十一號樓樓下，幫我把東西搬上車，那是人家捐給我們安寧療護處的物資，但我一個人搬不動。」

「我有空。」青年立刻站起身，「東西很多嗎？我可以叫其他人來幫忙。」

「不用啦，Tao一個人就夠了。」Ornanong甜甜一笑，「我等等把車開下來。」

『外科加護病房，我是 Mayuree。』

「小 Mayuree，我是 Ornanong 姊啦。」

對手機講話的 Ornanong 站在失去意識，手裡拿著酒瓶的 Tao 身邊，乍看之下就像 Tao 喝醉酒，倒十一號樓後方。這裡是個偏僻昏暗又沒有保全系統的區域，女護理師將針筒收進包包，她早就猜到混在果汁裡的麻醉藥不足以迷昏這個高大青年，所以隨身帶著安眠藥的針劑。

『是，Nong 姊，有什麼事情需要我幫忙嗎？』Mayuree 用開朗的語氣回道。

「Kantapat 醫師託我來問 Somsak 醫師今天會不會從 ICU 轉出？他明天想去看看 Somsak 醫師的情況，怕走錯大樓。」

『Nong 姊，妳的電話來得正好，我正準備打電話交接給普通病房，也讓小 Oui 打電話通知警方了。』

「喔，那就是要請人傳送了吧。」

『沒錯，Nong 姊可以跟帥醫師說他不用走這麼遠了。是說為什麼 Nong 姊家的 Kan 醫師會想來探望 Somsak 醫師呢？他們之前明明差點就殺了彼此。』

「大概是想了解一下病情吧，他們醫師總是很好奇。」Nong 輕輕地笑了，「謝謝妳，小 Mayuree。」

『不客氣，Nong 姊。』Mayuree 掛斷了電話。

在那之後，Ornanong 撥電話給 Kantapat 醫師。

「醫師，準備叫傳送了，你可以準備了。」

第十五章　暗影殺手

「真的不行嗎？」

「真的不行，醫師。」男性保全一臉為難，尤其是見到女醫師銳利如刀的目光，他更不敢和她對上眼，「之前負責監視器的保全發生過不好的事，所以我們的規定越來越嚴格了。」

Rin 雙手抱胸，「我只是想看看是誰拿走我的東西而已。」

「六個月前？」年輕男子搖搖頭。

「我就是剛剛才想到掉了東西。」事實上，六個月前Rin根本還沒來這裡工作，但這名年輕保全不知道她是新來的醫師。

「這樣我只能請醫師去報警，讓警察出示證明，我才能向上面稟報。」

「那如果是警察親自來呢？」

一陣沉重的腳步聲朝兩人走來，醫院監控室前的爭執靜了下來。Rin轉頭看向來人，微微一笑，然後轉身看向保全，保全轉頭看到來者則面色蒼白。

軟的不行，就來硬的。

Em督察雙手抱胸看著Rin，後者正專注地盯著螢幕，查看保全調出來的監視器畫面。Rin似乎早就知道她想看的是什麼日期、時間及地點的畫面，找到她需要的部分後，Rin拉著Em一起坐下來看。

「欸，我都拿職業生涯冒險幫妳了，還不告訴我妳想在六個

月前的監視器畫面中看到什麼嗎？」警察移動椅子，靠近Rin，「騙保全說妳東西掉了，掉個鬼，妳六個月前還沒來這裡工作呢。」

「我之後再感謝你。」Rin頭也不回地說，「你想要什麼？男仕斜背包？你喜歡什麼牌子的？Gucci？LV？還是Balenciaga？」

「妳現在是在賄賂公務人員嗎？」Em大笑出聲，「像我這種市井小民，用LV的防塵袋就夠了。」

「你看！」Rin突然指著螢幕喊道，彷彿沒聽見Em剛才說的話，「他從ICU被推出來了。」

Em不曾看過Rin如此激動的樣子，就連血肉模糊的屍體都無法讓她的表情有絲毫變化，「妳到底要我看什麼，小姐？」

女醫師沉默了一會兒，從螢幕前退開，轉過來看著Em。她的面容依舊美得懾人，但眼裡充滿著憤怒與哀傷。

「六個月前，」Rin輕聲說：「我的父親，死在這裡。」

Em慢慢收起笑容，因為他感覺到Rin接下來要說的話非常重要，「他是因為什麼病離開的？」

「我爸爸，」監控室裡的氣氛瞬間變得凝重，「腹部中槍，子彈貫穿主動脈，導致他大量失血，不得不接受大手術。之後我爸的情況好轉了，剛轉出ICU就心臟驟停，在轉出那天離世了。」

Em沉默了一陣子，「我很抱歉。」

「你曾經問過我，我為什麼來這裡？」Rin低頭望著自己纖長的手指。

「妳想要找證據控告醫院，因為他們沒好好照顧妳父親是嗎？」

女醫師搖搖頭,「不是。」

Rin的答案讓Em驚訝地挑起眉。

「我不想控告醫院,我來這裡是要尋找證據,證明我爸⋯⋯」年輕女子深吸一口氣,堅定地看向Em,「是被人殺害的,就在這裡。」

Em督察倒抽一口氣,他的大腦試圖分析出Rin說的人是誰,有個名字在腦中浮現,但那太令人難以置信了。

「妳父親⋯⋯是⋯⋯」

Rin堅定的目光開始顫動,彷彿一道牆再也無法承擔重量,美麗的雙眼逐漸泛紅,眼淚不受控制地流了下來。像Rin這樣的女人從來不會在人前展現出脆弱的一面,但此刻Em卻親眼看到了。Rin以雙手摀住臉,低聲啜泣,而Em立刻上前抱住她。

Rin的臉靠上Em的結實胸膛,而警察一隻手笨拙地在半空中猶豫了一下,最終還是放在女子的頭上,輕輕地撫著柔順的棕色長髮,試圖安慰她。

「我爸爸一定是被殺的。」Rin依舊埋在Em的胸口裡,語帶哽咽地說,「我父親⋯⋯就是你們說的⋯⋯安樂死案⋯⋯的凶手⋯⋯」

彷彿有道閃電在那一刻擊中天花板,使之崩塌,Em驚訝地瞪大雙眼,不敢置信地低頭望著懷裡的纖細身影──這名屬害的女法醫,竟然是這家醫院的前院長、安樂死案的凶手Somsak醫師的女兒?

Em渾身感到一股寒意,年輕的督察意識到有一場巨大的風暴正在逼近,一場醞釀了六個月的風暴。而現在,它正準備摧毀

他對安樂死案的所有認知,撕毀那些由偵查副局長提交給檢調的卷宗。他們將不得不重新開始調查,面對過去的錯誤與忽略的細節。

因為,似乎有另一個殺人凶手,從一開始就隱身在暗處。

＊

「Nong姊,這個妳拿去。」Kantapat將一個裝有二十萬現金的牛皮紙信封交給以一身黑色長裙、褐色大墨鏡及頭巾偽裝的Ornanong,此時兩人正站在Orananong的龍眼園裡,警察大概還要一些時間才能找到這個地方。

「Kan醫師。」中年女子伸手溫柔地握住Kan的手,「你不需要這樣幫我。」

「不行,Nong姊,妳必須收下,這能幫妳逃得更遠。」年輕醫師的語速很快,語氣聽起來比平時更煩躁,「Nong姊,收下吧,然後現在立刻離開。」

「我對不起你。」

Kantapat閉上眼,試著壓抑內心的憤怒、保持平靜,「為什麼妳從來不跟我說那名傳送員的事?我還以為我只是偽裝成某個人,但我不知道⋯⋯妳故意設局,害他被解僱。」

「我這麼做是為了醫師。如果醫師被抓到了,錯就會落在值班時喝醉的Tao身上,他被解僱也是好事,這樣我們就能除掉跟這計畫有關的人了。」

「我不需要代罪羔羊,也不想除掉任何人,如果決定要做什麼,我會親自動手,不會託妳去做,也不會讓妳陷入這種麻煩。

我以為我們是一個團隊,但妳背著我做了那麼多事。」醫師拿著信封的手垂了下來,「害死Ying、讓Som心臟驟停的人,都是妳吧?」

Ornanong低頭看著地上,「真的很抱歉,我這麼做是想處理掉可能指向醫師的證人證據,我是出於好意,想保護我尊敬愛戴的醫師。」

年輕醫師深吸一口氣,別開目光。他心裡充滿了憤怒,但無法否認的是,他能夠提供特別照護到今天,正是因為有Ornanong的幫忙,只不過對於那份幫助,他只知道一部分,而不是全部。

「那醫師,你接下來打算怎麼辦?」Ornanong目光擔憂地望著面前的英俊男子,「從今以後,你只能獨自奮鬥了。」

「我得留下來彌補過去已經發生的事。」Kan回答後,嘆了口氣。

他再次拿起錢,握住Nong的手,將牛皮紙信封塞到她手裡。

「這是我們身在錯的時間、地點的結果。在有法律保障的國家,我們可以施行安樂死,但在這裡,我們就必須躲躲藏藏、受人非議,甚至殺害無辜的人,我們已經⋯⋯成了殺人凶手。」

溫暖的微風拂過兩人,沉默讓Kantapat醫師方才說的話更加清晰。Ornanong接下Kan遞來的信封,之後從手提包中拿出小小的黑色隨身碟,放在Kantapat的手上。

「這是Tao的資料,有我自己收集的,也有我僱用的偵探收集到的。我曾想燒毀他的房子來處理掉他,但沒有成功。現在他改名叫Waen,替名叫Tong老闆的大毒梟販毒。自從Aod和Po這

兩位的黑幫家族垮台後，就由 Tong 老闆上位掌權了。Tong 老闆目前也在找 Waen，因為他想把會製造麻煩的手下除掉。醫師，你可以用裡面的資料找到他，趁一切還來得及之前。」

「這件事，妳一開始就該跟我說了。」Kan 攤開手，接下那個隨身碟後握緊，「但事情過去就過去了，Nong 姊，妳現在必須逃跑，這才是最重要的，明白嗎？」

Ornanong 淚水盈眶，聲音顫抖，「謝謝你，祝醫師今後都能快樂順心。」

忽然間，Kantapat 感覺到前所未有的失落，「我再連絡妳。」

Nong 搖搖頭，「醫師不該再跟我連絡了，不然警察會認為你有參與我犯下的案子。」中年女子從 Kantapat 的面前後退一步，「信念讓我們堅持自己所做的事，醫師，謝謝你讓我重新找回對這份職業的信念。不管發生什麼事，我都希望醫師的信念一直那麼堅定。」護理師最後一次對他露出微笑，「姊先走了。」

Ornanong 轉身離開。Kantapat 望著個頭嬌小，內心卻無比堅強的護理師，直到她的背影消失。Kantapat 心中的憤怒早已煙消雲散，他本想埋怨女護理師讓事情變得如此複雜，但最後，他感受到的只有孤獨與無助。醫師伸手捏了捏曾被 Somsak 醫師開槍擊中的肩胛骨。

把所有責任都推給 Ornanong 一個人並不公平，因為這一切的源頭都是他。Kantapat 想成為倖存的老虎，所以他選擇了錯誤的方法，選擇徹底成為殺人凶手。

不管他多小心，身上的罪孽終將以某種形式顯現出來，就像現在這樣。

＊

　　副局長 Bird 和偵查佐 Narong 快步走在醫院走廊，副局長的眼神無比堅定。Bird 承認，身為安樂死案的負責人，Kong 巡官提出的新證據讓他心裡不大舒服，安樂死案既難辦又受到全國上下矚目，他當時承受著各方壓力，將案子移交給檢察官並逮捕嫌犯後，Bird 感覺胸口的一顆大石放下了。但突然間，有個人冒出來指責他說他辛辛苦苦得來的結論是錯的，自會引起他不滿。但又能怎樣呢？他只能忍痛放下自尊，找出事情的真相，避免有更多人死亡。

　　「副座，」偵查佐 Narong 說：「事情真的就像 Kong 巡官說的那樣嗎？」

　　「Kong 應該沒說錯，最近發生的麻煩事似乎都有關連。」Bird 嚴肅地皺起眉頭，「局長有囑咐，所有關於 Ornanong 的情報都不准透漏給記者，要是民眾知道了，可能會聯想到安樂死案，那我們的名聲就他媽的掃地了。」

　　「是。」Narong 回答。

　　不久後，兩名警察走到一間辦公室的門口，門上掛著「安寧療護處」的牌子。Bird 用力推開玻璃門，發出巨大聲響，他左顧右盼，發現辦公室裡空無一人。

　　Bird 直走到桌前，上頭擺著「Kantapat Akaramethee 醫師」的名牌。

　　「該不會是收到風聲，統統溜掉了吧？」Bird 煩躁地說完，手伸進口袋，準備打給 Wasan 詢問 Kantapat 現在在哪裡。

開門聲讓兩名警察立刻轉頭看去——Kantapat醫師站在那裡，一臉困惑，「兩……兩位好。」

「醫師。」Bird鬆了一口氣，心裡放鬆不少，因為Kantapat要是逃走了，就證明他和Ornanong絕對有關係。「我們來找Ornanong，你知道她在哪裡嗎？」

「Nong姊嗎？」Kantapat環顧辦公室，「我今天比較晚來上班，所以還沒見到Nong姊，但我想，她應該等一下就會回來了，現在可能是有事去別的大樓了。」

Bird點頭，「麻煩醫師連絡一下Ornanong，就說有急事，叫她趕快回來。」

「好，我打給Nong姊。」Kantapat立刻拿出手機。

Bird端詳著醫師的反應，他看起來既困惑又驚訝，但也很配合。

Kan將手機貼在耳邊，表情有些詫異，之後他放下手機，又撥了一次。

「沒有回應，可能是關機或者沒電了，是說……這是發生什麼事了？」

Bird盯著Kan的臉，「昨天晚上，有兩名殺手闖入Kong巡官及他男友的家裡，幸好Kong命大，撂倒了歹徒。我們檢查過歹徒的手機後，發現僱用這些殺手的人是Ornanong。」

Kantapat愣了許久後，轉向兩名警察，面露不解，「這不可能吧。」

Bird雙手抱胸，「為什麼不可能呢？」

「Nong姊是我認識最善良也最溫柔的人，絕對不可能殺

人。」

「這就要問她本人了。總之，你連絡不上 Ornanong 對吧？」警察再次確認。

Kantapat 又打了一次，開啟擴音給警察聽，但結果還是一樣。

「對。要是 Nong 姊回來辦公室，我會立刻打電話告知的。」

「那我先告辭了，偵查佐 Narong 會在這裡等。」偵查副局長走近 Kan，儘管他的身高不如醫師，但魁梧的身材讓 Bird 具有威嚴氣勢，「晚點警局見了，我和你還有很多事情要聊。」

「又是我？」Kantapat 蹙起眉。

「你如果只是個倒楣鬼，這個案子結束後，我會吩咐 Wasan 帶你去找間不錯的寺廟，替你作法消災解厄。希望你只是個倒楣的人，不然，這次我絕對不會再失手了。」Bird 壓低聲音說，「你等著收傳票吧，Kantapat 醫師。」

說完，Bird 就從 Kantapat 身旁擦肩走過，一把拉開門，走出辦公室。醫師一臉莫名其妙地望著他的背影，然後回頭看向站在原地苦笑的警察 Narong。

「副座一早就心情不太好，醫師。」Narong 友善地說：「要是醫師跟這件事無關，那就沒什麼好擔心的了，像上次一樣好好配合調查就好。如果有什麼疑問，也可以問問 Wasan 督察。」

「我只是不懂你們為什麼對我這麼有敵意。」醫師揉了揉眉心，「我還得去看門診，有上百個病人在等我。警察先生，你就在這裡等 Nong 姊吧，要傳喚我的話，我一定會去的。我先失陪了。」

Kan打開門，走出辦公室。

　　Narong獨自留在辦公室裡時，趁機仔細調查起裡頭的各項物品，包括一個放在Ornanong辦公桌旁架子上的文件夾，封面上貼著一張紙寫著『家訪病人：Palliative care』。打開後，發現是每個患者的病歷複本，有些病歷上用紅色印章蓋了「死亡」兩個字。

　　Narong不知道這些名字與安樂死案是否有關，但他應該把這些資料收集起來，如果真要重啟這個案子，這份名單或許會派上用場。

第十六章　不想找尋的答案

Kantapat。

Wasan心不在焉地坐在辦公桌前，周圍堆滿卷宗。警局裡的所有人似乎都在關注他這個偵查督察，Kantapat醫師——他交往對象的名字總是出現在每個案子裡，似乎和每起案子都有關聯，次數頻繁到儘管目前沒有足夠的證據可以發出拘票，但所有人都相信他Wasan的戀人很有可能是殺人凶手。

Kong巡官暗中觀察Wasan許久，最後從門邊走出來，直接走到Wasan的桌前，「督察。」

Wasan從思緒中回神，抬頭望著Kong，「什麼事？」

「我知道我之前對督察不大禮貌，讓你帶著竊聽器去找Kantapat醫師，說話也不好聽。」Kong的語氣比平時溫柔許多，「對不起。」

「事情都過那麼久了，沒事啦。」Wasan嘆了口氣，打開電腦繼續打字。

「督察，你知道現在大家的期望是什麼嗎？」

年輕督察靠上椅背，茫然地盯著面前的電腦螢幕，「大概跟那時候差不多吧，就像你逼我帶著竊聽器跟他約會一樣。」

「我不想給督察壓力，但是現在的情況真的很可疑，要我直說的話，感覺就是Kantapat醫師和護理師Ornanong聯手殺害病人，還買凶要殺我和Waen，現在只缺證據而已。」Kong目光同情地看著Wasan，「如果你有發現什麼不對勁的事不方便告訴別

人，可以跟我說⋯⋯」

「沒有任何不對勁！」Wasan突然打斷Kong，讓Kong沉默下來，「Kantapat不曾騙過我，他去哪裡都會跟我說，就算你再逼我，我也無話可說。」

Kong舉起雙手，讓Wasan冷靜下來，「沒有就沒有，我只想說，如果有，督察也不用擔心，作為同一邊的人，作為知心好友，我會一直站在你這邊的。」

Wasan沉默了一陣子。要說在工作上跟誰最要好，他承認他目前和Kong的交情最好，儘管之前互看不順眼，但Kong是Wasan現在唯一能聊感情事的對象。在性取向上，社會對少數群體的態度的確正在好轉，但在Wasan現在所在的這個小鎮，他還是時時刻刻面對著周遭的疏離感。

「如果有不對勁的事，我會跟你說。」Wasan最後說：「謝謝你，Kong。」

Kong放心地笑了，「那我不打擾督察了。」

警察稍稍頷首後，轉身走出辦公室。

Kong離開後，Wasan也坐下來回想他可能忽略的「不對勁」。一開始，他被愛情與信任蒙蔽了雙眼，想不到什麼不對勁之處，但冷靜下來仔細想想——

醫藥箱中用過的安眠藥Alprazolam。

家裡的監視器曾在某些夜晚停止運作。

Kantapat去二手車行後被人襲擊。

還有寫著「白衣死神的情人」的紙條。

「可惡！」Wasan咒罵一聲後拿出手機，考慮了一會兒，決定

打開很久沒用的應用程式，也就是 Wasan 用來追蹤 Kantapat 手機定位的程式。Wasan 發現，Kan 取消他的追蹤許可了。

　　Wasan 頓時感到害怕。要是他發現了深藏其中的答案，他現在的世界將會徹底崩塌。

　　經過副局長 Bird 嚴峻又漫長的偵訊之後，Kantapat 矢口否認有參與 Ornanong 的犯行，而 Kantapat 之所以到二手車行去找 Tao，是因為他們在醫院時就認識了。醫師聲稱他是從 Ornanong 口中得知 Tao 在車行工作，所以向車行老闆打聽一下罷了。至於被人襲擊的事件，他依舊記不得細節。目前仍沒有任何證據和證人可以反駁 Kantapat 的說法，也沒發現他匯款給 Ornanong 或其他人的紀錄，除了他的戀人 Wasan，因此 Bird 只好先讓 Kantapat 回去，但不可否認的是，整件事情充滿了詭譎之處。

　　「親愛的，壓力別那麼大。」

　　Kantapat 走到 Wasan 的背後，此時一身白色緊身運動服及短褲的 Wasan 正站在鏡子前舉啞鈴，鍛鍊肱二頭肌。由於兩人都經常運動保持身材，因此他們特別在 Kantapat 家中騰出一個角落，打造成私人健身區。Kan 伸手撫上 Wasan 強壯結實，與蜜色肌膚相得益彰的上手臂，將手指探進緊身運動服的衣袖。

　　「我一點都不焦慮，甚至有點習慣了，畢竟我是偵訊室的常客。」

　　Kan 試著說得風趣幽默，但 Wasan 不買單。警察放下啞鈴，透過鏡子直視著 Kan。

　　「你真的沒有事情瞞著我，對吧？」

「親愛的，真的沒有。」

「我在醫藥箱裡發現了安眠藥，是你的嗎？」

「對。」Kan立刻答道，沒有任何驚訝或猶豫，「是我在吃的藥，有時候工作壓力大會讓我睡不著，所以偶爾會吃藥助眠，不用擔心。」

「那監視器修好了嗎？」

「修好了，我打電話問過廠商怎麼修理了，現在一切正常，你可以確認看看。」

Kantapat終究是Kantapat，Wasan看不出他的回答到底是真心誠意還是善於偽裝，這難以捉摸的感覺讓Wasan感到非常害怕。

「你關掉了我的追蹤權限嗎？」

年輕醫師愣了一下，「喔，對，我不是故意的，我剛重置手機，還沒設定好追蹤權限，我現在立刻打開。」Kantapat溫柔地微笑，「你對我的疑心很重耶，但我會不厭其煩回答你的。」

「對，我在懷疑你。」Wasan直截了當地回答，「要是被我抓到你有事瞞著我，或對我說謊，你知道會有什麼後果吧？」

「知道，但我沒有隱瞞也沒有欺騙你，所以我現在想做的是恢復你對我的信任。」Kan從口袋中拿出手機，按了一會兒後，把螢幕拿給Wasan看，「你現在可以追蹤我的手機了。」

「嗯。」Wasan簡潔回答後，打算繼續舉啞鈴鍛鍊，但年輕醫師的大手卻伸進他的T恤底下，從腹部摸上結實的胸肌，又捏又揉。

Wasan想抵抗他的觸碰，因為Kantapat就是他現在壓力的根

源,但他卻一再敗給對方的神祕,潛藏的危險與炙熱的觸碰讓 Wasan 陷入恍惚。

「我來替你紓解壓力。」Kan 的嘴唇靠近 Wasan 耳邊,「把啞鈴放下。」

Wasan 乖乖地照做,就像人偶一般回應對方的命令。他蹲下身,將沉重的啞鈴放到地上,站起身後轉身面對那危險的人。Kan 雙手抓住 Wasan 的肩膀,將人往後推到牆壁上。Kan 低頭吻著 Wasan 的頸窩,大手同時往下揉捏著警察的臀肉,滿足後往下握住 Wasan 的大腿根部,將一隻腳抬起來勾到自己的身上。

Wasan 恍惚地抬頭望著天花板,呼吸越來越粗重,他的身體回應著 Kan 的每一下觸碰,這極致的快感只有這個人能給予,他過去不曾在其他男人身上感受過。

接著,這首情歌延續至臥室。在 Kantapat 那張柔軟溫暖的加大雙人床上,Kan 吻上 Wasan 赤裸的後背,而 Wasan 抱著枕頭喘氣,幾乎感覺不到自己的下半身。Kan 讓 Wasan 翻身仰躺,之後抬起他的雙腿,將沾滿潤滑液的兩隻手指插入 Wasan 體內,精準地按壓敏感點,更過分的是 Kantapat 還同時用嘴吸吮他的重要部位。在這樣的同步刺激下,Wasan 一下就抵達了高潮,警察健壯的身體繃緊,放聲呻吟,將所有壓抑的情緒釋放在 Kantapat 的口中。

「呃⋯⋯你⋯⋯抱歉⋯⋯」Wasan 喘著氣說,「我來不及叫你退開⋯⋯」

Kantapat 挺起身,舉起手背擦掉嘴邊的白濁,彷彿吞得心甘情願一樣,「你不用道歉。」醫師抽出面紙擦去手上和 Wasan 身

上的潤滑液,「倒是你,還好嗎?我會不會做得太狠了?」

「像個餓死鬼一樣。」Wasan將手放在額頭上。

「抱歉。」Kan拉開Wasan遮住臉的手臂,溫柔地看著他,「不過你今天真的很可愛。」

「你眼裡的可愛真是奇怪,我可是個理著平頭、皮膚黝黑,體型跟你差不多高壯的男人。」

Kantapat含笑望著Wasan,「對我來說,你很可愛。」

年輕督察大嘆一口氣,側身轉向Kan,因疲憊而閉上眼。

「我明天一早就要出門,之後值晚班,不會回家喔。」

「好。」Kan在一旁躺下,摟過Wasan,讓他的頭靠在自己的胸膛上。Kan低下頭,愛憐地親吻Wasan的額頭。而Wasan將手臂放在醫師的胸口,壓力瞬間消失得無影無蹤,比任何靈丹妙藥還有效。

儘管他心裡深處明白,這效果只是一時的。

*

『我想好要和醫師拿多少了。
一個人來。今晚凌晨兩點。
五八三三〇的家裡。
若醫師不是一個人來,
我會再幫一位醫師的病人安樂死。』

Kan清楚記得這個字跡。Waen,或者是Tao,那個讓事情越來越糟的始作俑者,透過一張放在安寧療護辦公室前會診單收件

籃裡的A4紙連繫Kantapat。讀完信，Kan便將那張紙揉成一團，然後走去廁所，打開水龍頭將紙浸濕，直到紙變得軟爛，接著把它撕成碎片、丟入垃圾桶。Kan望著鏡子裡的自己，戴著面具面對每個人太累了，面具底下的那張臉受盡了折磨。

就算疲憊不堪，就算只剩自己一個人，也絕對不可以認輸。

Kan走回來，打開電腦，登入系統後搜尋病歷編號五八三三三〇。搜尋結果顯示患者是Wiriya Khumhuean-ngam，一名三十五歲未婚獨居的女性，她罹患移轉性子宮頸癌末期，但生活能自理，是Kantapat負責安寧療護的患者之一。但是這名病人不符合特別照護的條件，她還不想死，希望藉由所有能用的治療延續生命。Kantapat很清楚她的需求，他總會給病人重新思考和改變心意的機會。

Kan在洗手間裡花了大約五分鐘的時間思考今天晚上的計畫。還好Wasan今晚不在，仔細思考過後，他走出洗手間，拿出手機充電線，插上電源及自己的手機後，將手機放在辦公桌上。Kan打開抽屜，拿出過去Ornanong用來連繫患者的廉價手機，開機備用。Kantapat轉頭看向桌上的手機，現在這麼做至少可以用他的定位訊號誤導Wasan。

地址是十村三〇一之十二號，Tao和Kantapat約在這裡見面。從頭到腳一身黑的年輕醫師戴上橡膠手套、棒球帽和黑色口罩，遮住了整張臉。庭院的門敞開著，彷彿在歡迎來訪者。Kan踏入漆黑靜謐的院子，沒有任何生物存在的跡象。潮濕炎熱的天氣讓Kan感到窒息又緊張，他站在屋前的停車空地，豎起耳朵，

試著聆聽裡頭的動靜。

「你來了。」某人的聲音從窗戶傳來，Kan立刻轉身望去，神色小心戒備，準備應對突發狀況，「進來聊聊。」

Kantapat站在原地思索了一會兒，最後決定走進敞開的門。Kan小心翼翼地，儘量不碰到任何東西，以免留下痕跡。走進屋後，他發現自己正在寬敞的起居室裡，但漆黑的夜色讓Kan看不清周遭環境。

「唔……唔……」左邊傳來一道虛弱的呻吟聲，Kan立刻轉頭，看到讓他血液凝固的情景——窗外的路燈照進來，照亮一名右手提著長斧的高大男人，這把斧頭很有可能就是Tao用來殘殺Kan末期病人的凶器。一名虛弱的女子趴伏在Tao的腳邊，剛做完化療的她頭上沒有一根毛髮——正是Wiriya，Kantapat負責的末期病人之一。眼前的景象讓醫師心如刀割，一向冷靜的他瞬間怒火中燒。

「別傷害她。」Kan冷冷地說：「放開她。」

「我就是要抓她當人質，你才不會跟我耍花招。」Tao用左手推了推歪斜的眼鏡，露出令人毛骨悚然的笑容，之後把斧頭抵在Wiriya的頭上。

「不要！」女子只能發出微弱的尖叫，身體害怕得發抖。Kan差點就衝過去阻止了，幸好他及時冷靜了下來。

「你跟我，我們來把這件事做個了結吧，你要多少？說吧。」

Tao大笑起來，「我調查過你當作參考。Akaramethee家族，國內進口醫療器材公司的領頭羊，看到這些資訊時，我真的很疑惑，為什麼Akaramethee家的兒子不舒舒服服地在曼谷過著優渥

的生活，反而選擇到鄉下地方當公務員呢？難道是因為你的家人無法接受你喜歡男人？」

Kantapat握緊拳頭，盡可能壓抑內心燃起的怒火。他的確經常遇到對他性取向的負面評價，但每次被人拿這種雞毛蒜皮的小事貶抑，他仍會感到難受。會說這些話的人大概都是因為自己的人生毫無意義，才會踐踏別人的性取向來抬升自己。醫師想以暴力回應，但在有人質的情況下，這顯然不是明智之舉。

「少扯到我的家族。你要多少？」

「一開始我只是想報復，但是後來想想，讓你用錢賠罪也不錯。」Tao舉起一根手指，「一千萬。」

「成交。」Kantapat馬上答應。

Tao愣了一會兒，爆出瘋狂的笑聲，「他媽的，你們這些有錢人真是想怎樣就怎樣呢！一千萬對你來說根本不算什麼，但我呢？失去工作後連幫妻兒買飯的錢都沒有！」Tao忿忿不平地大吼。

Kan納悶的是，Tao是怎麼知道他和Orananong的事的？甚至取得了家訪病人的名單？還有，他怎麼會知道「白衣死神」這個稱呼？照理來說，這個稱呼只有Som知道而已，不過，現在顯然不是追究這些的時候。

「我會給你現金，我們再約個時間見面吧。」Kan試著冷靜地將話題拉回錢的事情上，「這是我們兩人之間的事。把病人留在這裡，我們出去談吧？」

「怎麼？」Tao移動斧頭，輕輕抵上Wiriya的頭，讓她嚇得尖叫出聲，「你想把我騙出去，讓躲在外面的警察抓我吧？」

「不是！我也被警察盯著，我甚至得瞞著我男友。」Tao顯然不是個笨蛋。Kantapat思考了一會兒後繼續說：「這一帶的房子是連棟的，要是我們繼續待在這裡，病人會怕，或許會有人聽見她的叫聲。如果我們兩個都被抓，你就拿不到一千萬了。」

Tao沉默了一會兒，彷彿正在衡量，「我會在這裡等你，跟你的病人一起，直到我拿到一千萬。要是你耍花招，這個人就會和其他人一樣。」

喀！

背後敞開的窗戶忽然傳來一聲聲響，Kantapat的血液頓時凍結。Tao猛地轉過頭，瞪大眼睛搜尋聲音的來源，接著回頭對Kantapat怒目相視，「你帶人來！」Tao怒吼，高舉起斧頭，作勢要往Wiriya的頭部砍下。

「不要！」Kan大喊道。

砰！

一聲槍響從敞開的窗戶傳來，緊接著，一股溫熱的液體濺到Kan的身上。儘管醫師的心智堅強，眼前發生的事也讓他僵在原地。

斧頭落在地上，Tao的身軀也隨之倒地，與此同時，Wiriya放聲尖叫。

「Kan！」一聲呼喚傳來，接著伸過來抓住手臂的手讓Kan嚇了一跳。年輕醫師轉身望去，驚恐地發現在黑暗中呼喊自己的人，就是Wasan。

第 十 七 章　各 說 各 的 謊

『Tong 老闆目前也在找 Waen，因為他想把會製造麻煩的手下除掉。醫師，你可以用裡面的資料找到他，趁一切還來得及之前。』

在安寧療護辦公室與副局長 Bird 和偵查佐 Narong 會面後不久，Kantapat 離開醫院，前往一個他未曾想過會踏足的地方。醫師抬頭望著那棟占地廣闊的雙層別墅，周圍圍繞著精緻華美的鐵柵杆，至少有五個穿著黑衣，看似保全的人守在屋外。

醫師轉頭看向替他打開圍欄大門的黑衣男子，「我真的可以直接進去？」

「Tong 老闆在裡面等你。」黑衣男子簡短地回答後，砰地一聲關上圍欄大門。

Kan 點頭致謝後，走進敞開大門，彷彿在迎接他的屋子。Kan 踏進屋內，盡可能不顯露出膽怯。

「醫師。」

Kan 轉過頭，看見一名頭髮灰白、氣勢威嚴的中年男子翹著腳，坐在奢華的沙發上。醫師站在原地，快速評估了一下狀況才跨步上前。

「Tong 老闆。」

豪宅的主人張開雙臂，「你不是第一個來找我的公務員，不用緊張，當自己家就好。」

Kan 在對面的沙發坐下，「我有件事情想要請您幫忙，事關

於 Tao⋯⋯不，是 Waen。」

Tong 抬手阻止 Kan 說下去，「醫師你太直接了，先喝茶吧。」說完，他轉頭對站在後方的女傭說：「替客人上茶。」

Kan 的目光跟隨著女傭，心裡很是困惑。

Tong 老闆揚起嘴角，「醫師喜歡她嗎？我可以送給你。」

「不了，謝謝。」醫師收回目光。

「醫師，你真是不會聊天呢。」Tong 老闆稍微向前傾身，「是這樣的，醫師，我這個人最討厭犯錯的手下，尤其是蠢到會被警察的釣魚技巧騙到的，我一個都不會留。我的槍手精準得很，打頭就是頭，打腳就是腳。」

Kan 面色不驚地把 Tong 帶回正題上，「今晚我和 Waen 約在某一棟房子見面。」

「你知道嗎？我會讓你進來，不是因為我在乎 Waen 的事，我感興趣的人，是你。」Tong 指向 Kan，「一個醫師會主動來見我，知道 Waen 是誰，還願意幫我抓到他，這讓我很好奇你到底是什麼來頭。太有趣了！多說一些你的故事給我聽，讓我參考看看。」

「您是那種跟您說了違法的行徑後，警察也不會衝來找我的人對吧？」Kantapat 試探性詢問。

Tong 老闆哈哈大笑，「我是那種幹了違法事情後，警察也不會主動來找我的人才對。」

Kan 沉默了一會兒，終於開口：「Waen 原本叫 Tao，曾經是我們醫院的傳送員，他被解僱之後來跟您一起工作。」女傭端著茶具走回來，醫師等她上完茶、離開房間才繼續說：「他會被解

僱與我有關,因此他心生報復,去調查與我有關的事情,得知了我的祕密,還殺害我的患者。」

Tong瞪大眼睛,「我開始期待,你的祕密是什麼了。」

Kantapat凝視著Tong的眼睛,「我⋯⋯對末期患者施行安樂死。」

「靠!」Tong老闆一拍膝蓋,表情十分滿意,「果然沒錯!我就知道醫師你他媽的不是普通人啊!你知不知道,像你這種人身上會有某種光彩,只有同類才感覺得到嗎?我喜歡。」中年男子站起身,「我會派人跟你一起去,你把時間地點給我。」

「那麼您⋯⋯會殺了他嗎?」Kan開口問:「我不想要他死,只是希望他別再殺害我的病人,讓他在您的控制之下,別把我的祕密告訴警察。」

「這不重要。殺或不殺,由我來決定,你只要把他從藏身處引出來就好。這混蛋已經惹來太多麻煩,完全失控了。」Tong走過來拍拍Kan的肩膀,「醫師的祕密將永遠是祕密。很高興認識你,希望有一天,我也能『接受』醫師的服務。」

Tong老闆帶著愉悅的笑聲離開起居室。他離開後,Kantapat深吸一口氣,然後慢慢吐出。他不知道這個決定會帶來什麼後果,可能不是一個好選擇,但Kan無法獨力阻止Tao,更無法向警方求助。

Kantapat跟Tong老闆透漏的祕密就是他必須支付的代價。而Tong老闆的最後一句話就好比一份無形的契約,代表著未來Kan可能必須回應Tong的要求。

沒關係,只要Kantapat能活著脫身就夠了。

＊

　　Wasan說謊。

　　他告訴Kantapat自己要上早班接晚班的事不是真的。雖然他穿了全套制服出門，但他其實把車停在路邊，盯著手機上追蹤Kantapat定位的應用程式，監視他的行蹤。一切看起來很正常，Kan離開家前往醫院，Kan的定位也停留在醫院許久。

　　沒有任何異常，Kan只是照常上班罷了，但直覺告訴Wasan他應該親自跟去看看，說不定Kantapat正背著他做什麼違法的事。

　　思及此，Wasan立刻關掉自己手機裡的定位程式，拿起T恤和運動褲換掉身上的制服，開車前往醫院。

　　一身便服的警察戴上白色棒球帽，遮住平頭。他走進醫院大樓，對這裡的動線十分熟悉，尤其是前往Kantapat平時診間及安寧療護辦公室的路線。Wasan走向門診區，發現每個診間的門口都掛著醫師的名牌，其中之一是「Kantapat Akaramethee醫師」。Wasan壓下帽簷遮住臉，隱身在候診的眾多病人中。他偷偷望進Kan的診間，卻發現裡頭空無一人，連醫生都不在。

　　「Kan醫師今天臨時請了病假。」診間外的護理師對Wasan說：「不過會有其他醫師來替他看診，請您稍等一下。」

　　警察感到困惑，走到一旁，再次拿出手機查看Kantapat的定位，發現對方的定位仍在醫院裡。Wasan心裡有點慌張，思考一會兒後，決定直接前往他在醫院裡很熟的地點——安寧療護辦公室。

當Wasan走到辦公室附近時，看見一對中年男女從門內走出來，兩人臉上憂心忡忡的。Wasan連忙躲到柱子後方，豎起耳朵聽。

「Kan醫師把手機丟在辦公室裡，人卻不知道跑去哪裡了。」男人說：「院長，您還是在院長辦公室等他好了，我去連繫其他人，一起幫忙找Kan醫師。」

「麻煩你了。」被稱為院長的女子回答道：「我只是想聽Kan醫師親口說明這到底怎麼回事，現在警方以買凶殺人的罪名通緝了護理師Ornanong，還上了新聞，嚴重影響到我們醫院的聲譽。」

「我們醫院怎麼總是發生這麼糟糕的事呢？」中年男子大嘆一口氣，「我認為我們應該召開記者會，說明該事件是個人行為，不是因為醫院管理有缺陷。」

「我們一定會發表聲明的，但也需要深入分析問題真正的根源，了解為什麼醫院經常有犯罪事件發生。」兩人走過Wasan藏身的柱子，「前院長Somsak留下的問題太多了，我也不知道可以改善多少，看來得聽聽每個人的意見了。」

「這樣的話，我今天下午就召開高層會議。」

談話聲越來越小。當那兩個人離開視線範圍，Wasan從藏身處走出來，直接悄悄進入安寧療護辦公室。Wasan看見一支正在充電的手機放在Kantapat醫師的桌上，他拿起來一看，這絕對是Kantapat的手機。

「他去哪裡了？」Wasan有點生氣，因為如果Kantapat是刻意將手機丟在這裡，就表示醫師是有意欺騙Wasan的。這個計畫十

分奸巧,連Wasan都感到害怕。

得去停車場看看Kantapat的車還在不在。

Wasan知道Kantapat通常會停在社會醫學部所在的大樓後方。警察將Kan的手機放回原處,連忙走出辦公室。

當Wasan走到醫院通往停車場的連通道時,看到遠處有一個穿著藍色襯衫的高大身影正快步走向停車場。

「Kan!」

Wasan立刻躲到牆壁後方,確定Kantapat沒看見他後,小心翼翼地跟了上去。Kantapat飛快地走到車旁,打開車門坐進去,這個動作證實了Kan是故意將手機留在醫院的。但現在不是暗自神傷的時候,在Kan駕車離去之前,警察得趕緊找個辦法跟上他。

Wasan跑向一名正準備跨上摩托車的男性醫院職員。

「大哥、大哥,不好意思,我是警察。」Wasan掏出證件,「警少校Wasan Kambhunruang,偵查督察。」

「是?」職員一臉疑惑。

「可以借我車子去追嫌疑犯嗎?他就要走了,要是我去開自己的車一定追不上他。」

「呃⋯⋯好。」

「大哥,你叫什麼名字?」

「Boy。」

「你在這棟大樓工作對嗎?」

「呃⋯⋯對。」

Kantapat的車正要駛出停車場。Wasan將自己的證件塞在對

方手中，著急地說：「你先拿著我的證件。等用完車，我會把車停回來這裡，要是車子損壞或不見，你可以拿這個證件去警局找我，那裡的警察都認識我。」

趁男職員還在發愣時，年輕督察立刻抽走車鑰匙，擠身跨上摩托車發動車子，騎車走人，留下可憐的車主瞠目結舌地呆站在原地。

「這裡是⋯⋯」Wasan抬頭詫異地望著市中心這棟占地廣闊的豪宅。在騎摩托車跟蹤Kan的路上，Wasan試著猜過醫師可能會去哪裡，可能是去銀行辦事或是做家訪，但結果完全出乎Wasan的預料。

Wasan從小就知道這棟房子，那原本是Aod老闆的家，也是長久以來在地方上頗具影響力的有錢人家，幾年前因為Jenjira老師的偽裝謀殺案而覆滅傾頹。後來Wasan聽人家說，這棟房子的新主人是一名叫Tong老闆的富豪，他取代了Aod老闆的地位，是個經營數家餐廳和酒吧的生意人，但Wasan很清楚這個人的收入來源絕不只有檯面上的正當生意。

Wasan隱身在馬路對面的一棵大樹後方，看著巨大的庭院大門為Kantapat開啟，彷彿恭候許久一般，讓他輕鬆走進去。

Wasan的腦中滿是不解，他想上前抓起Kantapat的衣領，逼Kan回答所有問題，但他不能。年輕督察盡可能抑制這份怒火，他現在該做的事情是盯好Kantapat，絕對不能讓他離開自己的視線。

過了約莫三十分鐘，Kantapat總算走出來了，表情看起來憂

心忡忡。他走向停在庭院大門口的車子，打開車門坐進車內。Wasan 趕緊走回摩托車旁，Kantapat 一開車，他便騎車跟了上去。

　　Kan 接下來回到家裡。儘管換了交通工具，Wasan 依舊可以輕鬆通過社區大門，因為他和保全很熟。Wasan 將車停在別人家門口後，轉身背對 Kan 的房子。過了許久，Kantapat 都沒有離開家的跡象。Wasan 繼續站在這裡觀察下去很奇怪，他停車的這棟屋主可能會打電話報警，因此 Wasan 決定先騎車回警衛亭。

　　「督察要回去工作了嗎？」圓潤的保全笑盈盈地招呼他。

　　「我方便進去警衛亭嗎？」Wasan 的請求讓對方十分不解，「是這樣的，我正在跟蹤一名住在這社區的嫌疑人，想知道他什麼時候會出門。」

　　「呃……好啊，裡面很熱喔。」

　　「沒關係，我受過訓練，忍得住。」Wasan 走進空間狹小的警衛亭，拉椅子坐下，「您就當作在協助警方辦案吧。」

　　「好……好的，沒問題。」可憐的保全伸手搔了搔頭，「督察要喝點冰水嗎？」

　　「好，謝謝。」Wasan 壓低帽簷遮住臉後，雙手抱胸靜靜坐著。

　　保全望著 Wasan，躊躇了一會兒後繞到警衛亭後方，從冰桶裡拿水來。

　　時間過了很久，Wasan 沒看到 Kan 的車子再次離開社區，連保全都換班了，Kantapat 依舊沒有出門的跡象。Wasan 開始不確定 Kan 會不會是意識到自己被跟蹤了，於是把車留在家裡，但人已經消失、出門去了。

「警察先生，警察先生！」晚班保全的叫喚聲讓Wasan睜眼醒來，「現在已經凌晨一點了，有什麼我可以幫忙的，儘管跟我說。」

年輕督察這才意識到自己不知不覺間睡著了。Wasan起身伸展一下疲憊的身體，然後再次走回Kan家的門口，發現醫師的車子依舊停在原處。那一秒，Wasan嘆了口氣，認為再等下去也只是浪費時間，他隔天再找機會拆穿Kantapat的謊言好了。

就在此時，他聽見大門被打開的聲音。Wasan嚇得瞪大眼睛，趕緊躲到樹叢後方。Wasan聽見車子發動的聲音，接著車燈亮起。

在這種時間出門？

Wasan一直等到Kantapat駕車離開屋子前方，這才衝向摩托車，匆匆忙忙地發動車子，騎車跟了上去。他連車燈都沒開，以免被對方發現。

第十八章　Wirat 的密室

「Wasan……」Kantapat 這輩子沒有如此震驚過，一是因為槍聲，二是沒想到 Wasan 會出現在眼前。醫生僵在原地，彷彿被下了咒，「我……」

「現在不是解釋的時候，先離開這裡！」Wasan 拉著 Kan 的手臂，讓他跟著跑。但發現 Kan 仍然不肯動，警察便轉過頭語氣嚴厲地說：「快走！」

Kan 終於回過神，跟著 Wasan 奔跑起來。兩人一起跑出屋子，穿過夜色，跑向停在對面龍眼園中的摩托車。

「上車！」Wasan 果斷命令道。

醫師毫不猶豫地坐上 Wasan 的摩托車後座，緊緊摟住 Wasan 的腰，接著摩托車快速衝了出去。

＊

掛在牆上的時鐘走動的聲音是此時起居室裡最響亮的聲音。

Wasan 拉過椅子，坐在一身黑的 Kantapat 面前，醫師的臉上被血濺得一片紅。Wasan 盯著他愛的男人，彷彿在偵訊室中盯著嫌疑人。

「你在害怕。」率先打破這片窒息沉默的是 Kantapat。

「為什麼這麼說？」

「我感覺得到。」醫師銳利的目光凝視著 Wasan，「而且我也知道原因，知道你在害怕什麼。」

被 Kantapat 凝視著，Wasan 的心猛地一顫，那雙眼彷彿能看穿他的心思。

「我們真的了解彼此嗎？」

「我們在交往。」

「對，我們在交往，認為我們彼此相愛，但令人驚訝的是，我竟然還不認識真正的你。」Wasan 的聲音顫抖，讓年輕督察不得不閉上眼睛，試圖冷靜下來，「你⋯⋯你到底在做什麼，Kantapat？」

Kan 回以沉默，讓 Wasan 感到心痛。

「為什麼你完全不跟我說你現在遇到什麼事？我們明明住在同一個屋簷下，你為什麼還要隱瞞我？」Wasan 再也無法控制自己的聲音，眼眶開始發燙，「我可以理解你就是這種個性，總是喜歡背著我做一些魯莽的事，我不介意你背著我胡鬧。但剛才，大半夜的，你出門去找的人竟然當面被人射殺。」Wasan 指著家門口，「這到底是怎麼一回事？」

Kantapat 依舊沉默，成為壓垮 Wasan 理智的最後一根稻草。警察猛地站起身，將椅子撞開，衝上前抓住 Kan 的衣領大聲吼道：「為什麼不說話！」

「事情總有一天會變成這樣，不管我再怎麼躲、再怎麼逃，或是撒謊欺騙，我犯下的罪孽，總有一天會得到報應的。」Wasan 一愣，抓著 Kantapat 衣領的手慢慢鬆開。

Kan 輕輕撫過 Wasan 的手，「我哪裡也不逃，當你們收集到足夠的證據時，我就在這裡等著。」

「我不明白。」

「你明白的。」Kantapat的手輕輕撫上Wasan的臉頰,「你在這裡等一下,我有東西要給你。」

Wasan後退的同時,Kan起身走向電視機旁的櫃子。他打開抽屜,拿出一樣東西遞給Wasan。警察伸出顫抖的手接下東西——那是一張印有S-Stoage商標的門禁卡,還有一把鑰匙。Wasan瞪大眼睛,他記得自己曾經跟蹤Kantapat到這個倉庫,試圖查出Kan的祕密,但事情都解決之後,基於信任,Wasan不曾想再回去調查什麼。

「你想什麼時候去開都可以,裡面的東西要怎麼處理都行。」醫師看著Wasan的眼神溫柔而憂傷,「我愛你,很愛很愛,愛到足以打破我們之間的高牆,就算這麼做會毀了我自己,也沒有什麼比真正了解彼此更重要的。」

「你可以⋯⋯告訴我⋯⋯現在⋯⋯就在這裡。」Wasan的眼淚不受控制地流出眼眶。

「不久之後,你就會知道了。」

Wasan痛苦地望著眼前的男人,心痛至極。他最信任的人,竟然是他最不了解的人。那個滿臉血汙站在眼前的人到底隱藏著什麼?他真的就是白衣死神嗎?

Wasan害怕極了,害怕得知他握在手裡的真相。警察慢慢後退,直到後背靠上門。Wasan閉上眼,任由淚水從臉頰滑落、滴上地面,最後下定決心,轉身一把拉開大門,跑出那個Kantapat曾說屬於他們兩人的家。

*

安樂死 SAMMON

「推我父親離開ICU的傳送員名叫Kitti Pornuma。」Rin一邊對身旁的Em督察說,一邊走過醫院的連通道。

「從監視器畫面來看,傳送員的外觀特徵和名為Tao Kitti Pornuma的人一模一樣,身材高大、鬈髮、戴眼鏡的男性,但奇怪的是不久後,Tao被醫院解僱,之後開始跟蹤Ornanong跟Kan醫師,還寫了好幾本筆記。」

「這一切都太可疑了。我爸爸被推出加護病房不久,心臟就突然停止跳動了,但明明他的所有症狀都在好轉,血檢結果沒問題,生命徵象也很穩定,連腦部功能都有明顯改善。」Rin說得很肯定,「我認為Tao寫的事情是真的。Kantapat醫師偽裝成Kitti,將我爸爸推到沒有監視器的電梯裡殺害。他之所以要殺我父親,是因為我爸爸的情況好轉了,要是他醒過來,可能會講出一些Kantapat不想讓別人知道的事情。」

「但Somsak醫師的驗屍報告中除了肺部的痰液過多之外,沒有發現其他異常,所以才會做出痰液堵塞氣管導致心臟驟停的結論。」

「氯化鉀。」Rin停下腳步,轉身面對警察,「血鉀過高會導致心跳停止。從屍體抽血檢查時不會發現異樣,因為屍體的血鉀數值本來就會比較高。」

「如果真的是那樣,我絕對不會放過Kantapat醫師的,但我還是不明白他的動機是什麼。」

「你們得問他本人為什麼要殺我父親。」

Em沉默了一會兒,盯著Rin那張漂亮深邃的臉,嘆了一口氣,「我還是不敢相信妳是Somsak醫師的女兒。」

Rin毫無畏懼地盯著Em,「你是要說,很難相信我這樣的法醫是殺人凶手的女兒嗎?」

「不是那樣的。」Em有點支支吾吾,「沒有人知道Somsak醫師以前有過家庭。」

「不意外,因為我爸媽在我小時候就分開了。十一歲前,我都跟父親一起生活,之後我媽跟爸爸離婚,與繼父再婚。」Rin走到通道的欄杆旁看著外頭,「我爸爸是個優秀的好父親,是我好好念書的動力。我喜歡在爸爸看診時偷看他,他是個有理想的醫師,今天的我有一部分是受到他的影響。雖然他和我媽離婚了,但還是常常來看我、帶我出去玩、吃飯、看電影或教我功課,就連拿到醫師執照的那天,他也有來恭喜我。」

「那……妳母親有說過他們為什麼分開嗎?」話一說出口,Em才意識到他問了太私人的問題,「妳可以不用回答我。」

「就像新聞說的那樣,爸爸喜歡男人。」Rin的回答讓Em一愣,「爸作為一個同性戀沒有錯,每個人都有權利去愛任何人,但他做錯的是,明明一點都不愛我媽,卻選擇跟我媽結婚生子,甚至背叛我媽,偷偷跟別的男人在一起。」

「那妳來到這裡,是打算替父親挽回名聲嗎?」

Rin搖搖頭,「他殺了人就是殺了人,我不是來替父親的行為辯解的。做錯事就該負責,但是我爸爸不該像那樣死去,至少現在,他應該健康地活在監獄裡。」

「有時候,死亡可能比失去自由還輕鬆。」Em說:「但這不表示妳父親不該獲得正義。」

Rin一時間沒有說話,之後露出微笑。這難得見到的笑容讓

Em愣住，因為這女孩的笑容，彷彿讓整個世界瞬間明亮了起來。

「我跟你說了我的私事，我也想聽聽你的，當作交換。」她朝Em左手無名指上的戒指點了點頭。

Em低頭望著自己手指上的戒指，「我戴著它是為了告誡自己，要是還不夠認識對方，就不要急著決定跟別人共度一生。我打算一直戴著這只戒指，直到我遇到能讓我放下過去的人。」

「那你遇到那個人了嗎？」女醫師走近Em。

年輕督察微微一笑，凝視著對方美麗的雙眸，「我想不會太久。」

就在此時，Rin放在白袍口袋中的手機發出震動，女醫師立刻退開，拿出手機接聽。「是，Anan哥……去現場嗎？好，我馬上過去。」

Em的手機也同時響起。

「是……十村的三〇一之十二號嗎？死者是誰？」Em瞪大眼睛，轉頭望著Rin。

「我先走了，得趕去現場。」Rin轉身要走，Em伸手拉住Rin的手臂。

「我想，我們可以一起去。」Em匆忙地將手機收進口袋，「剛剛接到報案有人在屋子裡中槍身亡……死者是Tao。」

＊

叩叩！

「您好。」一身制服的偵查佐Narong對開門的老婦人微笑。

「是？」她一臉困惑地望著Narong。

「我是警上士Narong，負責協助偵查工作，有件事想跟您請教一下。」Narong拿出Kantapat醫師的家訪病患名單，「請問這裡是Kanchana Saising女士的家嗎？」

「對，我是小Nueng的阿母。」老婦人一臉憂心地望著警察，「但警察先生，小Nueng是腎臟癌末期，已經離開三個月了。」

「是，我知道，請節哀。」Narong在Kanchana的名字前面打了一個勾，而這是第十個被打勾的名字。「Kantapat醫師是Kanchana臨終前來家訪的醫師對嗎？」

「我不記得醫師的名字了，是個高高帥帥的醫師，人很好，把小Nueng照顧得很好，小Nueng才能在家裡安詳地去世。」

「Kanchana過世時，您也在場嗎？當天有什麼異狀嗎？」Narong問道。

老婦人點點頭，「我也在，在場的親戚有十幾個人呢，那天沒什麼異狀。小Nueng的最後一刻非常安詳，要是警察先生認識醫師，請您替我感謝他，他是真正的好醫師，讓人臨終時不痛苦是很大的功德。」

Narong點點頭，「謝謝您幫忙。」

「不客氣。」

Narong走出Kanchana家，放下手中的紙，抬頭望著毒辣燙人的陽光。他從Kantapat和Ornanong辦公室取得了這份家訪名單，並拿去徵詢副局長Bird的意見，副局長吩咐他逐一去詢問這些家庭是否有發現任何異狀，但他得到的回答都很相似——Kantapat是個英俊親切的醫師，他很用心照顧病人，擅長調整止痛藥，讓病患沒有痛苦地離開。對於Kan醫師的表現，沒有

人有所不滿或存疑。

「可能是白費時間啊。」Narong嘆了口氣，心想像他這種小小的警員有什麼資格抱怨呢？Narong走向停在不遠處的皮卡，拿起文件看看接下來他要去誰家。

Narong選的下一戶人家是死於肺癌末期的患者Wirat Saisamut先生家。警察站在一棟兩層樓的大房子前，比起附近的房子，它顯得氣派豪華。Narong手足無措地站了一會兒，試著找到門鈴。

「但發現那個房間的人是我！」屋內傳來一個男人的大喊。

Narong嚇了一跳，連忙轉身尋找聲源。

「但哥沒有權力拿走裡頭的東西！」另一個女聲反駁道。

「我可是長子！」

「要是父親沒在遺囑裡提到，你就無權這麼做，我們先一起諮詢律師⋯⋯」

「妳一直都知道有那個房間對吧？妳打算獨吞這一切！」

「沒有，我不知道！」

「騙人！」

「啊——！」

砰！砰！砰！

接連響起的槍聲讓Narong的血液瞬間凝固，他衝上前按響門鈴，同時拔出槍，另一手拿出手機打電話呼叫支援，「我是偵查佐Narong。有人在屋內爭吵並開槍，還不清楚死傷人數，請盡速過來支援！」

「幸好警察先生剛好在附近，不然可能就不只是開槍恐嚇了，絕對會有人死的。」Saisamut家的女傭過來向Narong道謝。這戶人家的父親是當地知名果乾工廠的持有者，「他們兄妹倆為了遺產，吵個不停啊。」

Narong一臉困惑，「Wirat先生都過世快一個月了，為什麼現在才出現問題呢？」

女傭左顧右盼，湊近Narong後壓低音量說：「長子Chatchai先生意外發現Wirat先生有一個地下室，裡頭都是珠寶跟皮包，是Wirat先生妻子的舊物，總價高達數千萬，但遺囑中沒有寫清楚這些財產要給誰。Wirat先生過世後，Chat先生打算翻修房子，結果發現了這個房間。」

「原來如此。」Narong點頭向女傭致謝，「能讓我看一下那間地下室嗎？」

Narong走進地下室，裡頭站著兩名警察以及Wirat先生的兩名子女，他們現在都冷靜下來了。地下室裝潢得很好，與玻璃櫃很相襯，放在裡頭的珠寶也排得非常整齊。

「你們什麼時候要離開啊？」Wirat先生的長子Chat大聲叫囂。

Narong重重地嘆一口氣，走上前。

「Chat先生，你先別激動，你身上還有違法持槍及持槍恐嚇他人的問題，我建議你乖乖待在這裡，配合警方。」Narong的話讓Chat沒了聲音。警察經過Chat，走向他妹妹。

「妳好，呃……」

Wirat的女兒轉頭看著Narong，神色依舊滿是恐懼，「我是

Meena。」

「Meena小姐,這可能與今天的事件無關,但我正在調查情報,是關於Kantapat醫師患者的事。」

Meena不解地揚起眉,「Kantapat醫師嗎?他是個非常好的醫師,能調整止痛藥讓父親舒服一點,也會來家裡拜訪。有什麼問題嗎?」

「容我問一下,令尊過世的那晚,您有發現什麼異樣嗎?」

Meena搖搖頭,「那晚很安靜。我通常會跟父親一起睡,但那天晚上父親說想一個人睡。我雖然很擔心父親,但他當時神清氣爽,心情特別好,所以我不想違背他的意思,讓他難過。」

Narong愣了一下,「好的……那麼,您再次見到父親就是早上了對嗎?」

「對,早上我到父親的房間時,他躺在心愛的搖椅上,手裡抱著母親的洋裝。我看著父親,就知道他走得很安詳。」

警察早就預料到他會得到和其他十個家庭一樣的答案,但直覺讓他仍心有疑慮,「我觀察到屋內有好幾支監視器,令尊過世的那天晚上,您有機會打開來看過嗎?」

「沒有,因為沒有任何異常,也沒有東西不見,我就沒有打開來看了。」這時,類似電話鈴聲的簡短聲響打斷了兩人的對話,Meena轉身看去,朝置物櫃走去,「喔,這還能用嗎?」

Narong好奇地跟過去。她正拿著一部插著電的舊式按鍵手機。

「我國中的時候用過這種手機。」警察說。

「我也沒想到它還能用!這是父親換智慧型手機之前的舊手

機，我還在想父親把它丟去哪裡了，原來是藏在這個地下室。」Meena的表情高興中帶著憂傷，「這裡頭可能有些和父親相關的回憶，有更多東西能給我做紀念了。」

Narong看了Meena一會兒，決定放下疑慮，後退一步。「抱歉問了那麼多關於令尊的事，再次向您致哀，我就不打擾了。」

Narong轉身朝門口走去。他正要走出房間時，Meena突然喊道：「警⋯⋯警察先生！」

「是？」

Narong迅速轉身，而Meena朝他跑來，將Wirat的手機遞給他，「您看看父親最後傳出去的訊息！剛好是父親過世的那天晚上。」

警察接過手機一看，不得不震驚地瞪大眼睛。

最後傳出的訊息是四月二十一號的晚上八點二十一分送出，傳送對象是被Wirat先生紀錄為「Kantapat醫師」的號碼，內容寫著：

『我替您關掉監視器了，請帶我去找妻子，醫師。』

第十九章　嫌疑人

　　Anan 將 Kitti 先生——或稱 Tao、Waen——俯趴著的屍體翻到正面，死者的頭部浸在混著白色腦漿的暗紅色血泊中，血液四濺，在牆壁上形成大小不一的汙點。

　　Rin 醫師戴上鑑識手套，蹲在屍體旁檢查並開口：「研判死亡時間大約八到十二小時，死因是槍傷，子彈由枕骨左側打入，從右眼窩射出，傷口平整，由此看來應該是遠距離射擊所致。」Rin 轉頭看著掉在屍體旁的那把大斧頭，「這把斧頭絕對不會是凶器。」

　　「我們這邊最近出了不少神槍手呢，Somkit 也是被一槍爆頭。」Em 轉頭看著一臉凝重的偵查副局長，「Bird 副座，您認為這是何人的手筆？」

　　「倘若 Tao 在筆記本中寫的事情是真的，想要他死的人就只有兩個：Ornanong 和 Kantapat。」

　　Rin 站起身，轉頭看著 Bird，「希望你們警方這次不會再搞砸了。」

　　Bird 皺起眉，「醫師，妳這是什麼意思？」

　　Em 見苗頭不對，趕緊走過來擋在 Bird 和 Rin 之間。

　　「我們必須對 Kan 醫師發出拘票。」

　　「Em 督察，我們需要更確切的證據來逮捕 Kan 醫師，不然又要像上次一樣丟臉了。」Bird 語氣嚴肅地對 Em 說。

　　「這還不夠確切嗎？」Rin 繞過 Em，直接面對 Bird，「不管發

生什麼事，Kantapat的名字總會出現在其中，因為他就是這一切混亂的根源。」

Bird面無表情地看著Rin，「醫師，妳最好別再干涉警方辦案，做好妳的工作就好。」

「要是你們警方有盡到責任，我根本不用費盡千辛萬苦來這裡工作。」Rin無所畏懼地直視著警官，「最近發生的事都跟去年的安樂死案有關。在Somsak醫師被殺前不久，將他推出ICU的人看起來是Tao，但其實不是，是Kantapat醫師偽裝成Tao，刻意讓Tao成為代罪羔羊。Kantapat醫師和護理師Ornanong聯手對病人施行安樂死，現在正在逐一殺害所有關係人。罹患精神疾病的Som在家被人襲擊的事情，你們警方毫不在意，沒有興趣繼續調查真相，但那也是Kantapat醫師幹的好事。不信的話就去抓他來驗DNA，和我從Som指縫中收集到的組織進行比對！」

「Rin，冷靜點。」Em摟住Rin的肩膀，讓她遠離Bird。

「Em督察，你先帶Rin醫師去休息一會兒。」副局長轉頭對Em說。儘管Rin的說法讓他心裡不大爽快，但Bird十分成熟，不會做出太激烈的回應。Bird轉身向另一名警察詢問更多資訊，「現在屋主的狀況怎麼樣了？」

「Wiriya住院了，她是癌末病患，身體不大好。她現在不說話，也不回答問題，心理創傷可能很嚴重，需要一些時間才能復原，屆時我們才能慢慢跟她聊。」

Bird緊閉上雙眼，「Wiriya該不會是Kantapat醫師的病人吧？」

「我發現了Kantapat醫師安寧療護門診的約診單。」

就在此時，Bird的手機響了，他發出低吟，「事情怎麼會這麼複雜……您好？」警官沉默了許久，仔細聽著電話那頭的人說話，什麼也沒說。過了快一分鐘，Bird才開口：「Wiriya願意說話了。她說，被射殺的人抓她當人質，至於另一個人穿著黑衣，偽裝自己，但身形跟聲音都很像Kantapat醫師。我們用這件事把Kantapat帶來錄口供吧。我會立刻請求法院開立搜索他家的搜索令。」偵查副局長看向Em，「Em督察，快點打給Wasan督察，然後把Wasan帶離Kan醫師家，我想確保Wasan不會做出傻事。」

　　「好的。」Em毫不猶豫地回答，拿出手機打給Wasan。

*

　　「我調整過止痛藥劑量了，從原本每十二小時吃一次，變成每八小時吃一次。」Kantapat將處方箋遞給病患家屬，「至於輔助的止痛藥，吃法跟原本一樣。如果太痛，您不用忍耐，就吃我開的藥，這樣會舒服一些。」

　　「多謝你了，醫師。」坐在輪椅上的高齡患者雙手合十，深深一拜，「如果不是醫師，我可能還要忍受這個痛苦好幾個月。癌細胞都完全擴散了，至少我這老頭剩下的日子可以過得無病無痛了。」

　　「很高興能聽到您這麼說。」

　　Kantapat靠在椅背上，盯著面前的電腦螢幕出神，不久後，他聽見一陣沉重的腳步聲接近。醫師閉上眼睛，讓自己冷靜下來。他一睜開眼就看到兩名警察站在診間裡，其中一個是Kong巡官，從安樂死案結束之後，一直和Kan維持良好關係的朋友。

Kan緩緩站起身，平靜地盯著Kong巡官，彷彿早已知道會發生什麼事了。

　　「Kan醫師，請你跟我去警局做筆錄。」Kong的語氣堅定嚴肅，眼裡卻透露出一絲複雜的情緒。

　　年輕醫師輕輕一笑，拿下脖子上的聽診器，放到桌上，然後平靜地走向Kong，「是，Kong巡官。」

　　警察凝視著Kan的眼睛。時至今日，Kong還是看不透這個人，那雙眼睛依舊是一潭深不可測的湖水。

　　「醫師看起來不怎麼驚訝，也不問是什麼事情。」

　　「我有嚇到，但我相信警方稍後會給我詳細的解釋，所以我樂意配合。」Kantapat語氣平靜地回答。

　　Kong上前抓住Kantapat的上臂，壓低音量說：「拜託你，什麼都先別跟Wasan說。」

　　Kantapat醫師被警察帶走的畫面讓病人及認識Kan的護理人員感到震驚。醫師踏著穩健的步伐，沒有低頭，也沒有閃避目光，準備接受之後即將發生的事。Kan已經厭倦像這樣不停說謊了，也厭倦越來越多人死去。

　　Kantapat打算親自結束這件事。

　　「喔，Wasan！你怎麼又不先說一聲就過來了，我好準備飯菜啊。」

　　Gai——Wasan的嫂嫂走出家門時，看到低頭站在門外的Wasan。她見到Wasan陰鬱的神情，立刻打開門，「是不是有哪裡不舒服？先進來吧。」

年輕男子像夢遊一樣走過女子身旁，一句話也不說。Gai 見情況不對，趕緊去叫正在後院菜園澆水的丈夫。

Tongkam 跑進屋內，發現弟弟坐在木榻上，神情恍惚，彷彿靈魂出竅了。Tongkam 轉頭看向 Gai，示意她先離開。她點點頭後，像往常一樣走進廚房準備飯菜。

Tongkam 坐到 Wasan 身邊。

「是關於 Kan 醫師的事情吧？」

Wasan 轉頭看著哥哥，「哥怎麼知道？」

「還有什麼事能讓你這麼消沉？」Tongkam 拍了拍 Wasan 的肩膀，「我不會問你發生什麼事情了，等你準備好再說。還沒準備好的話，就留在這裡等吃飯吧。」

「他騙了我很多事。」Wasan 的聲音很輕，「交往的這段時間，並沒有讓我更了解他。」

「這不是從一開始就是這樣了嗎？」Tongkam 伸手摟住弟弟的肩膀，「說吧，醫師做了什麼，讓你這麼難過？」

「我根本不知道 Kantapat 在幹什麼。」

Tongkam 一臉不解，「你只說這樣，我也給不了意見啊。」

「他可能在做一些⋯⋯比我想得還糟糕的事，他⋯⋯」Wasan 無法繼續說下去，「Tong 哥，我好怕。」

「怕什麼？」

「真相。」

兩人沉默了一會兒，之後 Tongkam 開口說：「真相是無法改變的，但我們可以選擇要怎麼面對真相。回來家裡吧，Wasan，不要讓自己待在一個根本不快樂的地方。」

年輕警察轉頭望著哥哥,「但我們還沒有分手。」

「你現在應該很迷惘,害怕歸害怕,但你還是愛他。你回來這裡住吧,給自己一點時間,仔細思考接下來要怎麼面對。」Tongkam拍拍Wasan的後背,希望他理智點,接著站起身,「今天有酸辣米線、搗波羅蜜和青辣椒醬,Gai做了一堆,像要分給整村的人一樣,你就儘管吃到肚子鼓起來吧。」

Tongkam走出房間,放任Wasan沉浸在自己的思緒中。年輕警察從口袋裡拿出Kantapat給的門禁卡跟鑰匙,注視許久,越看越覺得前路茫茫。

Wasan的手機響起。Wasan以為第一個打電話來的人會是Kantapat,他趕緊拿出手機,看了一下螢幕,顯示來電者是Em督察。Wasan閉上眼平復心情後,接起電話,「是,Em哥?」

『你在哪裡?』

「家裡⋯⋯我哥家。」

『嗯,很好。』Em的聲音聽起來鬆了口氣,『你今天就待在那裡吧,哪裡都不要去,也不用來警局。』

「我下午有班。」

『Bird副座叫別人來代班了。』

Wasan蹙眉,「這是怎麼一回事?」

『法院正準備發出Kan醫師家的搜索令,現在Kong巡官去把醫師帶來局裡做筆錄了。』

警察驚訝得瞪大了眼睛,「他被抓了?」

『還沒,但證人說Tao被槍殺的時候,醫師在現場。』Em壓低音量,『那你呢?你昨天晚上在哪裡?有發現什麼異狀嗎?』

砰！──昨晚的槍聲仍迴盪在記憶裡，Wasan很清楚發生了什麼事，因為他親眼目睹了整個過程。他或許沒看到槍手在哪裡，但他看到開槍的人不是Kan。Wasan聽見了Tao和Kan的每一句對話，但還是完全無法理解發生了什麼事。遭到挾持的女人應該沒看到Wasan進屋，因為當時害怕槍聲與屍體的她正用手摀住臉，放聲尖叫。

　　「昨天晚上……我睡哥哥家。」Wasan說了謊，連他自己也感到驚訝，因為Wasan從不會說謊，這也印證了Kantapat對Wasan的思考造成多深的影響。

　　『很好，這表示你有不在場證明。Wasan，你不用緊張，有什麼進展，我會立刻打給你。』

　　「好。」Em一掛斷電話，Wasan就癱坐在木榻上，茫然地望著天花板，淚水從眼角滑落，滴上耳際。

　　──告訴我，Kantapat，我接下來應該怎麼辦？

＊

　　鑑識人員證實在Kantapat家中發現一件血衣，經初步血型鑑定是O型，與Tao的血型相符，而且Kan曾在車行追趕Tao，儘管DNA鑑定仍在進行，但是這些證據已經足以向法院申請拘票，逮捕Kantapat Akaramethee醫師了。

　　「受文者，南奔市警察局局長。」負責偵查的副局長Bird宣讀拘票內容，「Kantapat Akaramethee先生因涉有故意殺人之重嫌，將其逮捕歸案。Kantapat Akaramethee先生，三十一歲，泰國人，職業為醫師，將移送至南奔市警察局。」警官將拘票拿給

Kantapat。

「好。」Kantapat看完後，簡短地回道。

「你有權保持緘默，但你的陳述可能會成為審判時的證據。你有權利會見並諮詢律師或訴訟代理人，也有權將被捕之事宜通知家屬或信任之人。」

坐在對面的醫師平靜地聽著，「做筆錄之前，我要求會見律師。」

完成逮捕紀錄後，Bird走出警局，大批群眾及記者迎面湧上。警官面露難色，轉身走回局裡。

「為什麼這麼多人啊？」Bird轉頭對Kong巡官抱怨。

Kong巡官雙手抱胸站在一旁看著。

「知名醫生涉嫌殺人，這可是大新聞啊。」

「Wasan呢？」

Kong聳了聳肩，「還沒來局裡。最近一次打給他時，他還在哥哥家。」

「我有點擔心他，麻煩你多留意他了。」

「我覺得更該擔心的是我們，副座。」Kong朝前方努努嘴，「你看看是誰來了。」

Bird轉身看向Kong所指的方向，當他看見一名男子優雅地穿過人群走來時，原本緊繃的神情頓時變成了錯愕──一個年約四十的男人身材高大，氣質非凡，穿著精心剪裁的黑色西裝外套及休閒褲，手裡提著一只昂貴的公事包，頭髮梳得一絲不亂，帥氣的容貌神似某位資深演員，讓在場的人都屏住了呼吸，其中也包括了Bird。他望著來訪者，就像看到了什麼妖魔鬼怪。

這個人是 Worrawet 律師，律師中的佼佼者，以驚人的辯護能力聞名，甚至能把黑的說成白的。他在國內擁有高知名度，經常出現在複雜且涉及權貴或政客的案件中，戰績幾乎是全勝。

　　「居然有能耐請到 Worrawet 當律師？我們的被告可不是個普通人啊。」Kong 煩躁地噴了一聲，「這次馬虎不得啊，副座，不然檢察官肯定會在法庭上哭。」

　　Bird 握緊拳頭，直盯著剛走進來的人。Worrawet 對上 Bird 的眼睛，微微一笑。

　　「Wet。」副局長的語氣突然變了，讓 Kong 猛地轉頭看向他。

　　「你一點都沒變啊，Bird。」Wet 走近，凝視著警官，然後咳了一聲，「不對，我不該這樣稱呼副局長了。我是 Kantapat 醫師的律師，請求進去見我的當事人。」

　　Bird 面無表情地看了 Wet 一會兒，然後伸手比向後方，「這邊請。」

　　Worrawet 點頭示意後，跟著 Bird 走進去。那一瞬間，他回頭對 Kong 微笑，而 Kong 認為那是一種挑釁。看樣子 Wet 非常有自信，確定他的到來會讓 Kong 的所有努力化為烏有。Kong 巡官望著兩個男人的背影，摸了摸下巴，對兩人的關係十分感興趣。

　　「又有好戲看了。」年輕巡官自言自語，咧嘴狡黠一笑。

　　Worrawet 走進狹小的方形房間，裡頭只有一張桌子和兩張椅子，他的當事人 Kantapat Akaramethee 醫師坐在裡頭，氣定神閒，沒有絲毫焦慮或擔憂。Wet 將公事包放到桌上，在當事人對面坐下。

「你好，我是律師Worrawet Thitikamol。我們可能沒有見過面，但我和令尊很熟。」

「您好。」Kantapat盯著對面的律師，雙方都在心裡感嘆對方的英俊，但都將想法放在心裡，「我知道，家父跟我提過您。」

「那醫師應該聽過我的風評。」

「那就是家父選擇您的原因。」Kan回應，「但老實說，我並不想否認那些指控，我打算為我做的事情負起責任。」

Wet沉默地看著Kantapat一會兒，「我無意違背醫師的意願，但那不是我接下這個案子的原因。倘若醫師想為你做過的事贖罪，我樂觀其成，但絕對不是用最高刑責去做償還。這個案子全國人民都很關注，對警方來說是很大的壓力，我擔心你無法得到公正的審判。」

「公平正義並不存在，Worrawet先生。」醫師說，「我的患者遭到殘忍殺害，他們也沒有得到任何公平正義。」

Wet律師點點頭，「至少我們有一個想法是一致的，醫師。公平正義並不存在，只有讓我們的委託人滿意訴訟結果才是真的。我不在乎你是否真的殺了人，我只在乎對造有沒有證據讓法庭認定你有罪。只要我們讓負責案子的法官基於現有證據，做出對我們有利的判決，其他人要抱怨法庭不公也沒有用，因為公正從來就不存在，尤其是對那些沒有能力辯護為自己的人來說。」Wet拿出筆記本和筆，放到桌上，「就從醫師被指控『故意殺人』的事情開始吧。現在警方認為你就是開槍殺死Kitti先生的人，醫師有跟警方說過什麼了嗎？」

「還沒有。」

「我再重申一次,我不在乎醫師做的事是好是壞,對你進行道德批判不是我的工作,我只在乎要怎麼完成我的工作。」Wet 表情嚴肅地說,「另一件我在乎的事,是得從我當事人的口中聽到真相,作為我的當事人,第一個原則就是絕對不能對我說謊。因此,你必須把你從頭到尾做了什麼都說給我聽,所有細節。」

第二十章　初見時的照片

『接下來是震驚全國的駭人案件。南奔市警察局局長今日召開記者會，說明醫師被指控於其病患家中槍殺Kitti Pornuma一案之進展，據悉Kitti先生本人可能也與殘殺居家病人一案有關。最新消息是，院方裁定本案的嫌疑人，家醫科醫師Kantapat Akaramethee以八十萬泰銖交保，並限制出境，禁止與同案證人接觸……』

新聞主播的聲音戛然而止，因為Tongkam走進來，拿起遙控器關掉電視，然後轉頭看著睡在木榻上的Wasan。自從弟弟回家住後，一直苦於失眠，不得不依靠酒精，昨晚似乎也喝了不少。

「Wasan，哥不能再失去你了。Gems走了，媽也走了，哥就只剩你了。」Tongkam對著弟弟說。

這時，Gai走過來拍了拍丈夫的肩膀。

「Wasan是個堅強的人，他會撐過去的，給他一點時間。」Gai說：「Tong，我有些事情想問你。」

「什麼事？」

「看到新聞之後，我突然想到一件事，就是阿母……阿母她不在Somsak醫師的被害者名單裡。」

Tongkam站起身，拉著妻子的手臂，將人拉到後面的廚房，「妳想說什麼？」

Gai深吸一口氣，「說不定Somsak醫師不是唯一一個施行安樂死的人，阿母也許是……」

「不可能的，Gai。」Tongkam立刻打斷妻子的話，「阿母得了癌症，受盡痛苦，她能在家中安詳過世，對阿母來說就是最好的結局，我不會懷疑醫師。如果有警察來問，我也會告訴他們，Kantapat醫師是個盡心照顧阿母的好醫師。」

Gai沒有多說什麼，轉頭看了一眼睡在木榻上的Wasan，臉上滿是擔憂，接著她走過Tongkam身旁，繼續清洗廚房裡的碗盤。

Tongkam望著妻子的背影，眼裡盡是無法言喻的情緒。

*

「生氣了？」

Wet的聲音讓穿著制服快步走向法院停車場的男人腳步一頓，Bird轉過身，望著一身西裝、將手插在口袋裡的高大男子，真想裝作沒看見這個人。

「我還有工作要做，沒有時間陪你閒聊。」

「法院的判決沒錯，警方目前的證據不足以起訴嫌疑人，凶器沒找到，Kan醫師身上也沒有火藥殘留反應，連證人都說不出Kan醫師是否有持槍，沒有任何證據能證明Kan醫師就是凶手。」Wet走到Bird面前，「嫌疑人非常配合，沒有逃亡之虞，你們的交保抗告自然會被駁回。」

「嫌疑人在深夜前往病患家，是因為Tao寫信威脅他要對病人施行安樂死。明明嫌疑人的男友就是警察，他卻沒告知警方，反而選擇自己解決問題，這完全不合理。是你教他這樣說的，對吧？」

「我只讓他說實話。」Worrawet 微微聳肩,「Tao 的恐嚇信裡也寫得很清楚,不准醫師帶其他人去,他只是怕 Tao 會傷害病人而已。合不合理都只是你的個人意見,如果是我,看到現在警方的表現,自己去找歹徒說不定還比報警還合理,尤其是男友也是警察的時候。」

「別提那件事了。」副局長擺擺手,「如果不是醫師開的槍,那會是誰?」

「解決所有疑問、證明嫌疑人或被告有罪是你們的責任,不是我這個律師,不是嗎?」

Bird 知道眼前的人正在激怒自己,但他無法壓下心裡的煩躁,甚至越來越生氣,因為他很清楚對方所說的每一句話都是對的,但為了堅守自己的信念,他還是忍不住反駁,「Kantapat 就是凶手,之後出現的每一樣證人、證據都會證明這件事,就算是像你這種能言善辯的律師也無法替他辯護。」

「我不反對你的話,以前跟你在一起時,我的嘴巴就很厲害了,現在還是一樣。」Wet 微笑,以食指輕輕敲了敲左胸口,「好好跟自己的心聊聊吧,副局長。你口口聲聲說證據充足,但其實你自己也知道事情並非如此,我想,你應該認同我的看法,只是想盡快結案而已,因為不管你多盡心盡力,你們警察的薪水和糟糕的體系都不會看重你的付出,也不會為你的辛勞給予任何應有的回報。」說完,律師環顧四周,露出愉悅的神情,「我好久沒有上來北部了,如果有人可以帶我去喝冰涼的啤酒,坐著聽聽歌就再好不過了。」

「叫你的當事人約你去吧。」副局長冷冷地說完大步離去,

留下Wet一個人含笑站在原地。Bird的話讓Wet想起幾天前，他和他的當事人第一次談話時的情景。

「我相信我可以幫你擺脫謀殺Tao的罪名，但接下來的情況是每個人都會試圖找你麻煩，不斷拋出你遺落的證據，等證據充足了，你會面臨進一步的指控，那就是殺害Somsak醫師、對病人施行安樂死，以及殺害Som先生未遂的罪名。」

「我打算承認殺害Somsak醫師及殺害Som未遂的事，因為我真的認為我做錯了。」

「醫師不認為自己替病人施行安樂死是錯的嗎？或者說，你不認為那是在施行安樂死？」Worrawet律師追問，「我想知道，因為那會決定我們的辯護方向。」

「我不認為替患者施行安樂死是錯的，我只是做了患者主動要求我幫忙的事。」

「但是醫師也知道吧？以目前泰國的法律，替病患施行安樂死，無論出發點多麼良善，仍會被視為故意殺人。」

Kantapat點頭。

「好。」Worrawet說：「倘若警方找不到有力的證據證明你就是殺害Somsak醫師或企圖殺害Som先生的人，就算你想認罪，我還是有替你辯護、讓你免於牢獄之災的職責。我希望，我們在這點上能夠達成共識。」

「我明白。」

「再來是安樂死一事，醫師，你有遺留任何證人或證物，可以用來指認醫師施行了安樂死嗎？」

Kantapat沉默了一會兒,「我有一件事還沒告訴你。我租了一間倉庫,存放著我替患者施行安樂死的東西,我將門禁卡交給Wasan督察了,他是我男友。」

　　Wet律師拿筆在紙上敲了敲,陷入思索,「看來你把命交到Wasan督察的手中了,因為要是那些證據曝光,我也幫不了你什麼。」

　　「我曾經在他不知情的情況下替他母親施行安樂死。如果Wasan認為我該為此贖罪,我願意讓他把證據交給警方,全力配合調查。」他的聲音沙啞卻堅定,「我把決定權交給Wasan。」

　　「這是個非常沉重的決定呢,你都不心疼你男朋友嗎?」

　　「我對他做過太多事了。為了在半夜外出,我對他下藥,還騙了他無數次。」Kantapat的眼神明顯黯淡下來,「我希望他會理解我的所作所為,然後給我機會,但如果他選擇不給我機會,我也接受。」

　　「我還是第一次見到這樣的當事人呢。」Wet自己嘟嚷著,走向停在不遠處的汽車。

＊

　　「歡迎光臨S-storage。」一名女孩抬起頭,笑容燦爛地招呼剛走進來的客人。那是一名高大黝黑又英俊的平頭男子,穿著T恤和牛仔褲。女孩從客人的臉上看見明顯的不安。

　　年輕男子沒有回應她,只從口袋中拿出門禁卡,左右張望後,直接走向儲藏室租戶的專用入口。

Wasan依照鑰匙上的號碼，站在一間儲藏室的前方。他看著前面的白色門板，心裡沉重得像有塊大石壓在胸口。

　　年輕警察的雙手顫抖，可能是酒精的作用，也可能是因為內心的恐懼。無論這扇門後面是什麼，那都是所有事情的答案，也是將摧毀他和Kantapat之間高牆的關鍵。Wasan插入鑰匙，猶豫片刻後深吸一口氣，閉上眼睛，然後打開門鎖走進去。

　　當燈光照亮整個房間，Wasan在房裡唯一看到的東西，是一只放在地板中央的灰色塑膠箱。警察緩緩走近那只箱子，心臟劇烈跳動，像要跳出胸口一樣。Wasan跪在箱子前，伸出汗涔涔的手握住上蓋。

　　「我終於能了解你了，對嗎？」Wasan顫抖地說完，打開箱蓋。

　　首先看到的東西是數個小盒子，裡頭分別裝著針筒、針頭和醫療手套等物品。Wasan拿起一個小盒子打開，發現裡面是三種靜脈注射的藥物安瓿，分別是氯化鉀、咪達唑侖和嗎啡。

　　Wasan以前從未如此困惑過，他放下那只藥盒，再次翻找箱子裡的物品，又發現了一只小木盒。他拿出木盒，放在手上，那只木盒不重，Wasan卻覺得沉甸甸的。

　　警察打開蓋子，裡頭裝的是一群穿著白衣的人從Kantapat醫師手中接下花環的照片。Wasan不明白Kantapat為什麼要把這些照片印出來，收在盒子裡。Wasan拿出照片，發現下面的照片也很類似，是一群人在喪禮上從Kantapat手上接過花環的合照，只不過這次是另一個家族。翻到下一張照片後，Wasan頓時僵住，彷彿被下了咒。

『昨天我沒有拿花環過來,所以今天代表醫院的家訪團隊來致哀。』

Wasan回憶起過去在母親喪禮上見到Kantapat的情景,當時還只是陌生人的醫師拿著花環,遞給了Wasan,跟Kantapat一起來的護理師拍下了這張合照。

那天的照片被列印出來,放在這只盒子中。Wasan來回看著相片中的自己和Kantapat那張染著笑意的英俊臉龐,心中充滿了疑惑。這時,他瞥見一本文件夾,就放在橡膠手套的盒子底下。Wasan將相片盒放到地上,抽出那本放滿紙張的文件夾,打開來看。

第一張紙的文件標題是「Dumrong Boonrit,六十七歲,Dx ICCA with lung and bone metastasis」,底下列出了基本資料、住址、住家平面圖、家譜、詳細病況、精神狀況評估、信仰、臨終照護計畫及每次家訪的紀錄等資料。每一份文件都記錄著詳細資料,摻雜著醫療用語。Wasan繼續往下翻,直到中間一份文件,頂端標示的名字是──

Rawiwan Kambhunruang。

當目光掃到這份文件的最後一段時,Wasan瞪大眼睛,呼吸一滯。

『藥物注入靜脈之後,患者沒有任何掙扎,平靜地睡去,呼吸慢慢減緩,脈搏維持三分鐘之後,患者出現心臟驟停,於凌晨兩點三十五分安詳去世。』

Wasan的手頓時失去力氣,手裡的紙張掉落到地。

那一秒,Wasan懸在心中好幾個月的問題,終於得到了答案——為什麼阿母不在Somsak醫師的被害人名單裡,也明白了阿母過世之前在電話中對他說的話。

『Wasan,要是阿母先走了,你不要難過。如果阿母走了,也是阿母自己的決定,希望你接受這個決定。』

「這不是真的,對吧?」Wasan屈膝抱著自己顫抖的身體,蜷縮在冰冷的地板上。他知道真相可能令人心痛,但沒想到會如此撕心裂肺。Wasan的淚水從眼裡流出,滴在地上。他不恨Kantapat殺害阿母,他最恨的是自己,恨自己太愚蠢,全心全意愛上了殺人犯。

Wasan放聲大哭。曾經驕傲自豪的年輕督察此時像摔到地上的玻璃,支離破碎,再也難以復原。

「我要怎麼辦?我該怎麼辦?Kantapat,我已經不知道我該怎麼做了⋯⋯」

*

「督察!」

Kong快步走進Wasan哥哥家的起居室,跟著後頭的護理師Tum也神色擔憂,眼前的畫面讓兩人大感震驚——Wasan裸著上身,歪著身子癱坐在地,地上滿是酒瓶跟啤酒空罐。巡官震驚極了,因為Kong認識的Wasan絕對不會讓自己變成這樣。

Kong趕緊上前攙扶Wasan，避免他的頭部撞上地板，接著轉頭看向Tum，「Tum，我們應該帶他去醫院嗎？」

　　「先讓我看看。」男護理師從背包中拿出血壓計和血氧機，上前測量Wasan的生命徵象。結束後，Tum轉頭看著Kong，神情放鬆了不少，「所有生命徵象都正常，督察應該只是喝醉了，先讓他躺著休息一下，要是狀況沒有好轉，我們再請Tongkam哥帶他去醫院。」

　　「Wasan督察已經沒去警局上班好幾天了，還好Tong哥打來，不然我們都不知道督察現在是這個樣子。」Kong讓Wasan躺下，「Tum來幫我，把督察抬到床上睡。」

　　「這個我來。」Tongkam走過來幫忙抬起腳，讓Wasan躺到木榻上，然後讓他躺上枕頭，蓋上毯子。

　　Kong、Tum和Tongkam站在一旁，憐憫地看著Wasan，不知道接下來該怎麼做才好。

　　「抱歉，我不該讓Wasan喝成這樣的，但是他昨天晚上亂發脾氣，鬼吼鬼叫的，還不讓人家說。」

　　「還好督察是選擇醉在家裡，要是隨便去外面的酒吧，這時我們可能得從路邊把他拖回來了。」Tum說道。

　　「自從Wasan回來家裡住後，每天都在喝酒。昨天他出門一整天，回來時就喝得爛醉，也不肯跟我說發生了什麼事。」Tongkam轉向Kong，「巡官，幫幫哥吧，Wasan應該受到很大的精神打擊，我弟現在都快不是原本的他了。」

　　Kong點點頭，「我有認識的心理醫師，我去問問看督察需不需要接受什麼治療。不過像這樣影響到日常生活，確實需要考慮。」

這時，三人聽到門前的樓梯傳來急促的腳步聲，Tongkam 的妻子 Gai 跑進來，臉色驚慌，「你們幾個⋯⋯」

「Gai，怎麼了？」Tongkam 轉頭問道。

女子指向門口，「醫⋯⋯醫師⋯⋯Kantapat 醫師來了，現在就在門口。」

Kong 是第一個反應過來的人，警察旋即轉身，大步走出起居室。

Tum 和 Tongkam 對視了一眼，連忙跟上去。高大的醫師穿著海軍藍襯衫和灰色休閒褲，低頭不發一語地站在柵欄外，他抬頭看著衝過來的 Kong 巡官，隔著柵門與他對峙。

「我想見 Wasan。」Kantapat 直截了當地說出來意。

「你還有臉來見 Wasan 嗎，醫師？」Kong 立刻語氣尖銳地大罵，讓 Tum 不得不趕緊跑來拉住戀人的手臂。Kong 抬手指著 Kan，「你這種人根本不該交保，滾回你剛出來的牢裡吃免錢飯，承受你犯下的罪孽吧！」警察指著巷口大聲吼道，「滾！」

Kantapat 平靜地承受著 Kong 像驅豬趕狗一樣的罵聲。他垂眸望著地面，「可以讓我見 Wasan 一面嗎？一次就好。」

「你不配再跟 Wasan 督察那麼好的人說話。想見 Wasan，就等下次開庭時在證人席上見吧。」Kong 走近 Kantapat，「不然你現在就在這裡坦承！說你他媽的到底殺了哪些人？」

Tongkam、Gai 和 Tum 靜靜地站在一旁，沒人敢和 Kantapat 說話，除了 Kong。Kan 凝視著年輕巡官的眼睛，表情帶著悲傷及哀求，但同時也一樣難以捉摸。

「這裡不適合談這件事。」Kan 轉身走向自己的車，打開後

車廂抬出一個看起來很重的大塑膠箱，「我擔心 Wasan 沒有制服穿，所以把他放在家裡的衣服跟私人用品帶來給他。如果你們不允許我見他，那請容我把東西擺在這裡。」Kan 小心翼翼地將箱子放在柵門前方的路上，「我來只是為了這個，再麻煩你們轉交給 Wasan。」

「Kan。」

Wasan 虛弱無力的聲音從家門口傳來。Kong 猛地扭頭看去，發現 Wasan 正扶著門框站在那裡。Tongkam 連忙跑過去，想將 Wasan 拉進屋裡，但年輕督察拉著門框，淚水盈眶地盯著 Kantapat，模樣可憐至極。Kong 望著眼前的景象，怒氣達到巔峰。

「Wasan！」Kan 試圖開門進來時，Kong 從腰間的槍套拔出槍，瞄準醫師。Gai 尖叫出聲，站在 Kong 身旁的 Tum 也嚇得後退了幾步。

Kantapat 連忙舉起雙手，遠離柵門，露出震驚的神色。

「看清楚你對 Wasan 做了什麼，給我牢牢刻進你的腦袋裡，然後給我滾！快滾！」Kong 大聲喝斥。

年輕醫師後退了幾步，以極其擔憂的表情看著 Wasan。最後他選擇妥協，轉身走向車子，迅速開車離去。

Kong 放下槍，目送 Kan 的車子離開。而 Wasan 癱坐在地，雙眼無神。Tongkam 趕緊過去扶起 Wasan，將弟弟帶進屋裡。

第二十一章　報應

　　Kantapat失魂落魄地走進自己家，將車鑰匙放到桌上。醫師覺得在Wasan家門口遭遇到如此沉重的事，他應該去喝點冰水，讓自己冷靜下來，但一想起剛才見到的Wasan，立刻感到胸口發緊。

　　醫生一手抓住胸口，另一手撐在桌上，那股揪緊到發疼的感覺化為抽噎宣洩而出。醫師全身顫抖，淚水溢出眼眶。

　　「Wasan，對不起、對不起、對不起……」Kan跪倒在地上，雙手摀著臉，「我想對你這麼說，但大家都不讓我接近你，不讓我跟你說，對不起……」

　　被警方拘留並在警局接受將近兩天的訊問之後，他又被拘留了三天，接著託Wet律師的幫助，得到了法院的交保許可。

　　Kantapat在這段時間內獨處，回想這一切。他下定決心要承擔起自己犯下的錯，鐵籠與手銬應該是最適合他的結果，像他這樣的人不配得到自由，他將面臨的最高刑責可能是死刑，倘若不是，至少也是終身監禁。

　　Kong巡官說得沒錯，那是他應得的懲罰。

　　Kan慢慢站起身。由於還沒找到能將Kantapat定罪的明確證據，他的律師又太過優秀，他可能無法得到應有的懲罰，倘若Wasan不採取行動，Kan大概就得自己公開施行安樂死的證據。醫師拿起車鑰匙，直接走向家門口。

　　然而，一名身材高大的男子擋在門前。

「醫師，你要去哪裡？」Wet律師盯著Kantapat滿是淚痕的臉，「我們約好要見面了。」

「律師，這場官司我不打了。」Kan搖了搖頭，「我要向警方坦承所有一切。」

Worrawet伸手按住Kan的肩膀，「我不知道你遭遇了什麼，但醫師，你得先冷靜一下，我們先進去裡面坐著聊好嗎？」

Kantapat低頭不語，像在努力整理思緒。等情緒稍微平復下來後，他抬起頭走回家中。Wet跟著走進去，將公事包放在起居室的桌子上，待Kantapat入座後才跟著坐下。

「我剛剛去找Wasan了。我不知道他去過倉庫了沒有，但看他的樣子，我想應該是去過了。」

Worrawet愣了一下，接著嘆氣，「再跟我說一次，在你犯下的案子裡，有哪些案子是你覺得必須認罪的？」

Kantapat沉默許久，「殺害Somsak醫師以及企圖謀殺Som。」

「你曾經對我說過，你不認為對病人施行安樂死是錯的。」

「法律上認為是錯的，但對我來說，我認為我沒有做錯，因為我是在幫助患者。」

「那是你認為，醫師，但你同時也知道，其他人的想法可能跟你不一樣，尤其是當你說，你把決定權交給男友，讓他決定要不要給你機會的時候。所以，認定施行安樂死是否錯誤的決定權在別人身上，不是你。」Wet語氣堅定地說，「身為一個局外人，我覺得你把決定權交給Wasan很公平，倘若他認為你那樣奪走他母親的生命是個錯誤，他會親自把你交給法律，把你送進牢裡。但你是我的當事人，我有責任協助你，證明你相信沒有做錯的事

情確實是對的。不過，要是你想透過認罪及交出他可以用來起訴你的證據，來償還你男友的損失，我也樂於從命。不過就像我之前說的，要是證據不足，我就會盡力幫你脫罪。」

Kan靠上沙發椅背，茫然地望向窗外，「那我接下來該怎麼做？」

「為傳喚證人作證那天做好準備。」Wet打開公事包，拿出文件，放到桌上，「我們今天先不談Somsak醫師、Som先生或安樂死的事，先專注於你被指控槍殺Tao的案子上，但我可以跟你保證，你絕對不會因為Tao的案件坐牢。」

＊

Savitri是一年前Songsak檢察官被捲入Jenjira老師案、遭到殺害後來接任的檢察官。她先前處理過安樂死案，但眼下的情況還是讓她感受到前所未有的壓力，因為這個案子不僅受到全國矚目，辯方律師還是業界裡出了名的老狐狸。

「證人，」在檢方證人Wiriya向檢察官陳述完她在事發當晚所看見的情景後，穿著辯護人袍的Worrawet走到證人席前，開始進行交叉詰問，「在事發之前，證人與被告本就認識，是或不是？」

「是。」身材瘦弱的光頭女子瞥向坐在被告席上的Kantapat，「我是癌末病患，醫師是我的安寧療護醫師。」

「事發當時，您是否有看見被告拿槍進來？」

Wiriya的臉色不大確定，「太暗了……」

「我再問一次，您是否有看見被告拿槍進來？」Wet嚴厲地再度問道。

「沒……沒有。」

「沒看見。」Worrawet 轉頭看向檢察官 Savitri,「證人是否有看見被告舉槍射擊死者?」

「那時我什麼也不敢看,我很害怕。」

「意思是沒有看見,對吧?」Worrawet 走向活動式白板,拿起筆在上頭畫了三個圓圈,「從證人剛才的陳述來看,證人坐在地上,死者站在她的左手邊,臉朝北方,也就是家門的方向。被告從屋子的正門走進來,站著這裡談判,要求釋放人質。請問我畫的圖正確嗎?」

「正確。」

Worrawet 笑得更燦爛了,「槍聲響起後,死者是往哪個方向倒下的?」

「我……我很害怕,所以用手遮著眼睛。」

「請您仔細回想,死者是朝前方倒下的嗎?是或不是?」

Wiriya 緊閉雙眼,彷彿在努力回想,「是……是的。」

「死者倒下後,證人有看見被告過來調整屍體的姿勢嗎?」

「沒……沒看見。」

「除了被告與死者,證人有看見其他人嗎?」

「知道有人死掉後,我就一直閉著眼睛,用手遮住臉,什麼都沒有看到。我很害怕。」Wiriya 抬手擦去眼角的淚水。

「我沒有問題了。」Worrawet 轉頭對法官說完,走回 Kantapat 旁邊的位置坐下。

女法官 Metawee 轉頭看向 Savitri,「檢方可以進行覆主詰問了。」

Savitri站起身,信心明顯削弱了不少。

「是,庭上。」

女檢察官走到證人席前,開始進行覆主詰問——也就是辯方律師詰問證人,破壞其證詞可信度後,檢方再次詢問己方證人的流程,是可以確認證人陳述的內容,或者鞏固其證詞可信度的機會。

「證人,您說用手遮住了臉,那是否就代表您可能來不及看見被告有槍?」

Worrawet立刻起身,舉手反對,「庭上,檢方誘導性提問。」

Kantapat轉頭看著他的律師坐下,一派輕鬆地靠在椅背上。相較之下,作為偵查員來當檢方證人的副局長Bird則是眉頭深鎖,神色凝重。

雙方都問完所有證人後,法官將審視所有證人、證據,做出判斷並下達判決。到了宣判日,一審法院判決Kantapat無罪,因為根據所有證據,包括法醫的驗屍報告,都顯示槍手絕對是第三人——子彈是從後方射入,與牆上的血跡分布型態相符。而Kan的衣服上會有血跡,是因為他確實在事發現場,起因是Tao寫信恐嚇,讓他決定去保護病人,至於是否有僱凶殺人,警方也找不到任何相關證據,因此Kantapat獲得釋放。

「該死!」Kong巡官在醫院的庭院中大吼一聲,嚇得Tum連忙左顧右看。

「不要那麼大聲,很丟臉!」瘦小的護理師罵了男友後,拉著Kong的手臂,讓他乖乖坐回長椅上,「是因為Kantapat醫師的

事嗎？」

「當然啊，證據明明就散落在 Kan 醫師的周遭，但沒有任何一項可以指向他。」Kong 緊握著拳頭，「僱凶殺害我們兩個及燒掉 Tao 房子的事，看起來都出自 Ornanong 一人之手。至於病人在過世當晚，傳給 Kantapat 醫師說他做好死亡準備的那封訊息，檢查過醫師的手機後，發現他根本沒有回覆，當晚屋子裡的監視器還剛好關掉了。就算在屋子裡發現 Kan 醫師的指紋，他也曾和家訪團隊去家訪過三四次。」

「如果我們相信 Tao 寫在筆記本裡的事情是真的，可以將那個當作尋找證據的架構。」Tum 說出提議，「慢慢填滿它，總會找到的。」

「對，我打算從那裡著手，今天會試著連絡 Tao 的前妻，問她 Tao 被解僱後發生了什麼事。」警察伸手揉了揉太陽穴，「我需要可以把一切都串起來的黏著劑，但我不知道那是什麼。」

Tum 靜靜思考了一會兒，「我想你說的黏著劑，就是 Wasan 督察。」

警察轉頭看著自家男朋友，「沒錯，Wasan 一定知道什麼我們不知道的，但他選擇隱瞞，為了保護 Kantapat。而他知道的那些事反倒把他自己傷得不成人形。」

「Kong，你要照顧好 Wasan 督察，等他準備好，或許就會說了。」Tum 看了一下手錶，站起身，「我得回病房了，晚上見。」

「好，親愛的，晚上見啦。」Kong 站起來，天不怕地不怕地親了 Tum 的臉頰一下。Tum 瞬間紅了臉，下意識地拍了一下巡官的背，發出響亮的啪一聲。

Tum 走回男性內科病房，與另一位護理師交換午休。他翻開病歷，確認抽血及換新藥的醫囑，就在他讀著那份醫囑時，他聽見正在替病人翻身的護佐發出驚呼，「十四床醒了！」

　　「十四床嗎？」Tum 愣了一下，看向中央的隔離病床。那一區的病人病情較嚴重，大多需要插管。「等等……十四床、十四床的病人名字是 Som……Som……」Tum 旋即瞪大眼睛，「Som 先生！」

*

　　Anan 替一具因車禍過世的女屍縫合腹部時，忽然聽見一個女人哼歌的聲音，這是資深法醫助理不曾聽過的聲音。儘管許多人認為他工作的地方陰森恐怖，但 Anan 從沒遇過任何令他毛骨悚然的事。

　　難道他終於遇到了？Anan 放下縫合工具，抬頭環顧解剖室。那歌聲是從外面走廊傳來的，越來越接近，接著解剖室的門被打開，讓中年男人嚇了一跳──他看到的不是什麼鬼魂，而是女醫師 Supaporn，她心情絕佳地哼起歌來。

　　「倘若 Rin 醫師沒有開門進來，我可能已經衝去做法事驅邪了。」Anan 開玩笑地說。

　　「我走音那麼嚴重嗎？」Rin 笑著說。

　　「那醫師得告訴我妳遇到了什麼好事，我從沒見過醫師這樣。」Anan 望著 Rin 特別明豔的臉。

　　「Kantapat 醫師雖然逃過了殺害 Tao 的指控，但他現在被指控殺害 Som 先生未遂了。」Rin 雙手抱胸得意地說，「Som 先生拔掉

呼吸管後清醒了，能正常說話，所以警方試著詢問他遭人襲擊當晚的事，而Som先生說進來的人是白衣死神。出於謹慎，我保留著從Som指縫中收集到的皮屑組織，DNA與Kantapat相符。遭人襲擊的傷痕和掉在Som家裡的針筒也絕對是他的手筆。」

Anan皺起眉，「Kan醫師為什麼要殺Som先生？」

「因為Som看見Kantapat殺人，但因Som有心理疾病，所以他說的話沒有可信度。Kan現在在做的，就是除掉每一個知道他對患者施行安樂死的人。」女醫師很有自信地說，「他犯下的罪不只這些。Anan哥，你等著看吧，他一定會為他的所作所為付出代價。」

「報應已經開始了，Kan醫師像這樣一直進出法院，心裡壓力應該很大，最後肯定會被吊銷醫師執照，還要坐牢。」Anan搖頭。

「這是他自作自受。」Rin說完，她的手機震動起來。女子拿起手機，看到有一封來自Em督察的訊息。

『我在監視器裡發現了一些東西。』

『妳今天幾點有空？我們見個面？』

她的笑容更燦爛了。Rin抬頭思考了一下，然後迅速回覆。

『晚上七點，我家見。』

她的任務就要完成了，Rin將親手結束這場遊戲，而她的父親一定會得到應有的公平正義。

「我去多要了一些監視器的畫面，可以回溯到Tao還在傳送部門工作的時候。」Em打開存在自己電腦裡的影片，而Rin拿著

一杯冰水過來，放在桌上。

兩人現在正坐在Rin家的起居室裡，她租的房子位於市區的住宅開發區內，是一棟雙層房屋。

Em不得不承認，坐在這裡讓他有點緊張，但他必須努力保持鎮定，「妳看這個。」

Rin靠過來撐著桌上，看著螢幕上的片段。畫面中有一個身穿護理師制服的女人手上拎著粉紅色提籃，走進門內。沒過多久，護理師帶著一個鬈髮、戴著黑色膠框眼鏡的青年走出來。

「這是Ornanong護理師和Tao。」

「Ornanong曾在Tao去接妳父親出ICU前去找他。」Em切換到另一個片段，是昏暗的醫院走廊，「Ornanong帶Tao走到大樓後面，這條走道再過去就沒有監視器了。」

「所有實際情況都和Tao在筆記本裡寫的一模一樣，這表示Tao寫的事情很可能是真的。Oranong將Tao誘騙到大樓後方，然後偷襲他。」Rin轉身看著Em，「那麼，將推我爸離開ICU的人，就是喬裝過後的Kantapat。」

「但我們還不能這樣下定論，除了死者的紀錄以外，沒有任何證據可以證明推妳父親病床的人是Kan醫師，我們還必須證明一些事實才能提出訴訟。」Em面色凝重地嘆了口氣，「我就直說了，Savitri檢察官現在的處境很艱難，倘若我們的證據不夠充分，檢察官肯定不會起訴。即使起訴，Kantapat的惡魔律師也能讓他成功脫罪才是。」

「我知道該怎麼做了。」Rin嚴肅地說：「我們必須找到Tao的前妻，聽她說說Tao被解僱之後發生了什麼事。」

「這是個好主意。」Em抬起左手，放上筆電螢幕的邊緣，闔上電腦。這讓Rin注意到一件事情。

　　「你摘下戒指了。」Rin說，「意思是，你找到對的人了。」

　　警察淡淡一笑，轉過椅子與Rin面對面，「我還以為妳什麼都不會問呢。」

　　「我這個法醫從來不會錯過任何細節。」Rin笑著說，「那個女生長什麼樣子？漂亮嗎？」

　　「很漂亮。」Em看著Rin，目光從飄逸的長髮、臉蛋到纖長的頸項，再到米色長袖襯衫下緊緻白皙的肌膚，最後落在與Rin身上的高腰褲相得益彰的細腰豐臀上。Em握住女醫師纖長的手，以拇指摩娑她的手背。

　　Rin低頭看著Em的手。

　　「那個女生是一名醫生，她幹練、聰明、勇敢、無所畏懼。我以前對她說話不大禮貌，不知道她現在會不會接受我，但我想要道歉。我下定決心了，無論她需要什麼，我都會替她找來，盡力幫助她。」

　　女醫師面無表情地說，「說出她的名字。」

　　「還需要說出來嗎？」

　　Em抬眸，期盼地望著對方。而Rin板著臉，但不久後笑了出來，她從Em手中抽出自己的手，雙手捧住警察的臉，然後俯身吻上對方。

　　Em睜大眼睛，雙手一時不知該往哪裡擺，愣在半空中。等回過神時，他摟著Rin的細腰拉近自己。女子跨坐在男人的腿上，激烈的親吻和房內的溫度讓兩人氣喘吁吁。Em伸手解開Rin

的襯衫釦子，露出黑色胸罩和美麗豐滿的乳房，Em毫不猶豫地將臉湊上去，在那道深溝上細碎地親吻。男人的大手捏揉著她的胸，汲取如花一般芬芳的體香，然後往下握住女子渾圓的臀部。Rin發出輕柔的悶哼，對方的碰觸讓她感到滿意，女醫師脫下襯衫，任由它落在地面。

　　Rin把臉湊近Em的耳朵，「有套子嗎？」

　　Em挑起眉，露出燦笑，「我有準備。」

　　「你怎麼那麼懂？」

　　「妳讓我來家裡的時候，我的腦中突然閃過一個念頭──帶著也不吃虧，用不用得到再說。」

　　Rin笑了，以牙齒輕咬Em的耳朵，舉起雙臂環住警察的脖子，而Em抱著女人站起身。Rin的雙腿緊緊夾住警察健壯的身軀，Em則將抱著她走向沙發，兩人一路上熱情地吮吻著。

　　Em小心翼翼地放下Rin，脫掉身上的T恤露出結實壯碩的身軀。他解開女子的褲子，順著修長的雙腿褪下褲子，直到對方的身上只剩下一套黑色的內衣褲。儘管男人的情緒洶湧澎湃，Em還是覺得他應該先停下來問個問題。

　　「如果醫生不想繼續下去⋯⋯可以告訴我。」

　　「你不繼續的話，我會生氣喔。」Rin抬起一條腿，放到對方寬闊的肩上，美麗銳利的雙眼掃過男人的肌肉，「叫我Rin吧。」

　　「好，Rin。」Em笑著回答，然後俯身親吻女子的大腿內側，一路吻到內褲邊緣。

　　Em在女子赤裸的身體上動作時，欲望和情感帶來的呻吟及喘息讓Em忘了曾經遇到的所有問題，甚至忘了前一次戀愛帶來

的痛――結婚明明不到一年，前妻卻收拾行囊離家，去和新歡同居，那一天令他難以忘記。然而，如今他一秒也不曾想起那件事，在兩人到達極樂天堂的前一刻，Em捧著Rin的臉，再一次吻上她。

　　那一刻，警察暗自發誓，他會用生命，讓擁有這副美麗身軀的女人得到最好的一切。

第二十二章　Wasan 的判決

「Tao 被解僱之後，我們就過得很辛苦。」Ging——Tao 的前妻對 Rin 說道，面露憂傷。

Rin 轉頭看向坐在母親身邊玩娃娃的小女孩。

「沒錢還債，Tao 就去幫大哥工作，靠著當送藥小弟賺錢。我不贊同，所以天天為了這件事吵架，但他說為了錢，他必須要做。有一天，Tao 跟我說了醫師和護理師到病患家中殺害他們的事情，說他跟蹤這兩個人很久了，因為是他們害 Tao 被解僱的。Tao 經常潛入醫院裡，偷看病歷，花了好幾天研究，甚至發現有個精神病患曾經目睹醫師殺人，他還去那個人家裡找那個病人談過。Tao 非常執著於這件事，他本來要報警，但被我阻止了，因為他自己吸毒又販毒，這麼做只會惹上麻煩。他會被槍殺應該也是因為毒品。」

「那麼，妳為什麼決定帶著孩子逃走呢？」坐在 Rin 身旁的 Em 開口問。

Ging 轉頭望著可愛的女兒，語氣柔和，「他嗑藥後會對我和孩子施暴。」女人伸出手臂，讓 Rin 和 Em 看看被利器割傷的痕跡。

「幸好妳和孩子平安無事。」Rin 對女子表示同情，「那妳相信 Tao 說護理師和醫師殺害病人的事情嗎？」

Ging 搖搖頭，「我不知道該不該相信，因為他有時候就像瘋子一樣，我只想要盡快帶孩子逃離那裡。」

與搬到其他縣市，和母親同住的Tao前妻聊完後，Rin和Em離開她家，回到停在屋前的車上。Em轉頭看著Rin，她自從離開之後就滿臉困惑。

「Rin，妳怎麼了？」

「Tao的筆記本裡沒有提到他傷害妻女的事情。」Rin說：「他還吸毒，讓他的可信度直線下滑。」

「我們就先從現有的線索開始吧。」Em看著女醫師一會兒，伸手輕輕摸著她的頭，要她冷靜下來，「我幫妳和Bird副局長談過了，要是妳準備好了，就可以去跟他報案，妳父親的事情一旦正式展開調查，我們一定能獲得比現在更多證據，為官司做準備。」

Rin轉頭看向男人，「謝謝你這麼幫我。」

Em把玩著Rin的髮絲，「倘若妳的任務完成了，會不會丟下我回曼谷？」

女醫師沒有立刻回答Em的問題，讓警察的心猛然一沉。

「一開始我是那樣想的，但現在……」Rin抬眸看向Em，「我會重新考慮的。」

「好好考慮吧。」Em抓起Rin的手，在手背上輕輕一吻，「因為Rin的人生現在有Em這個課題了。」

「唉，我真是自找麻煩。」話雖這麼說，女子依然笑容滿面。

*

就在法院駁回Tao謀殺案後不久，Kantapat又因為被控告殺人未遂及故意殺人，收到了兩張拘票。

坦白說，Kan已經沒有力氣對抗了，每一次進出警局或法院都讓他備感折磨，每分每秒盡是痛苦與懊悔，更糟的是，Kan被禁止再為病人看診，這讓醫師第一次感覺到自己失去了價值。

　　儘管Worrawet律師的辯護能力了得，讓法院再次准許他交保，但Kantapat再也無法像以前一樣快樂地生活，他已經厭倦了不停說謊。

　　大雨傾盆而下，Kantapat站在Wasan哥哥家的柵門前，他高大的身軀全被雨淋濕了，原本俊俏的臉龐此時只剩下憂傷。

　　Kan望著屋裡，只求能見到Wasan的身影。醫師靜靜地站了將近十分鐘後，Tongkam拿著一把傘走出來。

　　「醫師，你不該來這裡的。」Tongkam大聲喊道，試圖和打上屋頂的雨聲抗衡。

　　「Tong哥，我有一件事想拜託你轉告Wasan，可以嗎？」Kan伸手握住鐵柵欄，「告訴他，如果Wasan認為我做的事是錯的，那就別猶豫，我尊重他的決定。」他放開手，退後一步，雙眼通紅，「我可能再也沒機會再和他說話了……我愛他，對不起傷了他的心，Wasan值得遇見一個比我更好的人，一個真正能照顧到他身心的人。還有，請幫我告訴他……不用等我。」

　　Kan的話音一落，淚水混著雨水流下臉頰。醫師轉身走回車上，迅速開車離去。

　　Tongkam望著雨中朦朧的車尾燈，心中難以言喻的沉重，「醫師該不會是要……」

　　幾分鐘後，Kantapat的車停在警局門口。被雨水浸濕的昂貴皮鞋引著高大身影走進警局，每個警察都轉頭看著這位不速

之客，不僅是因為他從頭到腳都被雨淋濕了，更因為那個人是Kantapat醫師──一個被指控涉及多起複雜案件的嫌疑人，對這裡的警察來說，他就像鯁在心頭的一根刺。

Kong巡官第一個走上前，似乎不想讓Kan再靠近辦公區。

「你來做什麼？」

「我殺了Somsak醫師。」Kantapat平靜無波地說道，內容卻像一道閃電般令人震驚。

Kong瞠目結舌，「你知不知道你在說什麼？」

「Somsak醫師不是因為併發症而死的，我偽裝成傳送員，在將他轉送至普通病房的途中對他注射了藥物，不久後，他就心臟驟停了。」

Kong從來沒有如此震驚過，儘管他一直對Kantapat心存懷疑，但從沒想過Kan會親口說出那件事。

「你⋯⋯你還做了什麼？」

「我就先說到這裡。」Kan低頭望著地板，雨水從他烏黑的髮絲滴落，「我準備好了，讓我為自己的行為贖罪吧，Kong巡官。」

*

煦煦微風將雨的氣息吹進Wasan家的窗戶，此時屋裡靜默無聲，因為除了Wasan，其他人都進入夢鄉了。男子緩緩走出臥室，走向起居室的櫃子，櫃子上擺著母親和已逝二哥的遺照。Wasan站在相片前凝視著母親，心頭沉重。

「阿母⋯⋯」男子的聲音顫抖，「阿母，妳說那是妳自己的

決定,這是真的嗎?」

那一刻,煦煦微風突然變得涼爽,Wasan聽見後方傳來木地板震動的聲音,接著驚訝地發現屋裡明亮起來。

正值花樣年華的母親Rawiwan穿著一襲白衣,正坐在木榻上,手裡拿著針線,專注地修補Wasan制服上的破洞。

「Wasan,你太調皮,跑來跑去,結果衣服去勾到樹枝,破了那麼大一個洞,看到了嗎?」女子轉頭對Wasan溫柔地笑了笑。

「阿母……」Wasan走向母親,不敢置信地看著眼前的情景。

「阿母說過了,現在阿母很快樂。」女子站起身走向Wasan,她的臉龐美麗動人,皮膚也白皙透亮,「無病也無痛了。」

Wasan愣了一下,眼淚順著臉頰流下,「Kantapat殺了阿母。」

Rawiwan搖搖頭,「不是的,孩子。Kantapat醫師沒有殺阿母,要殺我的,是癌症這個病。他只是終結了阿母的痛苦,這是醫師給阿母最好的照護了。」女子伸手抹去Wasan臉上的淚水,「如果不是阿母要求,醫師是絕對不會這麼做的。」

「醫師對阿母做了什麼?」

「做了什麼不重要,阿母希望你著重在我臨終的那段路。」周遭的光亮慢慢變暗,Rawiwan向後退,坐回木榻,拿起Wasan的制服繼續修補,「你可以問問Tong,之後你就會明白了。」

砰!

Wasan猛地驚醒,彈坐起來,大口喘著氣。他的心臟劇烈跳動,宿醉的頭痛開始襲擊他。Wasan看向窗外,發現已經是清晨了。

自從Kantapat再次被拘提，經法院裁定收押、不准交保後，Wasan的狀態就一團糟，從原本優秀的偵查督察，變成了現在頹廢的模樣，因為工作效率差而被局長處罰並減薪。如今，Wasan只能待在家中，由哥哥和嫂嫂照顧。

　　「Wasan，你瘦了好多。」Tongkam望著弟弟身上那件原本合身，現在卻寬鬆許多的T恤說道。

　　Wasan沒有理會Tongkam的話，坐到飯桌旁，吃起稀飯。

　　「酒少喝點，多吃點飯。」

　　明明還吃不到半碗，Wasan卻放下湯匙，「我想哥問一個問題。」

　　「嗯。」

　　「假設Kantapat……真的是殺害阿母的人……」Wasan吞下一口口水，沉默了一會兒，「哥會怎麼想？」

　　Tongkam放下湯匙，凝視著Wasan消瘦的臉，「阿母病得最重的時候，你沒有看到。阿母總是在哭，日日夜夜都在哭，不管怎麼做、怎麼調整藥物，疼痛都沒有減輕。阿母說只要能結束這一切，她願意做任何事，她不想再繼續痛下去了。」

　　Wasan一愣，眼神空洞地盯著碗裡剩下的稀飯。

　　「意思是，哥認同Kan殺了阿母？」

　　「若阿母是被殺的，我不會覺得沒關係，但我希望阿母別再那樣痛下去了。」Tongkam直視著Wasan的眼睛，「阿母已經走到了她人生的盡頭，不管Kan醫師做或不做，阿母都會因為癌症末期而死。你明白我的意思嗎，Wasan？」

　　Wasan因為Tongkam的最後一句話而哽咽，張開嘴卻什麼都

說不出口。

　　Tongkam站起身，攬住Wasan的肩，「我不希望你再為Kan醫師的事情煩惱了，要是他做錯了，就讓他承擔後果吧。」哥哥輕拍了拍弟弟的肩膀，「我要去菜市，要託我買什麼就打給我。還有，快點把碗裡的稀飯吃完。」

　　哥哥走出廚房之後，Wasan陷入思緒之中。身為一位警察，他心裡很清楚無論基於什麼意圖，故意殺人就是錯的，要受到法律制裁，但就Kantapat的情況，他真的違反法律了嗎？答案是肯定的。

　　但是，他身為一個對死亡有深刻認知和了解的人，他決定動手去做一件在某些國家明文規定不違法的事，真的做錯了嗎？讓生命的主人完全自主地選擇自己的死亡和尊重其人性尊嚴，真的錯了嗎？

　　這不僅事關他昔日戀人的命運，也是道德、社會及文化層面上的模糊地帶，在他的信念上也是，無論做出怎樣的選擇，它都是對的，也是錯的。

　　那麼Wasan……應該如何抉擇？

＊

　　「這個我來處理。」千眼警探Archa站在Wasan家門口，和電話裡的Em督察說：「我不保證能帶回有用的資訊喔，要是Wasan喝得太醉，可能就能帶他的腳印回去給大家了。」

　　Kong自行打開柵門，走進院子。就像Tum所說，把所有事情連接起來的黏著劑應該就在Wasan身上，儘管Kantapat聲稱

Wasan什麼都不知情,也沒有參與他的任何行動,但Kong並不完全相信。Wasan是他認識最堅強的人,如果連Wasan都崩潰到這種地步了,那他絕對知道一些別人不知道的事情。

今天的Wasan看起來格外有精神。他從屋裡走出來,坐在屋簷下的竹製躺椅上,然後招手示意Kong坐到他身旁。

「謝謝你來看我。」

「我買了點吃的來給你,但不是酒。」Kong舉起一袋他從市場買來的北方當地美食給Wasan看,「當地美食跟滿滿一公斤的糯米飯,督察一定要統統吃光喔,這家的辣拌豬絞肉棒極了。」

「你可別小看我,我最近胃口很好。」Wasan接過袋子,「謝啦。」

「看到你吃得下、氣色好,我就放心多了。」Kong在Wasan身邊坐下。

「說吧,你想知道什麼?」Wasan看向對方,一派輕鬆,「像你這樣的警察出馬,從來不會空手回警局的。」

Kong咧嘴一笑,「我本來還準備了一些煽情的台詞,準備上戲了,結果看到你這麼好講話,我反倒不知道該怎麼演下去了,那就直接進入正題吧。」年輕巡官清了清嗓子,「為了增加一項指控,我們現在正在努力找尋足夠的證據,證明Kantapat醫師真的對病人施行了安樂死。」

Wasan平靜地聽著Kong說話。

「光是現在的指控,他恐怕就得一輩子待在牢裡了。」

「我們都很清楚,他其實不會在牢裡蹲那麼久,除非我們可以證明他是連續殺人犯,殺了很多人。」Kong抓住Wasan的上手

臂,「如果督察什麼都不知情就算了,可是如果你知情卻還沒告訴別人,你可以現在告訴我。你也知道,我絕對不會批判你的,我們是好朋友,對彼此都很了解。」

「Kong巡官,你是去哪裡學到這些好聽話的?」Wasan低頭望著自己的手,沉默許久,似乎在做出決定。最後Wasan開口,「在我回來這裡之前,Kantapat給了我一把鑰匙和門禁卡。」

Kong瞪大眼睛,因為這的確是個新情報,連嫌犯本人都沒有提起過。Wasan把手伸進口袋,拿出門禁卡和鑰匙,遞給Kong。

年輕刑警連忙接過來一看,發現那是S-storage的門禁卡。

「這是出租倉庫?那督察你去看過裡面有什麼東西了嗎?」

「看了。」

「是什麼?」

「你自己去看比較好。」Wasan微微一笑,「我不清楚那有沒有用,但這是Kantapat最後給我的東西。」

Kong一臉懷疑,「那你為什麼不一開始就說出這件事?」

「一開始我的精神狀態不太正常啊,巡官,我忘了我作筆錄時應該要提到這件事。」

Kong感覺有點不對勁,但說不出是什麼。看到Wasan異常平靜的表情更讓他心生疑竇,就好像面前的這個人做了某個決定,並且對那個決定非常有信心。

「謝謝督察。」

不到一小時後,Kong來到了S-storage。等工作人員確認那間儲藏室的租用人確實是Kantapat醫師之後,Kong來到儲藏室

前，毫不猶豫地立刻開了鎖，走進裡頭。

空曠的儲藏室中央放著一只灰色的大塑膠箱，警察的心跳瞬間加快——難道這真的是他在尋找的黏著劑？

Kong快步走過去，毫不遲疑地掀開箱蓋，蓋子落地的聲音迴盪在儲藏室內。

那只箱子裡有針頭、針筒和橡膠手套。

沒有其他東西。

龍眼園裡的空地上，Wasan堆起一大堆木柴，燃起熊熊火焰。

Wasan站在那裡，手上的盒子裡裝著氯化鉀、咪達唑侖及嗎啡等藥物安瓿、從文件夾裡抽出來的一疊紙張，還有他從Kantapat的儲藏室裡拿出來的照片。Wasan低頭看著最上面那張照片——他從Kantapat手上接過花環時的照片。

他凝視著那張照片好幾分鐘，感受著心裡複雜的情緒與感受。剛失去母親的悲傷、不得不適應新工作環境的陌生感，以及Kantapat第一次來跟他要電話號碼時，內心隱約的興奮感。在那之後，Wasan成了這個人的戀人，這個人讓他為愛盲目，讓Wasan徹底迷失自我。

無論發生過什麼事，這都是最好的結果，因為Wasan從中學到了一些永遠改變他想法的東西。

Wasan將照片及Kantapat的筆記丟進火堆中。之後，他將藥物安瓿放到地上，高舉起準備好的鐵鎚，將那些安瓿砸成碎片。裡頭的透明液體有些濺上Wasan的腳，剩下的則滲入土中。男子

不停地砸,直到玻璃碎片被砸得粉碎,幾乎與泥土混在一起,無法看出它們原本是什麼物品。同時,烈火舔舐過所有紙張和照片,直到它們化為黑色灰燼。

這……就是 Wasan 對 Kantapat 所作所為的判決。

第二十三章　不曾輸過的律師

　　法院駁回了 Kantapat 醫師的交保聲請。無論 Worrawet 多努力，似乎有個人比他更努力──那就是 Bird 副局長。他寫了一份強而有力的反對具保答辯書，指出 Kantapat 不應獲得交保，原因是他涉及多起重大刑案，且對 Som 先生殺人未遂案仍在調查，准許嫌疑人交保將會對警方調查或法庭訴訟造成阻礙或損害。

　　雖然年輕醫師先前沒有做出滅證串供的行為，但當他成了多起刑案的被告，情況就不同了。

　　「我還以為你只會寫那些敷衍了事的案卷，沒想到還滿有一套的啊。」把車停在監所的停車場時，Worrawet 對電話另一頭說：「要是我的當事人討喜一點，沒有一聲不吭就跑去自首，我絕對不會輸，也不會讓他這樣被關在監所裡。」

　　『聽著，我沒時間聽你胡扯。』副局長的口氣聽起來很不耐煩，『如果你打來只是要說誰輸誰贏這種沒營養的東西，那就別說了。』

　　「我是在欽佩法學院同學的能力啊。」

　　『我不需要你的欽佩。』Bird 不耐煩地說：『你現在在哪裡？』

　　「來探望我的當事人，免得有人說我閒閒沒事做。」Wet 熄火，打開車門，「不過，你問我在哪裡要幹嘛？是想我了要來找我，還是需要有人去抱你？」

　　『跟你說話真他媽的浪費時間，再見。』Bird 旋即自顧自地掛了電話。

Worrawet 走下車，臉上帶著成功戲弄某人的得意笑容，與監所陰森的氣氛形成鮮明的對比。

穿著棕色寬鬆上衣及深棕色褲子的 Kantapat 走進會見室，接著身後傳來男性管理員關上鐵門的聲音。Worrawet 站起身，隔著玻璃用手比著對面的位置，示意他坐下。

「Kan 醫師，最近還好嗎？」兩個男人同時坐下。

「就我來說，很好。」Kantapat 回道。

Wet 律師觀察到 Kan 作為候審的囚犯，表情比在外頭打官司時平靜多了，讓 Worrawet 覺得有些無奈。

「我以往的當事人個個都想洗脫罪名，不想坐牢，認罪意願這麼強烈的人只有你了。」Wet 從公事包裡拿出文件和筆記本，放在桌上，「即使如此，我也不能讓你承受過重的量刑，這要看警方和檢察官夠不夠強了，如果他們太弱，你也不要自己承認你不該承認的事。」

「我已經坦承我殺害 Somsak 醫師了。」

「但我不會讓你因為 Somsak 醫師的事被關太久的，也不需要因為企圖殺害思覺失調的 Som 先生而坐牢。我告訴你，從現有的人證物證來看，要替你脫罪一點都不難。」Wet 的口氣嚴肅起來，「我已經讓你去做你想做的事情了，今後，你要多信任我一點，照著我的話去做，在法庭上的所有證詞都要依照我教的說，懂了嗎？」

Kantapat 似乎不太情願，但他沒有表現出來或多說些什麼。

Worrawet 嘆了口氣，繼續說：「贖罪不一定要在牢裡待上最

長的時間，你可以利用你自由在外的時間，運用你的知識與能力去幫助外面的人，積德行善。」

Wet 的話讓 Kan 沉默了許久。男子深思過後，抬頭對上 Wet 的目光，「我應該做些什麼？我想先聽聽你的想法。」

Wet 律師笑了，因為他開始從這個不聽話的當事人身上看見乖乖合作的跡象了。Wet 壓低音量，確保房間外的人聽不見，「抹去所有關於實際狀況的記憶，然後記好我重新編造的故事，就這樣。」

Kan 茫然地望向前方慘澹的灰色牆壁，「那 Wasan 呢？他有什麼動作嗎？」

「他迷失了好一陣子，聽說都在家裡沒有去上班，不去值勤也沒請假跟主管報告原因，所以受到了紀律處分，但沒有很嚴重，好像被關了一陣子，但現在已經出來了，狀態看起來好很多。」Wet 跟 Kan 說，想讓他安心一些，「沒有警察拿到安樂死相關證據的消息，Wasan 督察大概是選擇收起來或銷毀了⋯⋯為了保護你。」

*

Rin 醫師是採集到指甲中皮屑組織的法醫，也是替 Som 先生撰寫驗傷報告的人，因此在思覺失調的 Som 先生殺人未遂案中擔任檢方證人。在 Savitri 檢察官問完問題後，輪到 Worrawet 反詰問了。

身材高大的律師穿著合身的辯護人袍，站在證人席前方。Rin 不得不承認，這位律師十分英俊，但他聲名狼藉，讓 Rin 無

法欣賞他。Em 督察同樣坐在法庭裡旁聽,男人給了 Rin 一個眼神,露出鼓勵的微笑。

「證人和被告先前是否有過衝突?」這是 Worrawet 對 Rin 的問題。由於她是以專家證人的身分前來,沒有想過需要回答這個問題。

「我和被告在同一家醫院工作,但分屬不同部門,我們之間從未發生過矛盾。」Rin 堅定地說。

「但我有聽到消息,」律師凝視著 Rin 的眼睛,微微一笑,「證人是被告不久前向警方坦承殺害的那位 Somsak 醫師的女兒,是或者不是?」

女醫師愣了一下,這個問題讓她意識到這位律師的無情。Rin 握緊拳頭,咬牙回答:「沒錯,我是 Somsak 醫師的女兒。」

這個資訊讓 Worrawet 取得明顯的優勢,辯方律師露出滿意的神情繼續問下一個問題,「在驗傷報告中,頸部的皮膚上有平行的瘀青,還有指甲造成的指甲印,請問這些痕跡有可能是自殘造成的嗎?」

Worrawet 用雙手掐住自己的脖子,指甲向內壓,「像這樣。」

「是有可能。」Rin 深吸一口氣,讓自己冷靜下來,盡量不讓對方發現自己的動搖,「不過,這樣指甲裡的 DNA 就應該是 Som 先生的,而不是被告的。」

「我想先談傷口就好。」Wet 律師仍維持著冷靜的姿態,「意思是有可能嘍?」

被追問的 Rin 皺起眉頭,有些不耐,「這種可能性很小。」

「可能性很小,意思就是有可能。我沒問題了,庭上。」

Worrawet 轉身對法官說,接著走回原本的位置,嘴角含笑。

企圖殺害思覺失調的 Som 先生一案,傳喚證人的庭審持續了好幾個小時,冗長到 Kantapat 覺得好無聊,因為他的責任只有照著 Worrawet 的指示說話。

「被告,請解釋一下,你的 DNA 為什麼會出現在 Som 先生的指縫中?」Worrawet 在法庭上對 Kantapat 提出這個問題。

「在我去家訪的時候。」穿著囚服的 Kantapat 平靜地回答,「對我來說去患者家是件稀鬆平常的事,偶爾也會獨自去做額外的家訪。那天我去 Som 家探望他,但他的精神狀態不穩定,依舊認為我是白衣死神,所以過來攻擊我,用手抓我的耳朵和後頸。」

檢察官 Savitri 不悅地盯著 Worrawet,她的心中已經準備了許多反詰問的問題。

「接下來呢?」Wet 律師又問。

「我立刻逃跑了,覺得還是別打擾他比較好。」Kantapat 語氣平緩地說,「這件事發生在 Som 最近一次病情惡化而住院的三天前。」

「還有其他人知道這次的家訪嗎?」

「沒有,但我有個和身心科醫師合作的社區心理健康計畫,所以特別關注自己負責區域內的身心科患者,在開始計畫前,我必須到地方上探訪、了解患者會發生的問題,Som 先生是我的目標群體之一。」

「Som 先生的家中發現了一個裝有藥物的針筒,檢驗後發現裡頭是高劑量的苯二氮平類藥物、嗎啡和氯化鉀,被告對此有何

解釋？」

　　Kantapat搖搖頭，「沒有任何解釋，我不知道這些藥物為什麼會出現在Som家中。」

　　Worrawet提問結束後，輪到檢察官Savitri進行反詰問。她確定自己今天做好了準備，穿著辯護人袍的女子神情堅定地站在Kantapat面前。

　　「被告是安寧療護的醫師，所以你特別專精混合嗎啡與苯二氮平類的藥物，對嗎？」

　　Kantapat皺眉：「沒錯，但那不表示我就是配製藥物的人，在這裡工作的醫師都有配製藥物的能力，能做到的人不只我一個。」

　　「事發當晚，你說你一直在家睡覺，但你的男朋友Wasan督察當天晚上在值班，所以沒有人可以證實你確實在家，對吧？」

　　「對，但也沒有證據顯示我當天晚上離開過家裡。」

　　Kantapat關掉了家裡的監視器，也沒有開車離開社區，讓警衛亭的監視器拍到車子的畫面。為了偽裝，Kantapat在外面租車，並將車停在離Som家很遠的地方。

　　「一般來說，被告前往家訪必須事先通知該轄區的家訪小組，避免隨意家訪的情況發生，對嗎？」

　　「看狀況。但我承認，因為我想加快家訪速度，有好幾次沒有依循規定行事。」

　　Worrawet揚起眉，檢察官Savitri今天的表現令人印象深刻，然而從現有證據來看，除了Som先生指甲縫裡的DNA，以及因病情反覆，至今仍住在醫院裡的身心科患者的指控之外，沒有其

他證據可以直接指向Kantapat，他終究會拿下勝利的。

如果滿分是十分，Rin現在的煩躁程度已經衝破一百了，她在法醫辦公室的桌子前來回踱步，「真不要臉，怎麼有人能這麼厚顏無恥地撒謊？Kantapat一點愧疚的表情也沒有。」

「但他看起來非常疲憊。」Em說完，轉身望著頭上彷彿冒著火的女友，「我想他現在應該很不開心。」

「我也不開心啊。」Rin雙手抱胸，別過頭。

「他已經在為他所犯下的罪行贖罪，人也關進牢裡了。」Em笑了笑，走到女子身旁，湊到她的耳邊說：「Rin現在不開心沒關係，但妳有我，我會在妳每次不開心的時候帶妳去吃好吃的東西。」

女子翻了個白眼，輕輕推開壯碩男子的胸口，「我又不喜歡這些東西。」

「但妳害羞了。」Em戳著Rin的臉頰，「去照鏡子，妳臉都紅了。」

「我們為什麼要像小朋友一樣調戲彼此啊？我們的感情早就超越那個階段了。」

「超越那個階段還是可以重來啊，又沒有規定不行。」

這對年輕男女一邊說笑一邊從大樓走向停車場時，Rin看見不遠處有兩個男人正站著交談。若不是認識那兩人，她肯定會毫不在意地直接走過去——其中之一是James，到職不到五年的法醫室職員，是個帥氣的男人，醫院有活動經常找他當主持人，另一個則是Kantapat的委任律師Worrawet。Rin連忙抓住Em的手

臂，拉著他躲到柱子後方，偷聽他們對話。

「有啊，他有來找過我。」James面露難色，「一開始我還以為他只是想來看看法醫組的工作狀況，因為他是當時的院長。但後來，他經常私下來找我。」

「除了你之外，Somsak醫師還有接近過誰嗎？」

James點點頭，「我聽說Somsak醫師跟很多人走得很近，但我不知道有誰。」

「這表示我聽到的事情是真的嘍？」Worrawet記下筆記，「那你知道Somsak醫師有那樣接近過Kantapat醫師嗎？」

「這我不曉得，但是從外表來看，Kantapat醫師應該符合Somsak醫師的喜好。」

Wet律師露出笑容，闔上筆記本，拍了拍James的肩膀，「謝謝你的情報，我就不打擾你了。」

James走了之後，Rin決定踏出藏身處，讓Worrawet看見她的存在，而Em來不及攔住她。

Worrawet轉過身，發現有個女人直盯著他，面色不悅。Wet律師沒有和Rin打招呼，只對她微微一笑，接著不發一語地轉身離去。

「關於Somsak醫師的事情，你必須這樣說。」Warrawet盯著Kan，確認他的當事人有認真聽，「我要博取法官的同情。你要跟法官說你之所以下手，是因為Somsak醫師殺害你的患者，讓你感到憤怒。另外還可以說Somsak醫師對你性騷擾。」

「你說什麼？」Kan立刻抬起頭望著Wet。

「我做了一些功課，發現Somsak醫師有個習慣，會接近醫院裡像你這樣長得帥氣的男性。」Wet律師平靜地解釋，避免Kantapat因此生氣，「所以我想問你，他有那樣對你過嗎？」

　　「沒有。」Kan立刻堅決地回答，「他的確特別關注我，但從來不會像他對Boss藥師那樣對我性騷擾。」

　　Warrawet用手指著Kan，「我們只是放大他對你的特別關注，讓事情聽起來聳動一點而已。」

　　穿著囚服的男子搖搖頭，眼神陰沉，「Wet先生，我知道你很厲害，你沒有輸過，你會找到各種漏洞，然後利用它們為你的當事人贏得官司，但我想要結束這一切。Somsak醫師已經被我殺死了，我不知道為什麼我要用謊言再次踐踏死者。而且Somsak醫師的女兒大概也不想聽到這些話，把這些話留給真正的性騷擾受害者吧，該被同情的人是他們，不是我。」

　　Warrawet靜靜地聽Kan說完，看著眼前這位尚有大好前程的年輕人，覺得有些可惜。Wet律師輕嘆一口氣，將雙手放到桌上，十指交握，「我欽佩你的決心，儘管它讓我非常苦惱，但你的案子也讓我反思了許多事，讓我以不曾想過的視角看待人性。」最後Warrawet屈服了，更接受了Kantapat的要求，「別擔心，就算我會輸，我也會陪你走到最後的。」

　　「請辯方律師進行言詞辯論總結。」

　　Warrawet站起身走到法官席前，向法官鞠躬致敬。

　　「此致庭上，我，律師Worrawet Thitikamol，謹以被告律師之身分發表言詞辯論總結，供庭上於審理期間使用，並基於下述

之法律和事實對本案進行裁決。」

　　之後，Worrawet開始陳述殺害Somsak醫師的計畫細節。

　　「從結論來說，被告坦承偽裝成傳送員，接送死者Somsak醫師前往外科病房大樓，並於電梯中將高劑量的氯化鉀注入其靜脈，導致死者心臟驟停，隨後死亡。儘管被告有預謀殺害死者之意圖，提前計劃了偽裝，並事先備妥了針筒和毒物等藥物，但被告也無意讓死者遭受折磨，因為藥物注入體內後，死者從身體機能衰竭到死亡前，僅表現出一般失去意識的症狀。

　　據媒體報導，被告的犯案動機是對死者的憤怒，起因是死者殺害了被告負責的八名病患，而且死者尚有一起案件仍在審理中，根據其證人的供詞，死者作為其他謀殺案的被告，其犯行是為了滿足自我和權力欲望而做出的殘忍行徑，甚至利用其院長的職位來脅迫、恐嚇他人配合。死者明明身為專業醫師，本該對病患慈悲為懷，抱持善念，卻做出了如方才檢方說明，被告為何應被處以重刑的行為。縱使被告與死者之間存著著衝突與矛盾，但這些衝突或憤怒的原因仍比死者身為一個專業醫師，卻犯下殺人案的動機更為合理。

　　在整個審理過程中，被告坦承殺害死者之事實，並對自己的所作所為深感愧疚。被告很清楚，倘若認罪並遭到法官依照檢方起訴書求刑，自己可能會面臨嚴重的刑責，他多年來努力建立的職業生涯可能會化為烏有，甚至可能會被吊銷醫師執照，無法繼續從醫。

　　從本人接受委任、成為被告律師時開始，被告始終堅定地表示願意認罪，並願意服刑受罰，更保證會在服刑期間運用自己的

專業知識與能力,協助監所內的活動,這清楚表明被告並非因為證據確鑿而認罪,而是真心悔改。正如庭上所見,在證人訊問期間,被告的供詞有助於釐清案情,也證實了被告在審理過程中非常配合,而且被告於短暫交保期間亦無發生逃匿、滅證或串供之行為。

被告身為公立醫院的醫師擁有家庭醫學的專科執照,且深受同事喜愛,待人始終謙遜有禮並受到病人及其家屬的敬重,過去也曾獲得優秀醫師獎,證明被告過去行為端正,素行良好。」

Worrawet停頓了一下,深呼吸後繼續說:「基於上述理由,懇請庭上酌情輕判,給予被告改過自新的機會,讓他繼續為社會奉獻。」

言詞辯論總結結束後,Worrawet拖著疲憊的身體,提著公事包走出法庭。Worrawet抬起頭,看到一名身穿警察制服的男子正站在前方等他,Wet律師連忙收起臉上的疲憊,以免被對方看見。

「副局長。」

「律師。」Bird雙手插進口袋中,「聽說你的當事人不能再帶你去喝啤酒了。」

Wet挑了挑眉,「看起來是這樣。」

「你可能需要找其他人帶你去了。」Bird假裝看向其他地方,「不想喝就不用跟來。」

說完後,警官轉身離去,留下Worrawet愣在原地。

看到對方沒有跟上來,假裝不在意的人又回頭補道,「是精釀啤酒喔,不是一般的啤酒。如果還不夠,我也可以請你吃飯,

打拋牛的味道還不錯。」

　　最後一句話讓高大的律師微微挑眉，露出淺淺的微笑，同時跟上背對著他，自顧自往前走的警官。

　　「你都這樣拿我愛吃的東西來引誘我了，我可不能拒絕啊。」

第二十四章 不能選擇出生，但可以選擇死亡

一審法院以殺害Somsak Laamornchai醫師的罪名，判處Kantapat Akaramethee醫師無期徒刑。Kantapat提出上訴，但高等法院維持一審判決。儘管在高等法院的審理期間，Kan有交保的機會，但他選擇關在家裡，不見任何人。最後，他還是戴上腳鐐、手銬，再次走進監獄裡。

他不再上訴了，結束這段痛苦折磨的日子。現在，他終於可以償還自己的罪了。

牢房內的空氣冷得徹骨，與其他囚犯擠在一起的Kantapat睜眼醒來，擁擠的牢房讓他幾乎無法翻身仰躺。等他終於調整好姿勢，Kantapat盯著天花板，陷入沉思，往事在腦中浮現──曾經，他也像這樣無助地盯著空蕩蕩的天花板，當時Kantapat還只是個少年。

十四歲的少年仰躺在床上，盯著過於寬敞的臥室天花板。他目前躺著的加大床鋪沒有辦法減輕他內心的痛苦，擺在衣櫃裡的昂貴衣服也是。

自從有人告訴父親，看到Kan放學後和一個男孩在百貨公司牽手後，他就被禁足在家裡。父親請了司機接送Kan上下學，回家後還得跟著父親聘請的老師補習。父親在Kan出生前就計劃讓他學醫了，為了讓Kantapat──Akaramethee家的獨子擁有知識及能力，完美繼承家族的醫療器材進口生意。當然，Kantapat與

男生牽手走在路上的事絕對不能讓其他親戚知道。

那個男孩叫Phai，是Kan的同班同學，也是每次靠近時都讓Kan心跳加速的人。那是Kan第一次清楚意識到自己的性取向，沒有一絲困惑，彷彿他與生俱來就註定只能愛上男人。

「Kan！」Phai跑來找走過校舍連通道的Kan。

Kan回頭望著這個可愛嬌小的男孩，後者一臉擔心，「你為什麼昨天沒接我電話？」

「黑莓機被我爸沒收了。」Kan無奈地說：「我不能再偷偷跑出去玩了，必須準時回家，下午四點司機就會在校門口等我，要是我晚到一分鐘，司機就會打電話跟我爸報告。」

「哇，太過分了吧。」Phai癟癟嘴後，露出頑皮的笑容，看起來十分可愛，「到四點之前我們還有很多時間，走吧！」

Phai抓住Kan的手，拉著他要往前跑，但Kan依舊不動。

「要去哪裡？我們還有三節課呢。」

「社會、泰文和社團活動？不用上啦。」Phai再次用力拉著Kan，臉上的笑容燦爛，「快來！」

Kan不由自主地跟著眼前的人笑了，他拉緊背包揹帶，跟著Phai跑了起來。Phai帶他來到Kan以前在學校從未踏足過的區域，那就是住宿生的宿舍，Phai是這裡的住宿生之一。

Phai帶著Kan躲到牆後，低聲說：「宿舍的頂樓超酷的，不過我們得先通過宿舍大叔這一關。」少年指向坐在宿舍門口，一名身型圓潤的中年男子。

「要怎麼做？」Kan緊張地問道。

「你在這裡等一下。」

Phai讓Kan躲在牆後，自己偷偷走向宿舍前庭院的水龍頭，少年轉開水龍頭，接著衝回Kan身邊。原來那個水龍頭連接著一根穿了洞的塑膠水管，用來澆灌庭園裡的植物，因此水從靠近宿舍大叔的那一端噴濺出來，大叔嚇得大叫，站起身左顧右看。

「是誰開的水？」福態的男子沒好氣地說，往水龍頭走去。

Phai趁機拉著Kan跑進宿舍，兩個少年拚命地衝上七樓，一抵達目的地頂樓，兩人雙雙倒在地上，氣喘吁吁。兩個少年對視一眼，哈哈大笑起來。

「剛才太刺激了，」Kan氣喘吁吁地說，他感覺到某些化學物質在體內湧動，讓他心跳加速，充滿了活力與極致的快樂，「我從來沒有做過這種事。」

「這就是人生，有時候得打破規則。」Phai坐起來後也拉起Kan，「過來這裡看看。」

Phai帶著Kantapat走到頂樓邊緣，那裡的圍牆只到腰際。Kan抬頭望去，對眼前的景象驚嘆不已──從這個位置可以看到好幾棟城市裡的高樓大廈，他不是沒見過比這更高更美的景色，因為父母經常帶他到豪華飯店的頂樓吃飯，但這次不一樣，這是他第一次用不一樣的形式來到高處，並且是跟他真正想在一起的人來。

暖風吹拂過兩個少年，Kantapat和Phai轉身看著彼此，兩人的手越靠越近，碰在一起，最後緊緊十指交扣。這大概是Kan有生以來第一次覺得他可以選擇做自己想做的事情。

Kantapat將Phai拉進懷中抱緊，「謝謝你帶我來。」

「我只是想讓你隨心所欲一下。」Phai靠在Kan的肩上，神情

憂傷，但Kantapat看不到，「儘管只是一瞬間，我也希望你勇敢一點，想做什麼就去做，記住這種感覺。」

由於Kantapat和Phai連續翹了三節課，因此導師打電話向Kan的父親報告此事。

三天後，Kan發現Phai的座位清空了。

對於Phai為何突然轉學，除了老師口中的家庭因素之外，Kan始終沒有得到真正的答案。更奇怪的是，Kan之後再也連絡不上Phai，這更讓Kantapat覺得即使作為自己生命與幸福的主人，他依然沒有選擇的權利。

「唉，我不行了，巡房巡到晚上七點，腳要斷了，明天居然還要值班，可以讓我出去放個長假嗎？」大四的醫學生一邊跟著同學們走出男性外科病房一邊抱怨，不過其中一人打算跟大家分道揚鑣，「嘿，Kantapat，你不一起回宿舍嗎？」

「我還不打算回去，你們先走吧。」穿著白色長袍的醫學生轉頭對同學說。

「喔喔，好，那明天見。七點整，不准遲到，我們要在住院醫師來之前把病例分完。」

Kan點點頭，向同學們揮手道別後，轉身走向電梯，讓電梯帶他前往外科頭等病房，他和醫院中負責安寧療護的護理師Tu姊約在那裡。Kantapat是在病房裡偶然遇見她的，當時她正和一位病人討論臨終計畫，這讓從一年級就對醫學興致缺缺，毫無熱情的醫學生Kantapat第一次對醫學真的感興趣。

「你是第一個對我的工作感興趣的醫學生。」兩人走在頭等

病房前的走道上，年長的護理師說：「其實，Palliative care的工作就像為了醫院評鑑所設的，沒有得到多少資源，許多醫師依舊不理解Palliative care的真正意義。我退休之後，大概就沒有人接手了。」

「但我真的很感興趣，」Kan堅定地說：「我們被教導要拯救生命，但既然死亡也是生命的一個面向，沒有人可以逃過，而且很多患者的最後一段生命也掌握在我們的手裡，為什麼這種事會沒有人在乎呢？」

「這是一門複雜的科學，Kantapat。」Tu轉身對年輕的醫學生微笑，「只看病當然容易，但人這個課題沒有醫師們在教科書或指南裡學得簡單直接，尤其是人和死亡，它涉及到身體、心理、社會和精神等面向。」

Kan蹙起眉，「我⋯⋯不大明白。」

「那你可以看看我的病人。」Tu在一間病房前停下腳步，抬手敲門之後，笑容燦爛地打開門，「您好。」

「Tu姊來了。」坐在病床旁的病人家屬馬上站起來，表情瞬間充滿希望，「Tu姊，我父親昏迷不醒了，他一直在呻吟，呼吸很急促，醫師替他打了嗎啡，但症狀看起來沒有什麼緩解。」

Kan跟著Tu走進病房，看到床上躺著一名骨瘦如柴的男性患者，臉上罩著的氧氣面罩已經開到最大了。病人睜著眼睛，但眼神渙散。

「患者是一名八十二歲的男性，肝癌末期，已經擴散至肺部和脊椎，腿和肺部都出現了血栓。」Tu為Kan講述病情，「患者對自己的病情及進程有清楚的認知，曾經以書面寫下他臨終時的

意願。Som 小姐,可以麻煩您將病人的意願書借這位醫學生參考嗎?」

「當然可以。」女人從包包裡拿出一張紙遞給 Kan,「三年前,我父親知道自己罹患癌症之後就寫下了這個。」

內容是手寫的,寫道:『本人,Decha Phutrakarn,七十九歲,當罹患嚴重傷病,經醫師診斷認為本人已進入生命末期時,本人同意不施行維生醫療、不施行心肺復甦術或插管、無須給藥延長本人的瀕死過程,本人願意於醫院去世。倘若可以透過安樂死協助本人脫離疾病之痛苦,本人願意接受。撰寫此意願書時,本人意識清楚,在各方面皆可清楚表達自我的意思。』

「這是一封生前遺囑,用來表明臨終階段不接受維生醫療的意願。醫生,你可以建議仍有意識的患者這麼做,這有泰國的法律保障。」Tu 向 Kan 解釋他手裡拿的紙張是什麼。

對於剛才讀過的內容,Kan 仍處於震驚之中。

「但我們不能施行安樂死。」

「是,我們不能施行安樂死,但是我們能提供良好的安寧療護。」女護理師說:「我可能不像醫師一樣擅長調整藥物,但你可以看看我能做到什麼。」

Tu 看向病人,眼裡滿是慈悲,「Decha 先生,護理師 Tu 來看您了。現在 Decha 先生可能有溝通上的困難,但不要擔心,倘若 Decha 先生有聽到我的話,我們一起試著讓心平靜下來、放輕鬆,回想 Decha 先生曾做過的善事。您經營救濟院好多年了,一直為貧苦人家分送米糧,請回想那段時光。」

Kan 在一旁觀察病人的呼吸,急促的呼吸開始神奇地放緩

了，年輕的醫學生不禁愣住。

「Decha先生最疼外孫女了，很想再見到在國外留學的外孫女一面，現在您女兒跟外孫女約好，打視訊電話來了。」Tu轉身對患者的女兒點點頭，讓她把手機遞到病人耳邊。

『外公……』電話那頭的女孩聲音顫抖，『外公，我考完試了，成績很好，您不用擔心我了，您可以放心，我會做一個讓外公驕傲的好孩子。』

不到十分鐘，患者長達四年多的痛苦終於到了盡頭，他的呼吸越來越慢，嘴巴像離水的魚一樣張開喘氣，然後迎來永恆的安寧。Kan不確定是不是他的錯覺，但病人的臉色比一開始明朗許多。

那一刻，Kantapat學到了人們心靈上的期盼不一定是宗教，也可能是對於人、物品、感到自豪的記憶、曾經做過的善事，或者那個人在生命中經歷過的任何事。

年輕的醫學生從頭到腳泛起雞皮疙瘩，感覺就像他終於找到了渴望已久的寶藏，這就是他想做的工作，這就是他想學的科學，他找到自己當醫師的答案了——

為了讓人們能真正決定自己的生命，直到最後一天的到來。

當Kantapat決定申請遙遠北部府立醫院的獎學金，去鑽研家庭醫學專科時，全家人失望極了。不僅如此，Kan也不計後果地公開他與男人交往的事。Kan還記得跟Phai一起跑上頂樓的感覺，記得他覺得人生掌握在自己手中的那一刻，也記得選擇安詳離去的那個病患的臨終情景。這一切融合、凝聚成了埋首努力，

想延續這個信念的Kantapat，而他很高興護理師Ornanong認同他的想法。

當病人嚥下最後一口氣，一身黑衣、戴著黑色棒球帽及口罩遮住臉的Kantapat站起身，手裡拿著一支曾裝有致命液體的針筒，那些液體已經注入他這輩子第一個特殊照護的病人體內了。藥效會讓患者心臟衰竭，然後心臟驟停——醫師盯著逝者的面容，看起來比生前明亮許多，病人已經承受痛苦與折磨太久了，他希望能決定自己的人生，而他也在有限的生命中決定了死亡，以減少痛苦的時間。

人無法選擇自己的出生，但可以選擇死亡，沒有什麼比能完全掌握自己的生命更好的了。

「Kan。」Anucha醫師對一名囚犯喚道，那名囚犯正在紀錄監所病人的生命徵象，準備提供給每週來替病人看診的醫師使用。Kantapat抬頭看向Anucha，前醫師的表情和眼神頓時明亮起來。

「Anucha學長是今天來監所嗎？」Kan站起身，把病歷排整齊，「沒想到學長今天會這麼早來，生命徵象還沒記完呢，但我先去幫你叫第一個病人進來。」

府立醫院會指派社會醫學部的醫師輪流進監所替病人看診，Kantapat也曾是這些醫師之一。Anucha望著他的前同事，心裡感慨萬千。

Kantapat看起來依然俊俏，但明顯消瘦許多，理短的頭髮看起來和以前很不一樣。由於Kan的知識技能，使他得以在監所的醫護室幫忙，而且做得非常好，連護理師和監所管理員都一致稱

讚說他們的工作變得輕鬆許多。每當監所裡有囚犯半夜生病，Kantapat也能夠進行診斷並提供護理師資訊，及時進行初步治療。

Anucha看完一名患有糖尿病的高齡男性囚犯，發現對方服用的藥物和病歷的紀錄不符，因此叫來Kantapat進一步詢問。囚犯Kan走進診間，準備跪在Anucha腳邊，醫師連忙拉住Kan的手臂，「Kan，不用這樣。」

「是。」Kan恭敬地退後一步，站在離Anucha一定距離的位置。

「病人說他沒有在服用Glipizide了，我看醫囑也沒有人指示他停藥，我想問你是否知道這件事。」

「兩週前，病人有盜汗、心悸的症狀，請護理師檢測，血糖值是五十四，所以我僭越建議護理師先停用Glipizide。後續幾天測到的血糖值都介在一百到一百二之間，沒有再發生低血糖，所以就讓他停藥到了現在。」

Hypoglycemia

「好，很好，那就照Kan說的停藥吧。」Anucha向Kan點頭致謝，而囚犯向Anucha鞠躬後，走到外頭繼續幫忙護理師。如果Kantapat沒有調整藥物，患者可能會再次出現低血糖症狀，情況甚至可能會惡化到需要緊急送醫。

由於生病的囚犯眾多，Anucha沒有太多機會和Kan交談，醫師必須趕在下午兩點前離開監所，回到醫院開會。在取回包包、手機和證件後，Anucha轉身望向堅固的鐵柵門。Anucha不認同Kan所犯的錯，殺害Somsak醫師是一個很嚴重的罪行，他遭到監禁是應該的，合情合理，但身為過去關係一直很好的前同事，

Anucha祈禱下一次在裡頭見到Kan時,Kan的神情能變得更開朗,對自己更有自信。

第二十五章　Wasan 的新任務

雨後的天空或許不美麗，但可以讓 Wasan 將周遭事物看得更清晰。

Wasan 提著一個裝有當地料理、泰式甜點、一盒牛奶和雞蛋的袋子走進一棟木製高腳屋。屋主是八十七歲的 Piang 爺爺，目前正受到慢性阻塞性肺病末期的病痛折磨，必須隨時配戴氧氣管，經常因為呼吸系統衰竭而住院，插管搶救，直到 Piang 阿公說，他受夠這種痛苦的日子了。

當 Wasan 收到村裡的老人 Piang 爺爺出院的消息時，他決定去買些伴手禮，趁午班值勤前去探望老人。

警察站在敞開的房門前，「Piang 爺爺在嗎？」

通常老人家都會簡短地回應 Wasan 一聲「嗯」，但今天回應 Wasan 的是一位中年婦女，她含著淚走向 Wasan，「Wasan，阿爸不行了。」

Wasan 震驚地睜大眼睛，「這是什麼意思？」

「我剛才起來時，看到阿爸翻白眼，呼吸急促，叫他也沒有回應。」Piang 的女兒抽泣著說。

「那怎麼不帶爺爺去醫院？」

她搖搖頭，「阿爸之前說絕對不要再送他去醫院了，他想死在家裡，可是看他病成這樣，我也不知道該怎麼辦。Wasan，我該怎麼辦才好？該叫救護車嗎？」

「等等。」Wasan 抬手制止對方拿出手機，「先讓我跟爺爺談談。」

Wasan走進木屋,發現瘦骨嶙峋的老人躺在屋子中央的床墊上,眼睛翻白,嘴巴張著,呼吸急促且眉頭緊皺,四肢繃緊。

　　Kantapat曾經跟他說過,許多病患家屬可能因為沒見過臨終症狀而驚慌失措,將病人送往醫院,患者最終會被迫接受不必要的治療,延長生命。不過這絕對不會發生在Piang爺爺身上,這棟房子是Piang爺爺胼手胝足建起來的,周遭的龍眼園也是他的資產,附近都是兒孫們的住家,倘若能死在這裡,Piang爺爺的臨終一念應該會是幸福的。

　　這是一個人進入臨終階段的徵兆,絕對不會錯,瀕死之人的呼吸特徵就是像離開水的魚,意識和知覺也會逐漸消失。倘若病人的願望是在家臨終,這就是他真正應該待在家中的時刻。

　　即使患者沒有反應,聽力是最後僅存的感官,Wasan跪在老人身邊,低頭在他耳邊輕語:

　　「Piang爺爺,我是Wasan。您聽我說,現在您什麼都不用擔心,我讓您女兒把兒孫都叫來陪您。」

　　Wasan說完,老人的呼吸稍微緩和下來,緊鎖的眉頭也鬆開了,這讓他的女兒十分驚訝。

　　Wasan抬頭看著她,「爺爺有什麼特別放不下的事嗎?」

　　「他很擔心曾孫,他是沒有母親的孤兒,小時候就被我阿爸帶回來養,但現在託給親戚照顧。」

　　「那麼立刻去把小曾孫帶來,也通知其他兄弟姊妹和親戚過來,然後告訴他不用擔心,其他人會好好照顧小曾孫,讓他去天堂看著。」

　　女兒露出擔憂的神情,「說了他聽得懂嗎?」

「瀕死之人最後消失的感官是聽覺，你們好好跟他說，不要哭得太大聲，他會放不下。」Wasan點點頭鼓勵她。

Piang爺爺的女兒找來所有親戚和兄弟姊妹，也最後一次聽到曾孫的聲音後，Piang爺爺終於嚥下最後一口氣，閉起眼，安詳無憂地離世了。Wasan站在一旁看著眼前的畫面，莫名有種滿足感——要是自己過世時也能在熟悉舒適的環境，被所愛之人圍繞，沒有任何令人痛苦的醫療器材，那該有多好。他想選擇以這種方式臨終。

這大概就是Kantapat在照顧患者時的感受，但Kan能做得更多，他能讓病人決定自己的死亡形式、日期和時間。

Wasan燒掉Kantapat的紀錄前，曾坐下來細細閱讀Kantapat寫下的每一個字。每個Kan施行安樂死的病例，他都仔細記錄了患者的生平、家庭、心靈需求以及Wasan不大理解的醫療細節，但總之，他清楚理解了Kan的觀點，尤其是讀到母親Rawiwan的紀錄時，他內心的疑慮徹底消失了，Wasan感覺像得到了解脫，內心前所未有的輕鬆。

Kantapat沒有殺死Wasan的母親，他只是依照母親的意願，給予她最好的照護。

「督察，你去哪裡了！」Kong巡官大聲說道，衝向剛踏入警局的Wasan，「你知道嗎？Em督察剛剛向Rin醫師求婚了！天啊，一說我又起雞皮疙瘩了。」

「重點是Rin醫師答應了嗎？」

「當然答應了啊！怎麼可能不答應？我們的Em督察這麼好用。」

「那我得去恭喜Em哥了。」Wasan點頭微笑後，走向自己的辦公桌。

Kong望著Wasan，觀察他的樣子——Kantapat入獄後，這一年來Wasan變了許多，從原本總是很緊繃的人變得放鬆許多，也經常笑。Kong不確定Wasan改變的原因是什麼，他曾試著約Wasan一起吃飯並深入交談，但Wasan沒有給太多答案，只說他已經放下Kantapat的事了。

但Kong知道，事情遠不止於此，他的改變比表面還多。

「那我們的Wasan督察呢？什麼時候會有好消息？」Kong走過來坐在Wasan的對面，「都單身一年多了，也沒看到你有新對象。」

「誰說沒有了？」Wasan假裝打開案卷。

Kong的眼睛瞪得像鵝蛋一樣大，「誰？」

「名字是S開頭的。」

年輕巡官摸著下巴沉思，「S開頭的人有誰啊？Suradet、Suthat、Sompong還是Sam警長？這些都有老婆了啊！」

「Kong，過來一下。」Wasan招手要Kong湊近，千眼警探乖乖地靠過去：「雞婆！」

Kong立刻彈開，大聲嚷嚷：「督察，你故意罵我！」

「滾，我要工作了。」Wasan揮揮手趕人後，繼續處理文件，不理會像孩子一樣抱怨的Kong，讓他自己起身離去。

過去這一年，Wasan不曾去監所探望過Kantapat，只透過熟人打聽消息。得知Kantapat過得不錯，並在監所的醫務室幫忙時，Wasan鬆了口氣。他覺得自己還沒準備好面對Kantapat，內

心深處仍對他懷有恐懼，害怕自己再次見到他會崩潰。Wasan需要時間修復自我，等到時候到了，他或許就可以再和Kantapat見面，至於是用什麼身分，就聽天由命吧。

　　月光映照在市中心的護城河面上，兩名男子並肩而立，手上都拿著一袋從夜市買來的食物。Wasan穿著舒適的T恤和短褲，另一個人則穿了襯衫和棉質長褲。長相英俊的男人轉頭看向Wasan，「你還是一樣很好養呢，我本來打算帶你去清邁一家高級餐廳吃飯的。」

　　「這對我來說就很高級了。」Wasan插起一顆肉丸吃著，凝視著看不見底，也不知道裡頭藏了什麼的漆黑水面，就像Kantapat的眼睛，「是說，Off哥怎麼會突然來找我？」

　　Off副縣長望著自己的前男友，眼中滿是擔憂，「我只是想看看你還好嗎？你經歷了那麼多事情，我很擔心。」

　　Wasan轉頭看向副縣長，微微一笑，「我沒事。」

　　「那Wasan有新對象了嗎？」

　　警察有些訝異Off會問得那麼直接。

　　「沒有。」

　　Wasan看到對方的臉上閃過一絲希望。

　　「如果你最近獨自一人，不知道可以找誰時，隨時可以來找我。你遇到的事情太沉重了，我不想讓你一個人太久。」

　　年輕督察沉默了許久，「但距離Kantapat入獄已經一年了，這讓我很好奇，要是哥真的關心我，怎麼會現在才來？我猜是因為哥最近剛分手吧。」

年輕的副縣長愣了一下，然後大笑出聲，「我騙不了你吧。」

「騙不了，因為我變得聰明多了。」Wasan抬頭看著天上的滿月，「哥可以回頭追求我，但我不保證能對你敞開心房。」

「為什麼？」Off副縣長問：「還忘不了Kantapat醫生？」

Wasan緩緩搖頭，「我不是想念Kantapat，他殺了Somsak醫師，他是殺人兇手。一直殘留在我腦中的不是他這個人，而是他留下的想法，它們正在我的腦中成長。」

「可以說給我聽嗎？」

「等我成功了，我再說給哥聽吧。」Wasan將肉丸遞給Off，「至於Off哥，如果覺得追我是浪費時間，那我勸你還是去找別人吧。」

Off接過Wasan的那袋肉丸，苦笑著吃了一口。

「看來失敗的機率很高啊，但還是謝謝你對我說了實話。」

「因為我很清楚隱瞞對誰都沒好處，只會造成隔閡和誤解，最終讓問題擴大到難以收拾的地步。」Wasan凝視著漆黑的水面許久，然後轉身擁抱高大的男人，輕輕拍了拍他的肩膀，「謝謝你來找我，希望哥能遇到對的人。」

「謝謝你，Wasan，」Off回抱Wasan，「不管Wasan現在正在做什麼，我都祝你成功。」

*

「Tay哥，Tay哥，我們最帥的Wasan督察來找你了！」

地區健康促進醫院的護理師Ann走過來找正在辦公桌前整理家訪名單的Tay。資深公衛師旋即站起來，走出辦公室，直直走

向一名穿著卡其色制服，站在保健醫院大樓門口的男子。

　　Tay在後方默默凝視著Wasan——Wasan變了很多，這是Tay的感受，是無法從外表看出來的改變。Wasan的身材外表依舊英俊健壯，但交談過後會發現明顯的變化，他從說話很衝的人變得溫柔許多，原本緊繃的態度變得放鬆又冷靜。Tay知道這絕對是受到Kantapat醫師的影響，而Wasan拜託Tay做的事更印證了這一點。

　　「Tay叔，你好嗎？」因為聽到Tay的腳步聲，Wasan轉身舉手行禮。

　　「很好啊，督察。」Tay走過來輕輕拍了拍警察的肩膀，「這週多了兩位出院的末期病人，是十村的Kongkaew奶奶和Pimpha奶奶，兩個都是癌症。」

　　「我認識兩位奶奶，是阿母的遠房親戚，沒想到都末期了。」

　　「對啊，病情發展得很快。」Tay看著Wasan，「你要和我們團隊一起去家訪嗎？」

　　「我可能沒時間跟Tay叔的團隊一起去家訪，警局裡還有事，但我有空時會自己去拜訪。」Wasan忽然想起了什麼，「對了，之前提議的末期病患關懷計畫怎麼樣了？有可能拿到預算嗎？」

　　Tay沮喪地搖搖頭，「上面完全沒有給這塊的預算，今年他們想投資在篩檢和健康檢查上。」

　　「那我會召集志工來試辦看看，先做出一點成果。」Wasan眼神堅定地說：「我剛剛去和班蘭寺的住持談過了，他願意為臨終患者提供誦經服務，只要他沒有事，就會去病患家拜訪。再麻煩

Tay叔提供連繫家訪病患家屬的管道。」警察從口袋中掏出一張寫有當地寺廟住持電話的紙張給Tay。

資深公衛師接過紙張，驚訝地抬頭看向Wasan，「非常感謝你。」

「我也在找時間去基督教教堂和清真寺看看。對了，還有一件事，我去和Jai村長聊過了，建議讓地方上剛失去至親的人們聚在涼亭，坐下來聊天分享經驗，幫助彼此度過悲痛，村長說他對這很感興趣，會考慮看看。」

「我可以邀請來看診的家醫科醫師來講解臨終準備和生前遺囑，這樣能吸引更多人來參加。」

Wasan點點頭，「這個主意很棒，如果這個計畫通過，確定了活動日期，我就請假來幫忙。」

真不敢相信出面認真推動這件事的人竟然是個警察——Tay看著Wasan，眼裡滿是欽佩。只是他不知道Wasan的努力會不會白費，畢竟在泰國的社會，死亡依然是個很難談論的議題，但至少，Tay現在可以看到隧道盡頭的曙光了，希望像Wasan這樣的新生代力量能繼續堅持做這種有意義的事。

當地的末期病人死亡率已經不再異常攀升，地方上現在也有了像Wasan這樣充分了解善終的人，為末期病人尋找安詳離世並維護人性尊嚴的方法。

第二十六章　解開枷鎖

　　八年後──

　　警中校Wasan Kambhunruang，四十三歲的南奔市警察局偵查副局長開著黑色SUV離開警察局，照約定好的時間前往一個地方。流逝的時光並沒有改變Wasan的外表太多，穿起肩上別著皇冠星徽和銀星的制服依然帥氣挺拔，他銳利的目光透過墨鏡鏡片盯著路面，表情平靜無波，摸不清他的想法或情緒。

　　抵達目的地後，Wasan打方向燈轉進一處高牆圍繞的區域。他將車停在高聳的鐵門前，熄火，開門下車。一身制服的警察穩穩地站在泥地上，雙手抱胸，沒有摘下墨鏡的他氣定神閒地盯著鐵門。

　　此時，門打開了，有一群理著平頭的男性列隊走了出來，大約十幾個人，他們手上都提著一個袋子，裡面裝著一些個人物品。他看見一個年輕男人衝向等候的中年婦女，兩人相擁而泣，之後男人跪在地上向母親磕頭。Wasan無從得知那男人的入獄理由，但他看到他母親的眼裡沒有絲毫怨恨，只有慈愛與憐憫，以及準備隨時再給兒子一次機會的寬恕。

　　隨後，Wasan看見了一個身高突出的男人最後走出來。那個男人先往其他方向看了看，之後才轉過來看著Wasan。起初他看起來不大確定，但當他看到Wasan身後的車子，男人露出難以置信的表情。

　　他緩緩走向Wasan，眼眶逐漸濕潤，眼睛也漸漸紅了起來。

Wasan放下雙手,垂在身側。

當兩人面對面站著時,冬季的冷風吹過兩人之間,警察抬手摘下墨鏡,露出比以往更銳利美麗的雙眸。Wasan眼裡散發出來的力量讓剛重獲自由的男人不知所措,前醫師不知道自己該說些什麼,應該作何反應,他該抱住眼前的人還是舉手行禮?應該問好還是道謝?

「上車吧。」

最後是Wasan打破了沉默。警察伸手拿過Kantapat手上的行李,繞到車子後方打開後車廂。

Kan望著Wasan,試圖猜出Wasan在想什麼,但什麼也看不出來,Wasan變得和以前很不一樣。

Kan打開副駕車門,坐進八年前自己買給Wasan的第一輛車。

「謝謝⋯⋯你來接我。」Kan決定先道謝。Wasan點點頭,然後發動車子,駛出監所範圍。

Wasan不發一語,Kantapat也不敢繼續說下去──Wasan可能決定要徹底結束兩人的關係了,現在大概也有了新生活和新的戀人,Wasan之所以來接他回家,可能只是基於過去的感情。Kantapat轉向外頭,看看周遭的景色改變了多少,沒有什麼比獲得自由更好了。

「時間過得真快,一轉眼你就出來了。」Wasan在停等紅燈時說道,Kantapat連忙扭頭看去。

「其實我的刑期還沒滿,但我獲得假釋,交付保護管束了。」Kantapat笑著說,「我是模範犯人,在獄中照顧病人,表現一直

都很優秀，獲得了幾次皇家赦免，剩下的刑期不到五年了。」

「你做得很好。」Wasan 說。

Kantapat 這時才注意到 Wasan 的肩上多了一顆星星，「你升階了，恭喜你。」

「對，我現在是副局長了。」Wasan 的語氣依舊平靜，讓 Kan 感到一陣心痛，儘管他已經沒有資格再有這種感覺了。

「我關在裡頭時，有一個問題始終縈繞在我的心頭。」Kan 低頭看著自己的手，「我都做好成為死刑犯的心理準備了，但你為什麼沒有讓這件事發生呢？你明明有權利對我做任何事，你有了所有證據，還是我施行安樂死的病人兒子，為什麼你會做出這樣的選擇？」

「我這麼做不是為了你，所以別自作多情。」Wasan 回答：「但我會選擇不提交證據，是因為你決定這麼做的原則和理由。」

「即使那是違法的？」

「對，即使那是違法的。」警察一字一字地回答，「但從人性尊嚴的觀點來看，它沒有錯。」

Wasan 的回答讓 Kan 感到錯愕，「你以前絕對不會這樣說。」

「我認為不可原諒，且永遠不會原諒的是你殺害了 Somsak 醫師，然後放任事情爆發，導致更多人死亡，但你已經為此付出昂貴的代價了。」Wasan 開車來到 Kantapat 入獄之前所住的高級住宅區，他駛過警衛亭，將車停在一棟漂亮的雙層房屋前。Kantapat 轉頭看著自己的家，發現庭院裡的樹木受到精心照顧，一棟八年來應該沒人照顧清掃的房子，不該保持得這麼好。

「你⋯⋯你幫我照顧了房子嗎？」Kantapat 驚訝地扭頭問道。

「我讓它荒廢了四年才終於調適好,重新走進這裡。」Wasan按下電動門開關,倒車停進車庫,「你永遠不知道,你那時害我崩潰成什麼樣子。」

「對不起。」Kantapat發自內心地道歉,「我不知道該怎麼彌補你。」

Wasan沒有多說什麼,他下車後直接去打開屋子的大門。Kantapat跟著跨進屋內,環顧了一圈,家裡依舊維持著八年前漂亮的模樣。Wasan停下腳步,轉身看向Kantapat。Kan低頭躲開對方的視線,做好道別的準備。Wasan能替他做到這樣,已經是莫大的恩情了。

「你想吃什麼?我去買。」Wasan問道。

Kantapat搖搖頭,「你不需要為我做到這種程度,這樣我就很感謝你了。」Kan搶在Wasan為他做更多事之前說道。

警察直直走到Kantapat面前,抬頭看向曾經俊俏如明星演員的高大男子。四十歲的Kantapat因關在監所裡而有些滄桑,但依舊好看。

「就像我說的,我永遠不會原諒你殺害Somsak醫師。」Wasan凝視著Kantapat的雙眼,「但是我想謝謝你,謝謝你結束阿母的痛苦折磨,讓她如願安詳離去。」

前醫師望著Wasan,不敢相信,「你怎麼會變這麼多?」

「是你改變了我。」Wasan湊近Kantapat,垂下目光凝視著對方的嘴唇,「Kantapat,是你讓我變成這樣的。」

兩人的臉越靠越近,直到他們的嘴唇相觸。這一次的感覺與八年前不同,沒有如磁鐵般的吸引力,也沒有電流竄過的刺激

感，當年對彼此的強烈渴求是一團熾熱的欲望之火，令人難以抗拒，炙熱的欲望讓兩人都變得盲目，無法看清彼此的真面目。

這次的吻不一樣，這是兩人之間第一個沒有隔閡的吻，沒有祕密，也不再掩飾自我。Kantapat像這樣親吻著Wasan，更意識到他八年前有多虛偽無恥，對方全心信任他，他卻恬不知恥地欺騙了Wasan。

Wasan結束這個吻時，Kantapat的淚水滑下臉頰，高大的身軀顫抖到幾乎無法站穩，跪倒在一身制服的男子面前。Kantapat抱著Wasan的腳，泣不成聲，「Wasan，對不起，我不值得得到你的愛，真的很對不起。」

「你不值得得到任何人的愛。」Wasan捧著Kan的臉頰，讓他抬起頭，「我們兩個大概只能這樣一起過下去了。」

「意思是，你要回來我身邊？」

「嗯。」

「可是我是個囚犯，醫師執照也被吊銷了，我只是個會玷汙你聲譽的敗類，你會成為別人閒言閒語的話柄。」

「你是什麼妖魔鬼怪都無所謂，至於其他人，管他的，成為別人茶餘飯後的話題又不會死。」Wasan抬手摸了摸對方的頭，「只要你不再變回原本的Kantapat，我就跟你在一起，但是如果你再隱瞞我什麼，即使只有一件事，你就再也沒機會了。」

Kantapat這輩子沒有哭得這麼慘過，彷彿所有枷鎖都在那一刻被解開了。Kan走上前，對Wasan獻上堅定的吻，他的雙臂摟住對方的腰，將他拉近、貼上自己的身體。Kan將Wasan往後推，直到對方撞到沙發，他順勢將人按倒在沙發上。

Wasan仰躺在沙發上，以誘惑又渴望的眼神凝視著Kan的臉和身體，而Kan帶著未乾的淚水，覆在他身上。

　　Wasan抬起手，以拇指溫柔地抹去對方的淚水。

　　「我不會再欺騙你了，我用我的生命發誓。」Kan握著Wasan的手用力一吻，「我會像一顆清澈的玻璃球，讓你看見我的一切。我會告訴你我的想法、我的感受。我會把每天遇到的事情都說給你聽，無論我去哪裡、做什麼，都會跟你報告。從今以後，你不需要懷疑我一秒。」

　　「把這些誓言寫在紙上，然後每天背誦。」Wasan拉下制服拉鍊，接著抓起Kantapat的手，探進底下撫摸。當Kan的手碰到Wasan的皮膚時，Kan感受到難以言喻的情緒，「要是你忘了，又打算背著我做些什麼，記住，你這輩子將再也不會有這樣的機會。」

　　Kantapat絕對不可能讓Wasan從他的人生中消失，他會抓住這個人，就算要用自己的生命交換也在所不惜。

　　片刻之後，兩個男人身上都已一絲不掛，Kantapat蒼白的膚色與身下男人漂亮的蜜色肌膚形成鮮明的對比。Wasan張開雙腳，牢牢地勾住Kantapat的身體。Kan的身體節奏緩慢而堅定，他感受著渴望了八年，與愛人發生肉體關係的這種感覺。Kan俯身從Wasan的太陽穴一路吻到頸窩，吸吮著對方的頸部，直到出現幾處紅印。兩人的喘息聲交織在一起，形成兩人合奏過的樂曲中最動聽的情歌。

　　「Kantapat，快一點。」Wasan催促道。

　　身上的人聞言旋即做出回應，Kantapat退出Wasan的身體，

讓警察面向椅背，跪在沙發上，之後再次插了進去。Wasan 的喉嚨裡發出一聲低吟，努力用手腳支撐自己的身體，隨著 Kan 慢慢找回感覺，他開始加快速度和力道。

八年來的思念讓這次的性愛持續了許久，久到 Wasan 完全忘了時間。他只能感受到置身天堂般的溫柔撫摸、彼此的氣息，以及 Kantapat 一次又一次的示愛與道歉。

「你之後打算怎麼謀生？」

當兩人在臥室的床上相擁時，Wasan 問道。他湊過去，將頭靠在 Kan 的胸口上，「你沒有醫師執照，代表不能再當醫生了，對吧？」

「沒辦法了。學醫六年，償還公費三年，再加上專攻家庭醫學科三年，那些時間一轉眼就消失了，但這也是我活該，是我把知識和技能用在不對的地方。」Kan 回道，「接下來，我大概得找另一個我可以邊學邊做的職業。幸好我還有一筆錢，不至於餓死，可能會開一間小咖啡廳或餐廳吧，我絕對不會游手好閒吃老本的。」

這或許是 Kantapat 說過最真誠的回答了。這是個好預兆，倘若 Kan 能一直發自真心地回答 Wasan 的問題，大概就沒有什麼好擔心的了。

「你不回去找家人嗎？」

Kantapat 搖搖頭，「我的父母有人照顧，至於 Akaramethee 家的公司，我父親交給他弟弟管理了。我現在是自由之身，能百分之百決定自己的人生。」

「好。」Wasan 伸手撫上 Kantapat 的胸口,「你知道當你在牢裡時,我做了什麼嗎?」

「做了什麼?說給我聽聽。」

「我創辦了志工團隊,支援地方上的末期病人照護。團隊裡有各宗教的精神領袖、地方耆老、保健醫院的公衛人員和有興趣提供協助的民眾。若是有末期病人出院回到地方,保健醫院就會通知志工團隊,大家一起去照顧這個病人,直到他生命的最後一天。後續也會繼續照顧其家屬,直到他們跨過失去親人的悲傷。」Wasan 得意地說:「影響深遠,甚至上了新聞。」

Kantapat 瞪大眼睛,「你能做的事比我還了不起。」

「我沒有你的知識背景,就自己去讀書,做了一些研究,然後盡力為地方付出。」Wasan 抬頭看著 Kantapat,「這是因為我讀了你的安樂死病例筆記。」

Kantapat 再次感到鼻酸,「那你是怎麼處理這些記錄的?」

「丟進火裡燒成灰燼。不過,裡面有些內容在這裡。」Wasan 敲了敲自己的腦袋,「理解的部分就放在這裡。」警察又將手放在胸前。

Kantapat 感動到不知道該說什麼,他吻上 Wasan 的額頭,緊緊抱住他。Kantapat 在不知情的情況下,將他的理念傳給了 Wasan,而 Wasan 完全接受了它。

「謝謝你,Wasan。」Kan 顫抖地說:「我替每一位你照顧過的患者謝謝你,這是一份天大的功德。」

「我很高興我做到了,我現在滿腦子想的都是如何讓地方的安寧照護變得更妥善完美。」警察撐起身體,跨坐到另一個男人

身上,之後彎下腰,像隻大貓蹭著Kan的頸窩,「我想要你。」

Kantapat再也無法忍受這種誘惑,儘管今晚已經做了好幾次,但這一夜會更加漫長。他翻身將Wasan壓在身下,將警察的雙手緊緊按在床上,接著毫不猶豫地俯身親吻身下的人。

尾　聲

　　雖然不躲不藏，但副局長 Wasan 和前醫師 Kantapat 復合的消息也沒有昭告天下，唯一知道的人是 Kong 警長——他用自己的偵查特長查出了是誰去監所接 Kantapat 出獄。警上尉 Archa 氣沖沖地走進正忙著處理成堆案卷的副局長 Wasan 的辦公室。

　　「副座。」Kong 厲聲喚道。

　　若是其他警察用這種語氣對 Wasan 說話，大概早就被罵了，但由於 Kong 和 Wasan 之間的特殊交情，副局長只是抬起頭，微微一笑。

　　「我知道你要說什麼。」Wasan 靠上椅背，交疊雙腳。

　　「副座為什麼要這麼做？」身為一個曾為了收集證據東奔西跑，又差點失去性命的人，得知 Wasan 和 Kantapat 復合後，Kong 差點暈倒在地。年輕警長氣得想當場用力抓自己的頭髮，只是他一頭平頭，沒有頭髮可以抓。「我都勸你勸到口乾舌燥了，為什麼副座還要回頭去找 Kantapat？你這八年來從沒有去監所探望過他，我還以為你已經徹底跟他斷絕關係了。」

　　「我今天想邀請 Kong 警長和 Tum 來 Kantapat 家吃晚餐，他會親自下廚。」Wasan 突然轉移話題，讓 Kong 反應不過來，「Kan 計劃要開一家小咖啡館作為新職業，現在正在練習製作各種食物和飲料。如果你不介意，我們四個再像以前一樣聚一聚吧。」

　　Kong 警長吞了一口口水，「Kantapat 不會在我的食物裡下毒吧？」

Wasan摸著下巴，若有所思，「我和Kantapat之間的新規定是他的一舉一動都必須向我報告，他沒有呈報毒害Kong警長的計畫，所以應該很安全。」

「我還是不放心。」

「你怕Kantapat？」

「坦白說，確實會怕。」Kong嘆了口氣，「Kantapat和努力想把他關進牢裡的警察，關係大概好不到哪裡去。」

「你放心吧，Kantapat沒那麼可怕了。」Wasan銳利的目光直視著另一個警察。那眼神不知道該怎麼形容，讓Kong莫名感到一股寒意。

不只Kong對與Kantapat同桌吃飯感到緊張，護理師Tum也同樣忐忑。在Tum的記憶中，Kantapat本就是個可怕的人，再加上他的犯罪史，Tum還以為他會見到更令人害怕的前醫師，但事實並非如此，兩人看到的是一個身穿白襯衫、繫著藍色條紋圍裙的高大男子，端來一盤凱薩沙拉。Kong也一樣驚訝，看來監所生活已經徹底摧毀了過去強悍的Kantapat，只留下一個溫柔的家庭煮夫。

「親愛的，給我一杯水，要冰的。」Wasan轉頭對Kan說。

穿著圍裙的男人乖乖點了頭，「有人不喝冰水嗎？」

「請給我常溫的。」Kong答道，不敢置信地望著Kantapat走向冰箱，「你真的是Kan醫師嗎？」

Tum一掌拍在Kong的手臂，「你問那是什麼問題！」

「對，我是Kantapat，因殺害Somsak醫師而入獄的那個人。」

Kan拿著一個托盤走回來，上頭有四個水杯和一瓶水。他在Wasan身旁的座位坐下，將義大利麵和他自製的奶油醬分給每個人。「而且我不是醫師了，不用叫我醫師也沒關係。」

　　Kong望著眼前的食物，心裡充滿疑慮，但看到Wasan吃下肚也沒事後，他決定嘗嘗看。吞下肚後，他專注地觀察自身的狀況，以防自己因為中毒而抽搐或口吐白沫。但Kan做的義大利麵味道不錯。

　　「我覺得味道可以再重一點。」Wasan轉頭對Kan評論道，「如果口味太西方，這附近的民眾會吃不懂。你要試試看酸辣奶油醬嗎？」

　　「我下次試看看。」Kan笑著回答，他望著Wasan的眼神滿是發自內心的敬愛，就像一隻心裡只有主人的大狗。

　　用完主餐後，到了喝啤酒聊天的時間。發現Kantapat被徹底馴服了以後，緊張的Kong和Tum放鬆多了，Kong開始大膽問起心裡的疑問：「你沒有生我的氣吧？就是當時我像驅趕牲畜一樣罵你、趕你走的事。」

　　Kantapat搖搖頭，「我沒生氣，也沒資格生氣，那時是我活該。」

　　「你不僅殺了Somsak醫師，」Kong的語氣更加嚴厲，「Tao所寫的事情都是真的，只是我們不夠厲害，沒辦法讓你受到應有的懲罰，對吧？」

　　Tum用力捏了一下Kong的腿，「Kong！」

　　「這就是我可能無法和你交好的原因，我也很不滿你選擇和Wasan復合，因為我要是你，我才沒有臉回來打擾曾經被我傷害

過的人。」

「你錯了,選擇回到他身邊的人是我。」Wasan回答道,表情和聲音都沒什麼變化。

「但Kantapat,你有權拒絕。」Kong繼續出言攻擊Kantapat,「你做了什麼,你自己心知肚明。」

Kan低頭不發一語,而Wasan替他開口回應:「我已經仔細思考過了。如果你無法接受,那是你的事,但我相信自己的決定。」

「副座,你為什麼要讓他回到你的生命裡?」

「因為他填補了我缺少的部分。」表面上聽來就像普通情侶相愛的發言,但沒人知道Wasan說的是不是真心話,「如果你心裡不舒服,不必和Kantapat交好也沒關係,但我邀請你來,是為了重申Kantapat之所以能坐在我的身邊,是因為我的決定。」

兩名警察的言語衝突讓氣氛惡化,Kong在晚上八點就起身離開,四人不像以往總是喝酒聊天到深夜。

Kong和Tum的車子駛離家門口後,Kantapat就從身後抱住Wasan,低聲說:「我果然玷汙了你的名聲。」

「不准再那麼說了。」Wasan閉上眼,深吸一口氣,緩緩吐出,「讓Kong看清我們兩個在一起也好,這樣他的八卦神經就會少一點,我也不用每天費心回答他的問題了。」

「好。」Kan將下巴靠在Wasan的肩膀上。

「要一起去洗澡嗎?」Wasan邀請身後的人。

Kantapat咧嘴一笑。

「我現在很擅長和別人一起洗澡喔。」Kan在Wasan耳邊低

語:「在獄中用水瓢洗澡,水冷死了,還不得不看其他受刑人的東西。」

「那你跟我一起洗澡不會再感到興奮了?」

「不,反而讓我更加興奮了。因為即使我看過幾百個人,唯一一個在我面前赤身裸體能讓我感到興奮的人,」Kan抓著Wasan的手,放在自己的褲檔上,「只有你。」

＊

Kantapat最想道歉的另一個人,是Somsak醫師的女兒,那個為了尋找關於父親的真相,不遠千里而來的法醫師。

Kantapat捧著一大束花走進法醫部辦公室,Supaporn醫師正坐在辦公椅上等著,她的丈夫Em則站在她身後。Kan深吸了一口氣,鼓起勇氣後謙恭地走向那對夫婦。

Rin抬頭看著Kan,依舊滿臉氣憤,只是不像八年前那麼強烈。

「我對妳犯下了不可饒恕的錯。」Kantapat說:「我知道,我在牢裡服刑的八年還不足以彌補妳的損失。但現在我想讓妳知道,我已經付出了代價,我經歷了身心上的痛苦,失去了我熱愛且引以為傲的醫師資格,再也沒機會回來照顧病人了,而且今後,我會一輩子揹著奪走Rin摯愛的愧疚感。」

Kantapat將花束遞給女醫師,「我希望妳能接受我的道歉。無論妳是否原諒我,至少我希望妳知道,我真心悔改了。」

Rin別過頭,眼眶濕潤。Em彎下腰緊緊抱住她,然後抬頭對Kan說:「把花放在桌子上就好,然後你可以走了。」

對於 Rin 不接受道歉，Kantapat 一點也不覺得難過，也可以理解她為什麼連抬眼看自己都不願意。Kan 把花放在 Rin 的辦公桌上，雙手合十，深深彎腰鞠躬，頭都要碰到膝蓋了。

　　當 Kan 抬起頭，他第一次和 Rin 對上眼。

　　「我爸爸也奪走了許多其他人的摯愛。」Rin 堅定地開口，只是聲音有些顫抖，「你沒有資格評判我爸爸的行為，但我也承認，如果不是你，我爸爸可能不會停下他的惡行。」Rin 深吸一口氣，穩住情緒，「我原諒你，但請你，不要再出現在我面前。」

　　Kan 感覺像放下了一顆心中大石，前醫師再次舉手向學妹致謝。

　　「謝謝妳的慈悲，我保證從今以後絕對不會出現在 Rin 的面前。」

＊

　　因為 Somsak 醫師謀殺案與淪為安樂死案嫌疑人的事情，再加上 Kantapat 這個前醫師長相俊俏、形象良好，有許多媒體對他有著濃厚的興趣，有不少訪談節目連繫上 Kantapat，希望採訪他。不過 Kantapat 不希望太多鎂光燈聚焦在他身上，他想要的，只是和愛人一起平靜地過生活，不拋頭露面，不為 Wasan 帶來任何麻煩。他專注在學習開設咖啡廳及餐廳的技能，並不斷練習，因此 Kantapat 拒絕了大部分的採訪邀請，只挑出優秀的媒體，接受著重於法規，而非個人的訪談。

　　一個天氣晴朗的下午，環繞著 Kantapat 家的庭院被冬日陽光照得明亮，一陣涼風吹進敞開的窗戶，帶來宜人的空氣。Kan 和 Wasan 利用假日的時間一起窩在起居室的沙發上，腿上各放著一

台筆記型電腦，Wasan忙著閱讀卷宗，而Kantapat在檢查電子郵件，因為他剛報名了經營餐廳的線上課程。

「我開始看不清楚很近的螢幕了。你說，我的眼睛怎麼了？」Wasan瞇起眼睛，然後把筆電螢幕推遠一點，「這樣清楚多了。」

「應該是老花眼，親愛的。」Kantapat回答道，轉頭寵溺地看著對方，「你年紀大了。」

「我已經這麼老了嗎？」Wasan可愛地嘀咕著，並將頭往後挪，遠離螢幕，繼續工作。

「我們今晚出去吃，順便去眼鏡店驗個光，你需要一副工作跟看書用的眼鏡了。如果一直不戴眼鏡，你的眼睛會疲勞，視力會越來越差。」

「我不喜歡戴眼鏡，那很麻煩。」

Kan笑著搖搖頭。Wasan顯然還無法接受自己有老花眼的事實，不過再過了一陣子他就會接受了，因為他把電腦推遠的手臂已經完全伸直，無法移得更遠了。

Kan回頭看著自己的螢幕，發現收件匣裡有一封新郵件，寄件者是一位名叫Wachirachai Wongyut的人，主旨是「諮詢安樂死之事」。

Kantapat詫異地揚起眉毛，試圖猜想這個人是從哪裡拿到他的電子信箱的。他猜可能是從Kantapat攻讀專科時發表論文的學術期刊上取得的，這表示此人刻意上網搜尋了他的名字，找到連繫方式。

Kan立刻點進去，閱讀郵件內容。

『致 Kantapat Akaramethee 醫師

　　首先，恭喜醫師出獄了，這是我今年聽到最好的消息。祝醫師過得幸福，繼續行善幫助病人。

　　我是 Wachirachai Wongyuth，今年七十歲，是腎衰竭末期的病人，這十多年來，我每週要洗腎三次。自從罹患腎衰竭，我的生活就是進出醫院，醫院幾乎成了我的第二個家。一開始我還能堅持對抗病魔，但我現在感到心力交瘁。為了更換壞掉的洗腎廔管，我反覆動了好幾次手術，去年我因為肺積水而住院兩次，其中一次因為敗血症而差點喪命。我的腳上有一個慢性傷口，每天換藥都痛得不得了。我不認為自己是個能從這些難關中存活下來的有福之人，反而認為自己罪孽深重，必須睜開眼睛，繼續住在這個傾頹且無法治癒的破碎身體裡。

　　我和妻子相依為命。她很可憐，必須二十四小時照顧我，必須開車送我去洗腎，我住院的時候，她要陪病，還努力賺錢，替我買水買食物、支付醫藥費。她都累到骨瘦如柴了，有一次甚至在市場暈倒。她也不年輕了，我想讓她休息。

　　我從一開始就一直關注著安樂死案的新聞，儘管醫師沒有因為安樂死而被指控殺人，但經過各方人士的分析，他們說醫師確實具備安樂死的專業知識。這就是我這次連絡醫師的原因。

　　請讓我離開這副身體，讓我的妻子休息。我準備好要離開了，如果醫師願意，請透過我附上的電話號碼與我連繫。

　　請您幫幫我，就當作是造福我這個受苦的靈魂，讓我如願擁有安詳、不痛苦的最後結局。向您致上最高敬意。』

Kantapat面露震驚,心情沉重。他一直盯著螢幕,久到連Wasan都發現了。警察扭頭看著Kan問道,「有什麼事嗎?」

「有人寄了一封電子郵件給我,我轉給你看。」Kan將郵件轉寄給Wasan。偵查副局長打開來仔細地閱讀。

讀完後,Wasan抬頭看著Kan,「你讀完後有什麼感覺?」

「我非常震驚,然後是有些開心,還有人把我當成醫師,不過我不該有這種感覺,這樣不大好。」Kan毫不掩飾地吐露出自己的感受,「別擔心,我不會再對任何人施行安樂死了。我不會回信,然後會換掉這個電子信箱,這樣就不會再有人試圖連絡我了。」

Wasan仍然面無表情地盯著Kantapat,「你不做嗎?」

前醫師沉默許久,「⋯⋯不做。」

「你不想幫助他嗎?」Wasan又問,「他看起來很痛苦。」

「Wasan⋯⋯」

警察揚起笑。

那個笑容⋯⋯讓Kantapat感到渾身發寒。

——全文完

後 記

大家好，我是 Sammon。

終於來到《安樂死》的結局了。不得不承認，《安樂死》是一本我覺得最難寫的作品，但我還是盡最大的努力將這個故事完整呈現出來。我想將這本作品描寫成一個從安寧療護的角度去講述生命的故事，引發讀者思考：決定自己的死亡是一件該不該做的事？Kan 和 Wasan 的關係是幸福結局還是悲傷的結局？希望讀者們看得盡興，也激發一些思考。

身為一個作家和像 Kantapat 一樣從事安寧療護工作的醫界人士，我希望泰國人民更了解 Palliative care，因為這類的照護對高齡化社會尤其重要。

《安樂死》這本小說講述的是一種考量到生活品質和病人意願的照護理念，就我個人的經驗，很多病人會主動求死，這讓我一直很疑惑：泰國準備好像某些國家一樣，讓安樂死合法了嗎？如果做不到，是因為什麼限制？如果做得到，那要在怎樣的指引下施行？誰可以決定哪個人該不該施行？

我想這是一件很敏感的事情，雖然目前泰國還無法施行安樂死，但至少有一群人在努力推動安寧療護系統，讓它可以更有影響力，希望讀過這個故事的讀者可以理解這些工作團隊，並給予他們鼓勵。

我想謝謝一起來到結局的讀者們，無論是從我在網路上連載第一部作品時就支持我的讀者，還是剛開始關注我作品的新讀

安樂死 SAMMON

者。起初,我打算將《安樂死》當作這個宇宙的最後一個故事,但似乎又有值得往下寫的角色了呢。

Sammon

高寶書版集團
gobooks.com.tw

CRS069
安樂死（下）
การุณยฆาต

作　　　　者	Sammon
譯　　　　者	舒宇
繪　　　　師	KSS 凱蘇
編　　　　輯	陳凱筠
美 術 編 輯	林鈞儀
排　　　　版	彭立瑋
企　　　　劃	黃子晏

發 行 人	朱凱蕾
出　　　　版	朧月書版股份有限公司 Hazy Moon Publishing Co., Ltd.
地　　　　址	臺北市內湖區洲子街 88 號 3 樓
網　　　　址	www.gobooks.com.tw
電　　　　話	(02) 27992788
電　　　　郵	readers@gobooks.com.tw（讀者服務部）
傳　　　　真	出版部　(02) 27990909　行銷部 (02) 27993088
郵 政 劃 撥	19394552
戶　　　　名	英屬維京群島商高寶國際有限公司臺灣分公司
發　　　行	英屬維京群島商高寶國際有限公司臺灣分公司 / Printed in Taiwan Global Group Holdings, Ltd.
法 律 顧 問	永然聯合法律事務所
初 版 日 期	2025 年 5 月

Published originally under the title of《Euthanasia การุณยฆาต》[Vol.1-2]
Author© Sammon
Traditional Chinese Edition rights under license granted by Sammon
Traditional Chinese Edition copyright © 20xx Global Group Holdings, Ltd.
Arranged through JS Agency Co., Ltd, Taiwan
All rights reserved

安樂死 / Sammon 著；舒宇譯 . -- 初版 . -- 臺北市：朧月
書版股份有限公司出版：英屬維京群島商高寶國際有限
公司台灣分公司發行, 2025.05
　　面；　公分 . --

譯自：การุณยฆาต

ISBN 978-626-7642-11-5 (上冊：平裝). --
ISBN 978-626-7642-12-2 (下冊：平裝). --
ISBN 978-626-7642-13-9 (全套：平裝)

868.257　　　　　　　　　　114002562

凡本著作任何圖片、文字及其他內容，
未經本公司同意授權者，
均不得擅自重製、仿製或以其他方法加以侵害。
如一經查獲，必定追究到底，絕不寬貸。
版權所有　翻印必究

ALL RIGHTS RESERVED